KB141040

정직하게 사는 즐거움

정 진 오

전예원

머리말

　지금의 내 경우에 '위기는 기회다'라는 말이 딱 들어맞는 것 같다. 2002년 2월 25일 국민고충처리위원회 조사1국장의 보직을 해임 당하고 대기하는 어려움을 겪지 않았더라면 나는 내 공직생활의 기록들을 정리하지 못했을는지도 모른다. 나는 내게 주어진 이 귀한 시간을 잘 활용해야겠다고 생각했다. 이 책은 그 결실인 셈이다.

　하지만 사실 처음 내가 생각한 것은 이와 같은 책자가 아니었다. 오로지 한 공직자가 불이익을 당하고 있는 데 대해 동료 공무원과 국민들에게 그 진상을 낱낱이 공개함으로써 엄정한 평가를 받아봐야겠다는 결심 밖에는 없었다. 그러다 보니 조금은 지루한 일대기가 되어 버린 듯한 느낌이 없지 않다. 그 점 널리 양해해 주시기 바란다.

　이 책은 크게 1부, 2부, 3부로 나뉜다. 1부에는 내 개인적인 수상과 단상들을 축으로 하여 내 건강을 돌보는 단전호흡법에 대해 적었다. 이 책의 중심인 2부에는 내 공직생활의 모든 것이 시시콜콜하게 씌어 있다. 남들이 보기에는 별것 아닌 내용일지 몰라도 내게는 내 인생의 의미 있는 발자취들이다. 3부에는 내 명예퇴직 관련 이야기를 적었다. 부당한 압력에 맞선 외로운 싸움의 흔적들이다.

1부에 단전호흡법에 관해서 일기처럼 적어둔 것에 대해 좀 의아해할 분이 있을 것이다. 그 까닭은 이렇다. 오래 전부터 단전호흡 수련을 하면서 나는 신비스러운 체험을 많이 했다. 나만 알고 있기에는 안타까울 만큼 단전호흡은 매력적인 건강법이었다. 그래서 나는 단전호흡 수련기 형식으로 책을 내야겠다는 생각을 막연하게나마 갖고 있었다. 하지만 따로 정리하기에는 조금 모자라고 해서 이 책의 1부에다가 신기로 결정한 것이다. 이 책의 주된 내용과는 동떨어진 기록인 듯해도 정신과 몸을 건강하게 해준다는 점에서 볼 때 의미가 아주 없지만은 않을 것이다.

이 글을 써 가면서 나는 몇 가지 중요한 사항들을 새삼 확인할 수 있었다.

먼저, 우리 부모님의 피나는 노력과 엄청난 교육열이다. 그 어려운 농촌살림에도 불구하고 부모님은 우리 7남매 중 5남매에게 4년제 정규대학 졸업장을 안겨 주셨다. 평생 갚아도 모자랄 만큼 뜨거운 자식 사랑이 아닐까 싶다.

다음은, 어렸을 때부터 다짐한 정말 깨끗한 공무원이 되어야겠다는 내 결심을 지킬 수 있도록 도와준 주위 사람들이다. 이것은 내 의지도 중요하지만 부모형제나 친

척, 그리고 가까운 친구들이 내게 물질적 기대를 하지 않
았으므로 가능한 일이었다. 오히려 재력 있는 친구와 처
가는 거꾸로 내게 도움을 주기까지 하였다.

그리고 무엇보다도 중요한 것은 내 자신의 자각이다.
나는 처음 공직생활을 시작할 무렵 환멸을 느끼고 있었
다. 자포자기의 심정으로 방황하며 일에 열의를 갖지 못
한 채 술과 잡기에 빠져 지냈다. 내가 한직을 전전하는
것은 나를 밀어주는 사람이 없기 때문이라고 내내 한탄
만 하고 있었다. 그러다가 어느 날 나는 갑자기 깨달았
다. 내가 한직을 전전하는 것은 나 자신에게 더 큰 책임
이 있다는 것을.

나는 그 뒤 크게 분발하였다. 공직에 대한 깊은 애정을
갖게 되었음은 물론이다. 그러다 보니 주민을 위해, 주민
의 편에 서서 물불 가리지 않고 열심히 일할 수 있었다.

세상을 둘러보면, 아직도 공직자와 그 가족이 관련된
부정과 부패로 시끄럽다. 공직자가 공직자로서 자기 위
치를 자각하지 못했기 때문이 아닌가 싶다. 이 책이 비록
내용은 소박할지라도 이와 같은 공직 풍토를 바꾸는 데
조금이라도 보탬이 되었으면 하는 바람이 크다.

글을 다 써 놓고 보니 내가 잘했던 일들과 장점만 강조
하고 잘못한 것, 모자란 것에 대해서는 소홀하지 않았나
우려된다. 하지만 적어도 이 점만은 분명하다. 나는 내가
한 일을 과장하지도 않았고 하지 않은 일을 한 것처럼 허
위로 기록하지도 않았다. 나와 같이 근무했거나 관련된
사람들을 통해 내 글을 철저히 검증했다는 점을 밝혀 둔
다.

작년 봄에 시작한 글쓰기가 벌써 1년이 다 되었다. 새삼 세월의 무상함을 다시 한 번 느끼게 된다.

이 책에 모자람이 있다면 전적으로 글쓴이의 몫이다. 어떤 꾸지람이라도 달게 받겠다. 독자 여러분의 아낌없는 성원을 기대한다.

이 책의 출간을 위하여 원고를 여러 차례 읽어보고 유용한 조언을 해준 친구 위계평 목포시 도시건설국장과 광주보건대학에 근무하는 여동생 정영희 교수에게 고맙다는 인사를 전한다. 그리고 아내의 숨은 노고에 깊은 고마움을 느낀다. 사랑하는 두 아들 재연이와 동현이도 여러모로 도움을 주었다. 또 책을 출판해 주신 전예원과 편집진 여러분, 그 외에도 도움을 준 모든 사람들에게 고마움을 전하고 싶다.

2003년 3월
한국행정연구원 연구관실에서
정진오

차례

제3부 명예퇴직 관련 이야기/279

맺음말을 대신하여/305

제1부
정직하게 사는 즐거움

1. 나는 남은 삶을 이렇게 살고 싶다

나는 어려운 농촌 가정에서 7남매의 장남으로 태어났다. 어렸을 때는 제법 공부도 잘하여 지방의 수재들이 다니는 중·고등학교에 입학했다. 재학 중에도 좋은 성적을 거두었으므로 고등학교를 졸업하면 최고의 명문대학에 어렵지 않게 입학할 수 있으리라고 다들 기대했다. 하지만 그게 뜻대로 되는 일은 아니었다. 나는 최고 명문대학이 아니라, 사립 명문 대학에 응시해서 합격했다.

나는 다시 한번 공부하여 다음해에 또 도전했다. 그러나 불운하게도 응시원서 접수에 차질이 생겨 시험도 못보고 말았다. 그 다음해에 또다시 시도했지만 실패함으로써 나는 인생살이에서 처음으로 깊은 좌절을 맛보았다.

내가 이렇게 실패한 데에는 여러 요인이 있겠지만 그 중에서도 가장 큰 것은 중학교 때부터 앓기 시작한 간디스토마 감염에 의한 후유증이 아닐까 싶다. 물론 나의 나태함과 무절제한 생활습관 등도 중요한 요인으로 작용했을 것이다.

넉넉지 못한 살림살이도 한 축으로 작용했다. 4형제를 정규대학에 보내야 하는 집안형편 때문에 나는 4년 장학생으로 대학을 다니면서도 장기간 입주 가정교사 생활을 하지 않으면 안 되었다.

이와 같이 생활 환경이 어려웠던 터라, 내 건강은 쉽게 회복되지 못했다. 또 건강이 이렇듯 여의치 못했기 때문에 국가시험에도 조기에 합격하지 못한 게 아니었나 싶다. 몸과 마음이 건강하지 않으면 매사가 부정적으로 될 수밖에는 없는 것이다.

그럼에도 불구하고 나는 늦게나마 행정고시에 합격했다. 하지만 그 기쁨은 오래가지 못했다. 내 관료생활이 순탄치 않았던 것이다. 적응하기도 어려운 시절이 계속되었다. 승진이나 영전은 실력이나 능력으로 되는 게 아니었다. 그저 배경과 돈 있는 사람의 몫이었다. 윗사람들에게 잘하기만 하면 동료나 부하직원들로부터 욕을 먹건 말건, 국민들로부터 원성을 사건 말건 제 가고 싶은 자리를 차지하는 지방의 공직풍토에 넌더리가 났다.

중앙정부로 가서 죽어라 고생한 다음 승진해 내려오는 경우도 많이 있었다. 하지만 나는 그것도 싫었다. 나는 일종의 오기를 부렸다. 왜 지방에서는 안 된단 말인가?

그렇게 버티다가 나는 결국 깨달았다. 내가 내 자리에서 정말 최선을 다했던가 하는 의문을 내게 던졌을 때 나는 스스로 고개를 가로 저을 수밖에 없었던 것이다. 그때 나는 굳게 결심했다. 지방에서라도 꼭 필요한 사람이 되자. 그러면 적어도 중앙으로 가란 말은 듣지 않을 것 아닌가?

이러한 나의 사고와 행동의 변화는 결국 결실을 보게 되었다. 나는 관료사회에서 조금씩 인정을 받기 시작하였고 늦게나마 요직을 두루 거치게 되었다.

그러나 지방자치제가 실시됨에 따라 내 운명은 다시 바뀌었다. 연고지에서 민선 자치단체장선거에 출마할 의향이 전혀 없는 나로서는 중앙으로 자리를 옮겨야 했다.

하지만 중앙도 지방의 공직풍토와 크게 다를 바 없었다. 오히려 정치적인 영향을 더 직접적으로 받고 있었다.

내가 일하는 내무부는 그게 더 심할 것처럼 여겨졌다. 보이지 않는 차별이 존재하는 듯이 생각되었다. 그러나 내 생각과는 달리 특별한 차별은 없었다. 오히려 몇 분의 고위 간부를 잘 만나 빠른 승진이라는 덕을 입었다.

한편 타협할 줄 모르는 지나치게 곧은 성격 때문에 요직에 갈 기회를 상실한 것 등이 강한 스트레스로 작용하여 나는 뚜렷한 병명도 없는 신경성 질환으로 한참 동안 고생했다. 더욱이 이런 질병이 좋은 구실이 되어 오랫동안 한직에 처박혀 있어야 했다. 하지만 내 숨이 넘어갈까 염려되어서인지 아니면 나보다 더 문제 많은 인사를 해결하기 위해 가장 한직을 찾다 보니 그게 내 자리였던지 하여튼 나는 그 자리를 면할 수 있었다. 그러다가 행자부 장관으로 친구가 부임하자, 외곽 기관의 국장으로 전보되어 이사관으로 승진할 수 있게 되었다.

거기에서도 나름대로 열심히 일했는데, 이번에는 정년 2년을 남겨두고 명예퇴직을 강요하는 세력들이 나를 압박했다. 사력을 다하여 싸운 결과 퇴직은 면하였지만, 한

국행정연구원이라는 곳에서 파견근무를 하라는 명령을
받았다.

몇 개월 동안의 정신적인 고통을 겪으면서 국선도 단
전호흡 수련으로 회복한 건강도 다시 망가지는 것 같았
다.

여기에 가정적으로도 힘든 상황에 놓여 있다. 83세의
고령인 어머니는 병원 입원과 퇴원을 반복하고 있어 마
음이 항상 불안하다. 사업하는 동생들이나 사업하지 않
는 동생들도 어렵게 지내고 있으며 출가한 여동생들도
곤란하기는 마찬가지다. 이러한 동생들에게 힘이 되어
주지 못하는 나 자신의 처지가 너무도 처량하게 느껴진
다.

하지만 나는 이러한 모든 어려움을 이겨낼 것이다. 지
금까지의 내 삶이 그랬다. 에둘러 가지만 내가 원하는 목
표에는 도달하고야 말았다. 우선은 내 건강 회복을 위하
여 국선도 단전호흡 수련에 더욱 정진할 생각이다. 건강
하지 않으면 아무 것도 할 수 없다.

내 의지로 되는 것은 아니지만, 지금의 파견근무도 면
하고 싶다. 행자부 간부들도 모두 바뀌었다. 전 간부들은
나를 보직해임에서 파견으로 복직시킨 것만 해도 크게
우대하고 있다고 생각하였을 것이다. 그것도 그들이 원
해서 한 것이 아니라 마지못해서 한 것이지만….

그러나 나는 여건이 변화하기를 진심으로 갈망한다.
국민에 대한 깊은 애정과 청렴에 바탕을 둔 내 능력과 정
열을 다 쏟아 부을 직책을 나는 감히 원하고 있다.

내 개인의 입신양명(立身揚名)을 위해서가 아니다. 거

기에 집착하지도 않는다. 다만 깨끗한 사람도 높이 올라
갈 수 있음을 보여 주고 싶기 때문이다. 그래야 공직풍토
가 다소라도 개선될 것이다. 행정을 계량하기 어렵다고
하고, 누구를 임명하든 큰 차이가 없다고 말하는 것은 국
민에 대한 기만이다.

얼마 전에 새 대통령이 취임하였다. 새 대통령은 최
우선적으로 깨끗한 정부를 만들 것으로 기대된다. 깨끗
한 정부가 되기 위해서는 무엇보다 정부가 깨끗하지 않
은 사람은 중용하지 않아야 한다. 아무리 그 사람이 유
능하다고 해도 깨끗하지 않은 사람은 중용해서는 안 된
다. 깨끗한 정부가 아니고는 이제 진정한 선진국이 될
수가 없다. 깨끗하지 않은 선진국은 지구상에 존재하지
않으며 앞으로도 존재하지 않을 것이기 때문이다.

대통령이 깨끗한 인재를 등용하고 깨끗한 정부를 만
들어서 국민의 절대적인 신망을 바탕으로 국민대통합을
이룩하기를 진심으로 바란다. 이러한 국민대통합의 토
대 위에서 남북 화해협력과 한반도 평화체제 정착의 과
제를 반드시 실현하여 21세기에 새로이 펼쳐질 동북아
시대의 중심국가로 우뚝 서게 되기를 간절히 기원한다.

2. 내 인생관과 공직생활

　대부분의 사람들과 마찬가지로 나는 태어나기 전의 세계는 물론 사후의 세계에 대해서도 아는 것이 없다. 청소년기에는 이런 문제 때문에 무척 고민이 많았다. 나 없는 세상을 생각하면 무섭기도 하고 허무하기도 하여 이에 대한 해답을 얻기 위하여 입산할 생각도 해보았다. 때로는 세상이 싫어져 방황도 많이 하였다.

　인생사에 쫓겨 살다 보니 그러한 것을 잊고 살아가지만, 지금도 가끔 '인생이란 무엇인가?', '인생의 끝은 어디인가?'를 생각해 본다. 하지만 역시 해답은 얻을 수가 없다.

　그러나 노회해져서 그런지 탈출구는 열어 놓고 있다. 현재 주어진 삶에 충실하고 보람된 삶을 살면 되는 것 아닌가? 사후의 세계를 지금 걱정해서 무얼 어쩔 것인가? 하고.

　하여튼 요즈음의 나는 많이 현실적이다. 좀더 좋은 시절에, 좀더 좋은 나라에서, 좀더 유복한 가정에 태어나지 않은 것에 대하여 아쉬움은 전혀 없다. 나는 내 현재 모습을 전적으로 수용한다. 그리 큰 불평불만 없이 살아간다.

또 영생하지 못함을 아쉽게 생각하거나 거기에 미련을 갖지도 않는다. 모든 사람들이 한번 태어나서 영원히 죽지 않고 산다면 인간의 참모습을 잃고 말 것이다. 왜냐하면 죽음이나 이별의 슬픔은 없겠지만 소생이나 만남의 기쁨도 존재하지 않을 것이기 때문이다.

인간이 늙고 병들어 죽기 때문에 생에 대한 애착을 갖는 것 아닐까? 서운한 감정, 미운 감정을 느낄 수 있으므로 즐거움과 기쁨, 만족도 느낄 것이다. 병을 앓아보지 않는 사람은 완쾌의 즐거움을 모르는 법이다. 죽을병에 걸려보지 않는 사람은 소생의 축복을 누릴 수 없을 것이다.

영생한다고 생각해 보자. 그야말로 살 맛 없는 끔찍한 세상이 되지 않을까?

고통의 원인은 욕망, 욕심 때문이라고 한다. 그 욕망 중에 가장 큰 욕망이 아마도 영원히 살고 싶은 욕망일 것이다. 그러나 즐거움과 보람이 없는 단순한 생명의 영속이 무슨 의미가 있단 말인가? 생명의 유한성에서 인생의 삶의 가치가 시작된다고 한다면 나의 지나친 독단일까?

그렇다면 어떻게 살아야 행복한 삶인가?

행복은 흔히 만족에 있다고 한다. 그러나 그 만족이란 주관적인 판단뿐만 아니라 객관적인 정황과 요소도 함께 고려되어야 할 것이다. 자기 혼자 아무리 만족한 생활을 한다고 한들 주위에서 비난하거나 인정해 주지 않는다면 보통 사람들의 경우에는 흔들림 없이 그런 생활을 지속하기 어려울 것이다.

이처럼 다른 사람들에게 관심을 갖는 것은 어느 정도 불가피한 일이지만 궁극적으로 자기의 세상은 자기 책임 아래 사는 것이므로 스스로 만족하는 삶이 가장 중요하다고 나는 생각한다. 따라서 나는 천국이 따로 없다고 본다. 천국은 죽기 직전에 어떤 삶을 살았느냐에 달려 있다고 믿는 것이다.

죽음 직전에 고통과 번민 속에 살다가 죽음을 맞이하는 사람은 지옥에 떨어질 것이요, 죽음 직전에 이만하면 세상에 별 미련 없이 축복 받고 살아왔다고 자부심을 갖는 사람은 영원히 천국에 들게 될 것이라는 게 나의 천국관이다.

비행기 사고라든지 큰 화재 사고에 의하여 갑자기 생명을 잃게 되는 경우에는 잘 모를 일이지만, 천수를 다하거나 병에 걸려 죽게 되는 경우에도 죽음을 맞이하는 마음가짐에 따라 천국과 지옥이 갈린다고 생각하고 있다.

부자든 가난한 사람이든 모두 죽음은 평등하게 찾아오기 마련이다. 아니, 오히려 부자는 큰 재산을 두고 세상을 하직해야 하는 고통이 있는 반면에 가난한 이는 그런 면에서 죽음의 고통이 작거나 아예 없을 수도 있다. 이런 의미에서 보면 죽음은 누구에게나 평등하게 적용된다고 하겠다.

불교에서 말하는 업보라는 것도 따지고 보면 일어난 사건에 의미를 부여하는 것 아닌가?

착한 사람이 불의의 사고를 당해 죽거나 할 때는 별 말이 없다가, 악한 사람이나 그 식구들이 불행한 일을 당한 경우에는 흔히 "못된 짓을 많이 하더니 죄받았다"고 얘기 한다. 불행한 사건과 못된 짓을 연관지어 그의 업보라고 하는 것이다. 누군가 비오는 날 골프를 치다가 벼락을 맞 고 죽었다고 하자. 그 사람의 무모한 행동을 나무라는 게 아니라, "모질게 살더니 죄받아서 그렇게 되었다"고 말하 는 경우가 더 많을 것이다.

심지어 특별히 비난할 일이 없는 사람의 경우에는 '태 어나기 전의 죄가 업'이라고 한다. 따라서 업을 짓지 않 으려거든 우선 남의 손가락질 받는 못된 짓을 하지 않고 살아가야 할 것 같다.

나는 직업으로 공무원을 선택했다. 내가 활동함으로써 다른 사람에게 도움이 되고 세상이 더 맑고 깨끗해지는 데 기여하고 싶었기 때문이다. 훌륭한 공무원이 되기 위 해서는 일정한 범위의 지식 축적이 필요하고 사기업체 종사자보다도 깨끗하고 헌신적으로 봉사해야 한다. 즉 정직에 바탕을 두고 봉사정신에 투철해야 한다는 말이다.

돈은 인생살이에 필요한 재화와 용역을 획득하기 위해 서 필수적이다. 따라서 어떠한 삶도 돈 없이는 행복해질 수 없다. 왜냐하면 기본적인 인간의 욕구를 채울 수 없기 때문이다. 그러나 '아무리 돈이 많아도 돈만으로 행복해 질 수 없다'는 것 또한 진리인 것 같다. 자기의 행복과 평 화를 위하여 수단과 방법을 가리지 않는 저속한 삶은 필 연적으로 남을 고통스럽게 하기 마련이며 남의 재물이나 명예를 훼손시키는 경우가 많기 때문이다.

공무원의 경우는 더 말할 것도 없다. 국민에게 봉사해

야 할 공무원이 오히려 국민 위에 군림하려 한다면 그 나라가 어떻게 되겠는가.

지금 우리나라는 온통 부정한 돈 시비로 들끓고 있다. 대통령의 자제들로부터 청와대비서관 그리고 많은 지방자치단체장 등이 돈에 눈이 멀어서 세상을 더럽히고 본인과 가족들의 명예를 송두리째 망가뜨리고 있다. 나는 이걸 보면서 차라리 연민의 정을 느낀다.

어쩌면 그런 탐욕스런 삶을 살아간단 말인가? 돈에 푹 빠져 더러운 삶을 살아간단 말인가? 이는 정말 공인으로서의 할 짓이 아니다.

나는 어렸을 때부터 아버지에게서 공무원들과 관련하여 좋지 않은 이야기를 많이 듣고 자라왔다. 아버지로부터 들은 비리 공무원들의 행태는 참으로 다양했다. 나는 그런 부조리를 들으면서 오히려 청렴 공직자의 꿈을 키워왔다고 해도 과언이 아니다. 몇 가지 예를 들어본다.

면사무소에서 농지세를 부과하여 납부했는데 몇 년이 지나자 또 고지서를 가지고 와서 농지세가 미납되었다고 하는 경우가 있다. 다행히 영수증을 보관하고 있으면 괜찮지만 분명히 납부하고도 영수증을 분실했거나 찾지 못하면 이중으로 농지세를 납부해야 했다. 그리고 우리보다 몇 배 전답을 많이 가지고 있고 수확도 많은 사람에게는 무슨 영문인지 우리보다 적게 농지세를 부과하는 사례가 많았다며 아버지는 자주 울분을 터뜨리곤 했다.

이뿐만이 아니다. 군청에서 도량형기 단속을 나와서도 돈을 준 사람의 저울은 합격시켜주고 돈을 주지 않는 우리 집 저울은 불합격되어 여러 가지 불이익을 당했다는 것이다.

그같은 일은 공직생활을 하면서 나도 수없이 겪었다. 문득 한 가지 기억이 떠오른다. 내가 도청에서 계장 보직을 받고 근무할 때 일이다. 지급하기로 되어 있는 추곡수매용 빈 가마를 지급하지 않아, 왜 농림부 방침을 어기느냐고 항의하자, "실은 빈 가마를 지급하지 않고 그것을 팔아서 여러 가지 경비에 충당한다"는 어처구니없는 답변이었다. 나는 바로 시정토록 요구했다.

어처구니없는 일도 많다. 내 친구가 일선기관의 장으로 근무할 때 일이었다. 당시 한직에 있는 고위직 간부가 식사 한번 사라고 한 것을 그 친구는 일이 바빠 차일피일 미루고 있었다. 그런데 갑자기 그 간부가 그 기관의 장으로 전근해 왔다. 당황한 내 친구는 일이 바빠 챙기지 못했노라고 사과하고 그 간부를 저녁식사에 초대했으나 야멸차게 거절당했다. 그 친구는 그 뒤 두 차례의 진급심사에서 떨어지고 결국은 진급을 포기하고 말았다.

또 이런 일도 있었다. 내 고등학교 동창 한 사람이 사업 관계로 동창인 당시 모 부처 고위직 간부를 만나고자 했다. 그는 다른 친구에게 만남을 주선해 달라고 요청했다. 그러나 만남을 주선한 친구의 답변은 뜻밖이었다. "그 친구는 우리 아버지 상을 당했을 때 조문도 오지 않았다"고 하면서 반응이 신통치 않았다는 것이다. 그 말을 전해 듣고 내 친구는 그 동창을 만나는 것을 포기했다.

돈과 관련된 부조리는 아니지만 훨씬 더 비열한 사례를 하나 소개하고자 한다.

내 행정고시 동기생이고 동갑이어서 친구로 지내던 김

정환 전 장성군수가 초혼에 실패하여 7~8년간 혼자 살고 있었다. 마침 작은 여동생이 늦게까지 공부하느라 30대 중반을 넘어서게 되자 큰 여동생이 오빠인 나에게 그와의 중매를 간청하였다. 나는 한번 실패한 자는 또 실패할 확률이 크다는 이야기도 있는데다가 그의 성정이 너무 깐깐하여 내 동생이 힘들어할 것 같아서 주저하였다. 그러나 여동생의 결혼이 계속 늦어지고 있는데도 오빠가 방관만 하는 것처럼 보여서 미안한 마음에 일단 만남을 주선했는데 결국 결혼이 성사되었다.

김 군수는 전처와의 사이에 아들 하나를 두었는데 내 여동생과도 아들 하나를 낳았다. 결혼 초에는 내가 예상한 대로 어려움이 적지 않았으나 둘은 이를 잘 극복하면서 잘 살고 있었다.

문제는 민선도지사가 취임한 다음 벌어졌다. 장성군수를 끝으로 대기상태에 있던 그는 전처의 형부가 정무부지사로 취임하게 되면서 우연인지 몰라도 전남발전연구원이라는 곳에서 파견근무를 하게 되었다. 공무원으로 명맥만 유지하는 셈이었다. 민선 2기에도 같은 도지사와 같은 정무부지사가 취임하게 되자, 신분상의 변화를 기대할 수 없게 된 김 군수는 술만 찾았다. 술에 의지하여 살던 김 군수는 특별한 병마에 시달리지도 않았는데도 곧 죽고 말았다.

분노한 내 동생들은 "시신을 든 관을 도지사 집무실에 옮겨 놓고 항의하자"는 주장을 폈다. 하지만 나는 "슬기롭게 대처해야 한다"고 이를 적극 말렸다. 정황만으로 책임을 물을 수는 없는 것이다. 혼자된 여동생은 너무도 분하고 원통하여 그 누구의 부조금도 거부했다. 자기 남편을 죽음에 이르게 한 저들이 돈 몇 푼으로 양심의 가책을 면하려 하는 것을 원천 봉쇄해 버린 것이다.

김 군수가 도청 간부나 큰 시·군의 부기관장에 취임할 자격이 있는지 없는지는 도지사나 부지사가 가장 잘 알고 있었을 것이다. 아니기를 정말 바라지만 자기 처제와 이혼했다는 사실 때문에 보복성 불이익을 주었다면 너무도 야비한 짓이 아닐 수 없다.

김 군수는 나와 행정고시 14회 동기생이지만 이미 10회 때 2차까지 합격한 적이 있는 뛰어난 머리의 소유자였다. 두뇌가 명석하고 논리 정연하며 일에 대한 열정 또한 대단했다. 남의 흉을 보지 않고 상사의 명령에 잘 복종하는 모범적인 공무원이었다. 다만 동료나, 특히 부하 직원들에게 부드럽지 않고 딱딱한 면은 있었다. 또 일을 잘못할 때는 심하게 질책할 때가 있었으나 이런 모든 것들이 사심이 있어서가 아니었음은 누구나 다 아는 사실이었다. 이런 그의 태도가 한직으로 내몰릴 만한 사유가 될 수는 없었다.

정황이 이러하므로 김 군수는 괘씸죄에 걸린 것 아닌가 싶다. 내가 섣불리 단언할 일은 아니지만 그는 가장 후진적인 공직풍토의 희생자임에 틀림없을 것 같다.

이와 같은 사례의 밑바닥에는 무엇이 자리하는가? 대부분 돈이다. 이 점을 깨달은 나는 공무원이 되면서 깨끗하게 살기로 결심했다. 내가 잘못하면 나는 아버지가 욕하던 바로 그 공무원들과 똑같이 되는 것 아닌가.

최소한의 금전은 필요하지만 월급으로 충분하다고 나

는 생각했다. 소위 품위를 유지하는 데는 턱없이 부족할지 모르지만, 그렇다면 품위 유지 수준을 낮추면 되는 것 아닌가. 주위사람들에게 무슨 일이 생겼을 때 큰돈을 내서 도와주지 못한다고 해도 할 수 없었다. 다른 방식으로 도와줄 수밖에. 동창회나 각종 모임에 얼굴 내미는 즐거움을 갖지 못한다고 해도 감수해야 했다. 그러면서 나는 주위의 환호와 박수 받지 못함을 서운해하지 않는 인내와 절제의 미덕을 배웠다. 내 삶은 지금도 이 방침에서 별로 흔들림이 없다. '분수에 맞게 살자'는 것이 내 생활신조가 되었다.

뻔한 물음이지만 다시 생각해 본다. 왜 공직자는 돈을 받아서는 안 되는가?

돈을 싫어하는 사람은 이 세상에 거의 없을 것이다. 하지만 그 돈이 정당하지 않거나 뇌물일 때는 큰 문제를 일으킨다.

돈을 받게 되면 사람은 보통 이성이 마비된다. 돈을 준 사람에게 고마움을 느끼는 것으로 끝나면 그나마 다행이다. 하지만 대부분 거기에 그치지 않는다. 그와 같은 여건에 있는 어떤 사람이 돈을 주지 않는다면 그 사람은 예의를 모르는 사람, 나쁜 사람이 되어버리는 것이다. 그러니 돈을 준 사람과 주지 않는 사람을 공정하게 대할 수 없게 된다.

누군가 공무원에게 돈을 주는 것은 사람이 아니라, 그 자리를 보고 자신의 이익을 생각해서 주는 것이다. 그러니 그게 뒤탈이 나지 않을 도리가 없다. 은밀히 돈을 받았으니 아무도 모를 줄 아는데 천만의 말씀이다. 세상에는 비밀이 없다. 돈을 준 사람이 자기가 어려운 입장에 처하게 되면 그 사실을 발설하게 마련이다.

돈을 줄 때 안 받으면 받지 않는다고 원망하고 욕한다. 그때는 주어야 일이 되기 때문이다. 그러나 그 일이 재미를 못 보거나 망하게 되면 본전 생각이 나는 것은 당연한 일. 어떤 사람은 노골적으로 돌려 달라고 요구하기도 한다는 것이다. 또 중간에 심부름했던 사람일 경우에는 자기 혼자 둘러쓰지 않기 위해 과장을 섞어 말하게 되는 경우도 많다고 한다.

이외에도 부정 사실이 발각되는 사례는 많다. 사석에서 무심코 승진 때 얼마를 썼다, 그 공사 감독에는 얼마를 주었고, 기관장·부기관장, 그리고 회계 부서 직원에게는 얼마를 줬다고 말하는 경우가 종종 벌어진다. 그러니 명심할 것은 그 어떤 경우라도 돈을 받아서는 안 된다는 점이다.

돈을 받게 되면 설령 문제가 되지 않더라도 그것을 아는 사람들에게 약점을 잡히게 되고 그 약점 때문에 때로는 부정이 확대 재생산된다. 또 부하가 이 사실을 알게 되었다고 가정해 보자. 상관이 제대로 부하를 지휘, 통솔할 수 있겠는가.

이와 같이 부정한 돈은 사람의 이성을 마비시키고 정의를 깨버리며 인간을 경멸하게 만든다.

그러면 전혀 돈을 받지 않고 깨끗하게 살기만 하면 바른 공직자인가? 나는 그렇지 않다고 생각한다. 사람이 함양해야 할 덕성이 여러 가지인 것처럼 공직자도 마찬가지이다.

공무원은 무엇보다 공선사후(公先私後)의 선비정신을 실천해야 한다. 사사로운 개인의 정을 과감히 떨쳐버리고 공익을 최우선으로 여기고 실천해야 하는 것이다.

공무원은 또 가난한 사람, 불행한 사람에 대해 깊은 애정을 가져야 할 것이다. 공무원이 약자 편에 서지 않으면 누가 약자 편에 설 것인가.

또한 역지사지(易地思之)의 자세를 가져야 한다. 공무원은 자기가 곧 민원인이라는 생각으로 업무를 처리해야 한다. 그것이 쉬운 일은 아니겠지만 이기적 욕심만 버린다면 가능한 일이라고 생각한다.

공무원은 출세지상주의를 경계해야 한다. 물론 높은 목표치를 두고 이를 달성하기 위해 노력하는 게 나쁘다는 것이 아니다. 내 주위를 둘러보면 동료나 부하직원들로부터 존경을 받으면서 승진하는 경우는 거의 드물다. 대부분 동료나 부하를 괴롭히면서 상사의 눈에 들어 일을 잘 처리하는 사람이라고 평가받는 경우가 많다. 승진은 늦지만 부하직원들로부터 존경받고 주민으로부터 좋은 평판을 받는 공무원의 삶이 나는 훨씬 더 훌륭하다고 믿는다.

이 글을 쓰는 나 자신도 물론 이와 같은 공무원은 못된다. 하지만 나는 그런 정신을 가지고 살아가려 노력해 왔고 앞으로도 계속 노력할 생각이다. 이 같은 내 정신을 반영한 생활 신조 세 가지를 소개하면 다음과 같다.

첫째, 어떠한 경우에도 불의와 타협하지 않는다.

둘째, 비굴하게 살지 말자.

셋째, 겸허한 자세로 살자.

3. 종교에 대한 내 생각

나는 매주 일요일이면 거의 빠지지 않고 성당에 나간
다. 그렇다고 해서 깊은 신앙심을 갖고 생활하는 것은 아
니다.

10여 년 전에 영세는 받았지만 나는 아직 예수 그리스
도의 신성도, 부활도 확신하지 못하고 있다.

그렇다면 무엇 때문에 성당에 나가느냐고 반문할지 모
른다. 내가 비록 완전한 신자는 아니지만 성서를 통하여,
예수님의 말씀을 통하여 많은 교훈과 지혜와 생활상의
가르침을 터득했기 때문이다.

성경말씀(누가복음) 중에 잔치에 초대받아 갔을 때 상
석에 앉지 말라는 구절이 있다. 괜히 상석에 앉았다가 귀
빈이 왔다는 이유로 내려앉으라는 수모를 당하느니, 아
예 맨 끝자리에 앉았다가 주인으로부터 조금 더 상석으
로 옮기라고 요구받는 경우가 더 낫다는 말이다. 여기서
나는 그 위대한 말씀, "누구든지 높아지려고 하는 사람은
낮아질 것이요, 자기를 낮추는 사람은 높아질 것이다"의

진리를 깨닫는다. 나는 평소 남을 존경하지 않는 사람은 존경받을 자격이 없다고 생각해 왔다. 그런 나에게 이 말씀 이상의 적절한 비유가 또 어디에 있겠는가?

사람이 세상에 태어나서 살다가 죽기까지의 기간은 우주의 시간으로 보면 극히 짧은 순간에 불과하다. 그런데 그 기간 중에도 우리는 얼마나 많은 시간을 고통과 원망과 슬픔 속에 살아가는가?

인간이 이같은 고통의 질곡을 벗어날 수 있는 길이 무엇일까? 나는 이 모든 것을 받아들여서 승화시키는 유일한 방법이 종교라고 믿는다. 고통을 벗고 행복한 삶을 살아가도록 이끄는 게 종교의 할 일이 아닌가 싶은 것이다.

명망 있는 가문의 후손들은 선조의 얼을 되받아 자기 삶을 윤택하게 한다. 그런데 하물며 예수 그리스도의 말씀에서랴! 나는 성당에서 행복한 생명의 양식을 얻는다.

어떤 이는 석가모니를 스승으로 삼기도 할 것이고 또 다른 이들은 마호메트를 스승으로 삼을 수도 있을 것이다. 이는 물론 자기의 인생관이나 철학에 입각하여 선택할 일이다. 하지만 분명한 것은 절대 다른 사람의 선택을 비난하거나 간섭해서는 안 된다는 점이다.

그러나 종교에 지나치게 빠져서는 곤란하다. 길거리나 전철에서 초점 잃은 눈동자로 특정 종교를 믿으라고 큰 소리로 외치고 다니는 사람들을 흔히 본다. 믿음의 본질을 깨닫고 하는 짓인지 의문을 가질 때가 많다.

자기 생활을 포기하고 종교에 빠지는 것은 대단히 불행한 일이다. 종교가 건전한 생활을 영위하는 데 지장을 초래한다고 여겨지면 나는 거침없이 종교를 포기하고 건

전한 생활을 선택할 것이다. 나는 미사에 참석하는 일이
나 봉헌금을 낼 때에도 교회의 기준이 아닌 내 기준에 맞
추어서 행동한다. 또 고백성사 등 종교적 행사시에도 교
회의 교리보다는 내 기준과 원칙에 따른다.

　그러므로 나는 엄격한 의미에서 교회가 요구하는 신앙
인이라고 할 수 없을지도 모른다. 하지만 나는 양심의 가
책을 크게 받지 않는다. 생활의 정도를 벗어나고 있다고
도 생각하지 않는다.

　한마디로 나는 내가 필요해서 종교를 믿고 내세를 위
해서라기보다는 현세를 위해 믿는다. 종교관에 관한 내
결론은 그래서 현세의 바른 삶을 위해 종교가 필요하다
는 것이다.

4. 공직자로 살아간다는 것

1980년대 중반쯤 전남도청 과장 재직시의 일이다. 고향 유지 몇 분이 예고 없이 도청으로 나를 찾아 오셨다. 나산면 복지회관 건립을 위해 출향민의 건립기금을 모금하고 있다는 것이었다. 나는 "다목적으로 쓰여질 복지회관의 건립 취지에는 찬동하나 형편이 어려우니 5만원을 내겠다"고 말씀드렸다. 그랬더니 그분들은 "군청에 근무하고 있는 면 출신 모 계장이 20만원을 희사했는데 명색이 도청 과장이 5만원이 뭐냐"고들 하셨다. "건립에 도움을 주신 분들의 공적을 오랫동안 기리기 위해 회관 앞에 검은 돌로 비를 세우고 거기에 일일이 내용을 새겨서 보존하게 되므로 힘들더라도 오래 남을 일을 하라"는 것이었다. "제가 드린 5만원이 액수가 적어 비에 기록되지 않아도 좋습니다. 하지만 저는 더 이상 드릴 수가 없습니다"하고 대답을 드렸더니 매우 딱하게 여기며 돌아가신 적이 있다.

나는 그 뒤 그 일을 곧 잊고 말았는데, 함평군수로 부임해서 몇 개월쯤 지나서였다. 나산면 복지회관에서 면 소재지에 거주하시는 분들을 위한 소연을 베풀 기회가 있어서 행사예정 시간보다 먼저 도착한 나는 회관 주위를 둘러보고 있었다.

그러다가 바로 그 건립기념비를 발견하였다. 내용을 읽어보니 많은 금액을 희사한 순서대로 이름과 액수가 새겨져 있었다. 천만원 이상의 거금을 낸 재력가도 몇 분 있는 등 여러분이 많은 액수를 희사해 준 모양이었다. 내 이름은 끄트머리 부분에 5만원과 함께 새겨져 있었다. 희사자들 가운데 가장 적은 액수에 가까운 금액이었던 것으로 기억된다.

그럼에도 불구하고 나는 전혀 '왜 내가 그때 조금 더 희사하지 않았던가?'하는 후회나 부끄러움을 느끼지 않았다. 오히려 '잘한 선택이었다'고 생각했다. 물론 무리를 하면 나도 얼마쯤의 돈을 더 희사할 수 있었으리라. 하지만 그렇게 한다고 해서 내 명예가 드높아지는 것은 아니다. 무엇보다도 그것은 내 분수에 맞지 않는 일이었다.

지금까지 공직생활을 해오는 동안 참으로 힘든 것 중 하나가 상호 모순되는 상황에 빠지는 경우이다.

국민과 주민의 입장에서는 공직자에게 공무를 깨끗이 처리해줄 것을 강하게 요구한다. 공직자가 그 바람에 부응하기 위해서는 직무와 관련하여 금품이나 향응을 받아서는 절대 안 된다. 만일 그런 공무원이 있다면 몹시 비난받게 된다.

그러나 공직자가 공직과 관련 없는 사적인 활동을 할 때에는 요구 사항이 달라진다. 여유가 있고, 돈을 잘 쓰며, 주위에 무슨 일이 있을 때 큰돈을 희사할 수 있는 사람이 대접받는다. 그렇지 못할 때에는 못나거나 모자란 사람으로 평가받는 경우가 적지 않다. 물론 유산이 많다거나 돈 많은 친인척의 도움을 받는다든지, 이재에 밝아 재산을 잘 굴려 여유 있게 사는 사람은 별 문제가 없을 것이다. 하지만 그런 경우가 어디 그렇게 흔한가.

나는 공직생활을 선택하면서 결심한 바 있었다. 공직자 본연의 자세에 충실한 삶을 살겠다고.

그러나 그렇게 살기 위해서는 많은 고통과 외로움과 소외감이 따르게 마련이다. 나는 동료들 가운데서도 정상 수준이 못 되는 사람으로 평가받는다. 자동차도 없이 강북에서 전세로 살기 때문이다. 더러는 기인처럼 여기는 사람들도 있다.

나는 중·고등학교나 대학교 동창회 등에는 아예 나가지 않는다. 내게는 지방에서 인연을 맺은 사람들의 경조사에 부조하는 것도 버겁다. 새로운 인연을 맺는 것에는 그에 따르는 책임이 있는데 지금의 내 형편으로는 그게 어렵다. 내가 참석하지 않으려는 것은 만남 자체를 회피해서가 아니라, 추가로 부담 요인을 만들지 않기 위한 고육지책(苦肉之策)이라 할 것이다.

친인척이나 가까운 친구들이 경제적으로 어려운 것을 보면서도 물질적으로 도움을 주지 못할 때는 매우 안타깝다. 평소 지역사회 발전에 크게 도움을 주었던 고향 출신 기업인들이 요즘 어려워하는데도 무어라 위로할 수 있는 기회를 갖지 못하니 송구스럽기조차 하다. 또, 고향 출신 정치인들의 후원회 행사 등에 마음과는 달리 얼굴조차 내밀지 못하는 것은 대단히 괴로운 일이다.

이러한 어려움 속에서도 내가 꿋꿋이 내 뜻을 관철할 수 있는 것은 우리 가족의 협조와 격려 덕분이다. 우리 가족의 이같은 따스한 믿음이 있었기에 나는 소신을 갖고 내 생활신조를 밀고 나갈 수 있었던 것이다.

아무도 자동차나 휴대전화가 없다고 불평하지 않는다. 또 우리가 살고 있는 집이 비록 전세 아파트지만 불편해 하는 기색은 전혀 없다. 오히려 시장에서 장사하고 있는 어수선한 친구 집에 비하면 주거환경이 훨씬 좋다고 만족해한다. 이처럼 먹는 것, 입는 것, 생활하는 것이 참으로 소박한데도 불구하고 우리 가족은 부족하다거나 불편하다고 툴툴거리지 않는다. 나는 부족함에서 만족을 찾는 이 넉넉한 마음씨에서 편안함을 느낀다.

고향에 계시는 어머님이나 동생들 그리고 가까운 친구들까지도 내 성품과 처지를 너무 잘 이해해 주기 때문에 마음의 큰 부담을 지지 않고 지금까지 살아가고 있다. 그러나 한편으로 내 입장을 잘 이해하지 못하고, 오해하고 계시는 분도 많으리라 생각하면 불안하고 괴로운 마음 또한 완전히 지울 수는 없다.

나는 그 분들에게 이렇게 말씀드리고 싶다. 내가 여러분을 찾지 않는 것이 아니라, 내 자리가 여러분을 찾지 못하게 만드는 것이라고. 공직자로서 흔들림 없이 국민에게 봉사하기 위해서는 나 스스로 씀씀이를 줄일 수밖에 없노라고. 그러니 혹 서운한 것이 있더라도 널리 헤아려 달라고 말이다.

일부 몰지각한 공무원들이 없는 것은 아니지만, 박봉

에 자존심마저 상해가면서 열심히 일하고 있는 공직자가 훨씬 더 많다. 하지만 아직 부족하다. 우리나라가 선진국이 되기 위해서는 공직자가 지금보다 몇 배 더 깨끗해져야 한다. 더불어, 효율성, 능률성도 배가되어야 한다.

그러나 이런 것들이 공무원만의 노력으로는 되지 않는다. 공무원이 한눈팔지 않고 깨끗한 자세로 직무에 전념할 수 있도록 주위에서 여건을 만들어 주어야 한다. 국민의 애정 어린 충고와 격려도 필요하고, 당국의 충분한 지원도 필요하다. 공무원이 바로 서야 나라가 바로 선다.

(1998년 10월 20일)

5. 구로에 사는 즐거움

길음동의 7년 전세생활에 종지부를 찍고 우리는 1999년 12월, 구로동으로 이사했다. 1997년 8월, 구로 전철역에 인접한 롯데아파트를 분양받았는데 2년 4개월만에 완공되어 입주하게 되었다.

얼마 전 신문보도에 의하면, 모 방송국의 연속극에서 아들이 어머니께 "왜 하필 우리는 구로인가?"라고 투정하는 장면이 방영되었는데 이에 많은 구로 주민들이 분개한 나머지 방송국에 항의전화를 하였다고 한다. 구로동이 이런 평가를 받는 것은 오랜 세월 동안 구로동이 공단에서 발생한 공해에 시달려온 데다가, 가난한 사람들이 많이 사는 지역으로 인식되어온 결과 때문으로 생각된다.

하지만 요즈음 구로동은 주거 환경이 많이 개선되었다. 아직은 열악하고 소득 수준도 낮은 것이 사실이나 예전과는 비교할 수 없을 만큼 달라졌다.

그러나 나도 이사오기 몇 달 전까지는 "그런데 왜 정말 우리는 그런 구로인가?" 하는 물음에서 자유롭지 못했다. 나에게 달리 대안은 없었지만 구로동이라는 점에 자괴감이 들었음은 사실이다. 우리 집의 여건상 아파트 평수가 다소 넓어야 하고 환경도 좋고 산도 있어야 하는데, 그런 아파트는 너무 비싸서 전세라면 몰라도 달리 매입할 여력이 우리에겐 없었다.

이러한 우여곡절 끝에 구로동에 살게 되었으나 1년여 사는 동안 괴로움보다는 즐거움이 훨씬 많았던 것 같다. 여기 그 몇 가지 즐거움을 소개하고자 한다.

첫째, 내 집에 사는 즐거움이다. 1993년 지방에서 서울로 이사올 때는 전세금이 7천만원이었다. 전세계약기간 2년이 지난 후인 1995년에는 전세금으로 2천5백만원을 올려주었고, 또 다시 2년이 지난 후인 1997년에는 2천5백만원이 더 추가되어 저축액보다는 전세금 충당이 더 힘겨웠다.

그런데 이제는 전세금을 올려달라는 사람도 없고 나가란 사람도 없으니 그 즐거움이 얼마나 크겠는가?

둘째, 이웃주민들과의 위화감이 없어서 또한 즐겁다. 둘러보면 우리 주위에 아주 잘사는 사람이 없어서 부담스럽지가 않다. 가까이에 있는 A백화점에 가보아도 식료품만 잘 팔리는 것 같다. 다른 상품들은 중저가품들이 많이 팔린다고 들었다. 강남의 유명백화점 같은 데서 인기가 있는 고가품들은 아예 구경하기가 힘들다. 아파트에 주차되어 있는 자동차들을 살펴보아도 외제차와 대형차들은 찾아보기 힘들고 중소형차가 대부분이어서 마음이 한결 가뿐하다.

셋째, 전철이 가까워서 즐겁다. 철도역 근처라 상당히 시끄럽기는 하지만 그 대신 전철역 이용이 편리하다. 게다가 1호선 구로역 뿐만 아니라 2호선인 신도림역까지 이용할 수 있어서 더욱 좋다.

넷째, 공직자 특히 고위공직자들이 넉넉한 생활만 하는 것은 아니라는 평가를 받는 즐거움이다. 지금 근무하는 직장이 서울역 부근에 있기 때문에 서울역에서 전철을 타는 경우가 많다.

언젠가의 일이다. 건설교통부에서 파견 나온 직원과 함께 퇴근하는 길이었다. 이러저러한 이야기를 나누다가 그가 "집이 어디냐?"고 물었다. "구로동이다"라고 답했더니 의외라는 표정이었다. 이제까지 자기가 아는 국장급 공무원들의 집은 다 강남, 분당, 일산 아니면 목동이었다는 것이다. 구로동인 경우는 처음이라면서 다소 의아하게 여기는 기색이 역력하였다.

나는 그에게 그 집을 내가 얼마나 힘들게 마련했는지 설명하지 못했다. 또 내가 구로동에 사는 것에 대해서 얼마나 만족하고 즐거운지도 말하지 못했다. 하지만 적어도 그가 한 가지는 깨달았을 것이다. 고위공직자라고 해서 다 특별한 것은 아니구나 하는 점을 말이다.

구로동에 살면서 불유쾌한 일, 어색한 일들을 경험하지 않는 것은 아니다. 목욕탕 주인의 안하무인격인 행동이랄지, 약국 주인의 무례한 언사랄지, 인근 술집에서 바가지를 씌운다든지 하는 일 등은 내가 좀처럼 겪어보지 못한 것들이었다.

하지만 이런 일쯤은 사람 사는 곳에서는 흔히 벌어지

는 일 아닌가 싶다. 오히려 그런 것들이 바로 이곳 주민들의 순박함을 보여주는 잣대일지도 모른다고 말하면 내 지나친 자위일까?

하여튼 나는 이곳 구로에서 행복하게 살고 있다. 주위의 많은 사람들은 나를 걱정하지만, 나는 정말 즐겁고 편안한 마음으로 잘 지내고 있다.

(2000년 12월 15일)

6. 기적을 창조하는 등산

서른 다섯 살 때의 담낭 결석과 마흔 두 살 때의 신장 결석으로 두 차례의 수술을 받은 끝에 내 체질은 결석이 자주 생기는 특이 체질이라는 것을 알게 되었다. 이의 예방을 위해서는 가급적 스트레스를 이겨내는 생활을 해야 하고 또 규칙적으로 운동을 해야 한다는 의사의 충고를 듣고 나는 운동을 시작했다.

○아침 달리기를 시작하다

맨 처음에는 집 마당에서 줄넘기를 했다. 며칠간에 걸쳐 계속 시도해 보았지만 너무도 무미건조하여 5분을 넘기기가 어려웠다. 그래서 줄넘기는 곧 집어치우고 마당에서 뜀박질을 했다. 하지만 마당이라야 손바닥만하니 운동도 되지 않고 빙빙 도는 것도 지루해서 결국 동네를 돌곤 했다.

그때 나는 3년여의 지방공무원교육원 교관 생활을 마

치고 한직인 비상대책과장으로 근무하고 있었다. 따라서 아침 일찍이 출근하거나 밤늦게 퇴근하는 일이 거의 없었기 때문에 많은 시간을 운동하는 데 할애할 수 있었다.

처음 시작할 때에는 500미터 내지 1킬로미터의 가까운 거리를 달리기만 해도 힘이 들어 헉헉거렸다. 하지만 집중적이고 지속적으로 달리다 보니 나중에는 2킬로미터 구간까지도 별 무리 없이 달릴 수가 있었다.

뛰다 보면 중간쯤에서 순간적으로 무아경 내지는 황홀경에 빠지는 체험을 하게 된다. 그런데 그것을 의식하고 더욱 깊은 경지에 빠져들려는 욕심을 부리면 그런 현상은 슬며시 사라져 버린다. 신비한 일이 아닐 수 없다.

이렇게 사람들이 황홀경에 빠지게 되는 원인은 베타 엔돌핀이나 티 임파구 등으로 표현되는 물질들에게 있다고 한다. 이같은 물질들이 우리 뇌 속에서 왕성히 활동하면서 여러 가지 병적인 요소들을 제거하고 면역력을 길러주어 우리로 하여금 무한한 행복감에 빠져들게 하기 때문이라는 것이다.

○등산을 시작하다

아침 달리기와 병행하여 주말이나 휴일 때는 등산을 하기 시작했는데 달리기보다 훨씬 더 열심히 했다.

처음에는 동네 야산을 매일 1시간 30분 가량 걸었으나 어느 정도 자신감을 얻게 되면서부터 무등산을 찾게 되었다. 무등산은 1,100미터가 넘는 높은 산이지만, 험악하지 않고 좋은 경관을 끼고 있어 전국 어디에 내놓아도 손색이 없는 명산이다. 코스도 다양하여 자기 능력과 형편에 따라 알맞은 코스를 선택하여 산행을 즐길 수 있다.

산행 초기에는 친구들과 동행했는데 그들을 따라다니느라 무척 힘이 들었다. 물통에 가득 채워간 물은 한 방울도 남지 않았다. 조금 속도를 낼라치면 심장에서 콩닥거리는 소리가 요란했다. 때로는 심장이 찢어질 것 같은 통증을 느껴 병원을 찾은 적도 있었다. 그러나 3개월 동안 등산을 계속하자 물도 많이 먹지 않고 심장의 통증도 느끼지 않았으며 땀도 심하게 흐르지 않게 되었다.

○운동은 기적을 창조한다

걷기 운동은 대표적인 유산소 운동이다. 운동 부족으로 오는 여러 가지 성인병을 예방해 준다. 걷게 되면 혈액의 흐름이 좋아지고 혈압이 내려가며 콜레스테롤 수치도 낮아짐으로써 심근경색 등 심장 질환에 걸릴 가능성을 크게 낮추어 준다. 또 중풍 등 뇌혈관 질환도 예방해 준다. 그 위험인자인 고혈압과 동맥경화의 가능성을 낮추기 때문이다.

이 운동은 관절에도 도움이 된다. 이런 문제 제기가 있을 수 있다. 그렇지 않아도 관절이 붓고 아픈데 운동하다가 더 나빠지면 어떻게 하느냐? 혹은 관절연골을 너무 많이 사용한 탓에 닳아버려서 관절염이 생겼는데 운동하면 더 빨리 닳지 않겠느냐?

물론 관절을 움직이면 연골이 조금씩 닳을 수는 있다. 그러나 운동을 하면 관절을 둘러싸고 있는 근육이 튼튼해져 힘이 좋아지고 관절의 안정성이 높아진다. 또 관절이 받는 힘을 근육이 나눠서 지게 돼 부담을 그만큼 줄여준다. 운동으로 잃는 것에 비해 얻는 것이 훨씬 더 많은 것이다.

과체중으로 인한 관절염의 경우에는 체중 감량을 위한 걷기 운동이 필수적이다. 심근경색이나 협심증으로 수술을 받은 사람의 경우에도 일정한 시간이 지나면 운동을 해야 한다고 한다. 그밖에도 걷기 운동은 당뇨를 예방하거나 그 증상을 많이 개선시켜 주며 정신 건강에도 좋고 우울증 예방에도 효과가 있다는 것이 의학적으로 증명되고 있다.

실제로 산행 다음날은 기분 좋은 피로감이 온몸을 엄습해서 오히려 상쾌한 느낌이었다. 깊은 잠을 잘 수 있었고 숙취 예방에도 도움이 되었다. 산행을 계속한 후에는 1분에 75~76회였던 맥박수가 62~63회로 크게 떨어졌다. 또 장 질환이 완치되었는가 하면 반쯤 환자인 상태에서 벗어나 건강한 생활을 영위할 수 있게 되었다.

이와 같은 경험은 나만이 한 게 아니다. 많은 사람들이 등산을 통해 각종 난치병을 극복하고 있다. '운동은 기적을 창조한다'고 하지 않는가.

비가 오거나 흐린 날이면 산에서 자주 경험하는 일인데, 등산 시작 단계에서는 아무렇지도 않다가 하산할 무렵이면 하루살이들이 얼굴 주위를 잉잉거리며 날아다닌다. 그것들을 쫓아내기 위해서 여간 신경 쓰지 않으면 안되는 난처한 경우를 많이 겪게 된다.

이는 등산의 효과를 단적으로 말해주는 사례가 아닐까

싶다. 등산 초기에는 몸에서 나는 땀이 중금속 등으로 오염된 상태여서 자기보호 본능으로 사람 가까이에 오지 않지만, 하산 시에는 중금속 등이 땀으로 모두 배출되어 깨끗해진 상태라 필요한 물질을 구할 수 있기 때문이 아닌가 싶은 것이다.

○ '등산의 달인'이라 평가받다

산행 효과를 체감하게 되자 나는 더욱더 열심히 산을 찾게 되었다. 또 더 많은 산행 시간을 확보하기 위해서 버스나 택시를 타지 않고 아예 집에서부터 걸어갔다. 산행을 마친 다음에도 역시 집에까지 걸어서 돌아왔다. 방림동 집에서 증심사나 약사암을 거쳐 산장까지 가고, 거기에서 다시 도로를 따라 토끼등과 증심사를 지나 집에까지 돌아오게 되므로 25킬로미터가 족히 넘는 거리를 걸어 다닌 것이다.

산행이 숙달되고 체질화되니 초반에 등산을 가르쳐 주던 내 친구들도 힘에 부쳐 나와 보조를 맞출 수 없게 되었다. 이제 나는 혼자 산행을 하는 경우가 많아졌다. 식구들이나 직장에서 단체로 산행하는 경우에는 가끔 함께 가기도 했지만, 속도를 내다보면 일행들과 떨어져서 혼자 행동하곤 했다. 사람들은 나에게 '등산의 달인'이라는 별명을 붙여 주었다.

쉬는 날이면 거의 예외 없이 산행을 나갔다. 수원의 내무부연수원에서 교육을 받다가 주말에 잠깐 광주에 머물 때에도 산행은 계속되었다.

산행이 점점 더 숙달되어감에 따라 틈만 나면 지리산, 월출산, 백운산, 조계산 등 도내의 이름 있는 산을 찾았다. 산행하는 방법도 독특해서 정상이나 하산 길에는 호흡을 조정하고 상체의 긴장을 완전히 풀어버려 마치 버드나무가 바람에 흔들리는 것과 같이 움직이도록 했다. 그렇게 하면 목적지까지 몇 시간이고 쉬지 않고 다녀도 아무런 지장이 없었으며 내 앞에 등산객이 하나도 없을 만큼 빠른 속도를 낼 수 있었다.

물론 산행 중에 길을 잃고 방황하거나 바로 발 밑에 낭떠러지가 있는 줄 모르고 발을 내디딜 뻔한 고비도 여러 차례 맞았다. 초겨울에 가족들과 함께 무등산을 찾았다가 생각보다 빠른 오후 6시쯤 해가 떨어지는 바람에 넘어지고 자빠지며 하산했던 적도 있었다.

어쨌든 20여 년 간 거의 한 주도 거르지 않은 등산은 나에게 건강 회복이라는 최대의 선물을 안겨주었다. 건강 회복보다 더 중요한 일은 없을 것이지만 그 외에도 등산은 내 인생살이에 많은 보너스를 주고 있다. 나를 활력 있는 사람으로 만들어 준 것이다.

다른 사람들과 자리를 같이 하는 경우, 화제는 으레 '등산'이나 '운동'이다. 이때 나는 절로 신명이 나 건강전도사를 자처하게 된다.

산행 중에도 처음 만나는 등산객들로부터 "어쩌면 그렇게 발걸음이 가벼우십니까? 발걸음이 예술입니다. 군살이 하나도 없게 보이는군요. 선생님과 보조를 맞추다가 연장 떨어질 뻔했습니다"라는 말을 듣곤 했다. 가파른 오르막길을 속도를 내어 오르기라도 하면 탄복하는 사람이 여럿이었다. 언젠가는 계속 나를 따라오는 사람이 있어 그 이유를 물었더니, "선생님께서 하도 등산을 잘해서 한 수 배우려고 합니다" 하고 대답해서 나를 웃겼다.

주위의 친구들 중에서도 농담 반 진담 반으로, "네 발걸음이 너무도 부드럽고 아름다워 걸음걸음이 마치 나비가 이 꽃 저 꽃을 옮겨 다니는 걸 연상시킨다"거나 걸음걸이가 "구름에 달 가듯이 달에 구름 가듯이" 날렵하다며 얘기하는 친구가 있다.

나는 이때마다 말할 수 없는 보람을 느낀다. 그것은 칭찬을 들어서가 아니다. 누구나 한 분야에서 꾸준히 그리고 성심성의를 다하면 특별히 잘 해낼 수 있다는 평범한 교훈을 확인하는 데서 오는 보람이다.

내 경우 담석증, 신장 결석 등으로 투병생활을 하지 않았던들 등산이나, 달리기 같은 운동을 하지 않았을 것이다. 그러니 인간사 새옹지마(塞翁之馬)라는 말을 실감하게 된다. 내 건강은 사실 발병이 가져온 것 아닌가 말이다. 마흔이 넘어 시작했지만, 등산 덕분에 많은 사람의 칭찬도 받고 더욱 활기차고 보람있는 생활을 할 수 있게도 되었다. 이러한 은총을 주심에 마냥 감사할 따름이다.

7. 단전호흡 건강법

　내가 국선도를 만난 것은 내게 크나큰 기쁨이었다. 내 심신의 건강을 회복했을 뿐만 아니라, 삶의 태도도 바뀌어졌기 때문이다. 나는 나를 이렇게 바꿔준 국선도를 널리 알리고 싶었다. 그래서 언젠가 기회가 닿으면 책자로 내서 많은 사람들에게 내 경험을 나누어주고자 했다.

　다르게 정리할 수도 있겠지만 내 임상 경험을 그대로 싣는 게 더 신뢰를 줄 것 같아 일기로 정리한 내용들을 여기 그대로 적어 둔다. '공직자 얘기를 쓴다더니 웬 국선도야?'라고 의아해할 분도 물론 있을 것이다. 하지만 건강하지 않고는 아무 것도 할 수 없다는 게 내 소신이다. 그런데 그 건강을 나는 이 국선도와 등산을 통해서 얻었다. 등산에 대해서는 중간중간 이야기할 수 있으나 국선도는 그렇게 해서는 잘 알 수가 없다.

　이 정도면 내가 여기에서 왜 국선도를 끄집어내는지 이해해 주실 것으로 믿는다. 서투른 내 경험담이지만 아무쪼록 이 글을 통해서 많은 분들이 몸과 마음의 건강을 성취하였으면 하는 바람이다.

1996년 11월 22일 (금)

○ *원망하는 마음에서 감사하는 마음으로 변화되다.*

1995년 4월 14일 아침이었다. 일어나려는데 순간적으로 왼쪽 발에 마비가 왔다. 문득 단전호흡을 하면 좋아질 수 있겠다는 생각이 들어 나름대로 한 번 해보았지만 잘 되지 않았다.

내가 단전호흡을 시작한 것은 국방대학원 연수 때 받은 강의 때문이다. 국선도 협회에서 나오신 강사에게서 우리는 하나, 둘, 셋, 넷 숫자에 맞추어 들숨과 날숨을 쉬도록 하는 지도를 받은 적이 있었다. 그때 지도를 받으면서 나도 단전호흡을 하면 할 수 있겠다는 생각이 들었던 것이다.

1996년 3월 5일부터 본격적으로 국선도 중앙본원에 나가서 수련했다. 하지만 수련한 지 한 달이 채 못 되어서 중단하지 않으면 안 되었다. 몸의 상태가 상당히 좋아져서 주위 사람들로부터 격려도 받았으나 내무부 등산대회에 참여키 위하여 무리한 산행을 한 것이 화가 되어 머리에 심한 두통이 찾아왔기 때문이다. 설상가상으로 행동도 부자연스러워져서 나는 깊은 고통의 수렁 속으로 빠져들었다.

나는 결국 서울대학병원에서 진찰을 받았다. 처음 신경과에서는 MRI상으로 볼 때 뇌경색 초기증상이라고 진단했다. 깜짝 놀란 나는 신경외과에 입원하여 다시 검진했다. 신경과의 진단과는 달리, 뇌에 약간의 동맥경화증이 있으나 나이가 들면 생기는 현상으로 큰 문제는 없다고 했다. 지금까지의 통증은 신경성이니 약을 먹으면 곧 호전될 거라고 했다. 정신과에 다니면서 신경 안정제를 먹었더니 상태가 많이 좋아졌다.

하지만 나는 안심할 수가 없었다. 첫째는 신경 안정제를 먹어 가면서 계속 생활을 할 수는 없다는 것이고, 둘째는 뭔가 좋지 않은 증상이 여전히 남아 있다고 여겨졌기 때문이다.

지금까지의 경험으로 보아 신경 안정제나 한약에 기대어서는 완전 치료가 어렵다고 판단되었다.

나는 다시 단전호흡에 매달리기 시작했다. 그러나 수련장에 나가지 않고 혼자서 시간 나는 대로 하는 수련은 큰 진전을 볼 수 없었다.

11월 5일 국방대학원을 수료하게 되면 바로 도장에 나가려 하였으나, 집안에 불상사가 생기는 바람에 나가지 못했다. 그 다음주 월요일인 11월 11일에야 비로소 도장에 나가서 본격적으로 수련에 매진했다. 그 이후 거의 매일 오전, 오후 두 차례에 걸쳐 수련을 계속하고 있다.

수련 초기 그러니까 수련 시작 2~3일부터 몸에 변화가 일어났다. 가래가 끓었으나 내뱉고 나면 대단히 시원함을 느꼈고 감기가 나았다. 또 4~5년 전부터 있던 치질이 며칠 사이에 아주 빠르게 좋아지는 느낌이 들었다. 이제 뭔가 되겠구나 생각하고 더욱 열심히 수련한 결과 19일 오후 수련 시에는 몸에 진동이 왔다. 행공 중에는 여러 가지 생활상의 후회와 반성이 밀려들었다. 작년 한 해 동안 몸 때문에 걱정하느라 쌓였던 울분으로 눈물이 나올 것 같은 이상한 기분에 휩싸이기도 했다.

20일 오후 수련 중에 나를 지도하는 정원 법사에게 이에 대해 물어보았다. 그랬더니 "몸이 변화되는 과정이다. 행공을 계속하되 집에서는 수습하기 곤란하니 쉬라"고 했다.

21일 오전에는 도장의 사범과 상의하였더니 필연적인 변화의 과정이기는 하지만 지나친 진동은 자제해야 한다고 하는 게 아닌가. 그렇지 않으면 더 깊이 진전되지 못한다는 것이었다.

나 나름대로는 진동이 깊은 행공의 결과라고 여기고 뿌듯하였는데 실망스러웠다.

21일 오전 두 번째 수련을 하면서 의식적으로 노력한 결과 진동이 멈추는 것이었다. 21일 오후 행공을 마치고 집에 돌아와서도 새벽 1시까지 행공하였다. 그러자 많은 변화가 밀려오기 시작했다.

우선 몸의 나쁜 부분에서 모두 자극이 왔다. 왼쪽 발에도 짜릿짜릿한 자극이 오더니 마비감이 서서히 개선되는 느낌이었다. 그러더니 피부호흡에 의한 효능인지 온몸이 따끔따끔해졌다. 행공 중에는 특히 머리 부분까지 따끔따끔한 자극이 일었다. 정말 내 몸이 좋아지고 있음이 확실히 드러나기 시작했다.

마음에도 여러 가지 변화가 일어났다. 병이 원망스러웠으나, 병이 생기지 않았더라면 이런 좋은 기회를 얻지 못하고 갑자기 극한 상황에 이르렀을 수도 있다는 생각이 들었다. 그것을 미리 막아주는 계기가 되었다고 생각하니 오히려 병이 감사하기까지 하였다. 아내를 탓하고 친구와 상사를 비난하고 사회를 원망했으나 이제는 다 감사하는 마음으로 변화하고 있었다.

100퍼센트 회복될 것 같다고 생각되자, 그것도 약이나 주사 등 병원 신세를 지지 않고 발병 전보다 훨씬 더 건강해질 수 있다고 생각되자 이런 은총과 축복이 따로 없었다. 감사하는 마음이 절로 일어났다.

처음의 실가닥 같은 희망이 현실로 다가오고 있었다. 신은 나에게 한번 더 기회를 주려하고 있었다. 감사하는 마음으로 보은해야겠다고 결심했다.

11월 23일 (토)

○2주간의 국선도 수련을 마치고

23일이면 나는 2주간의 수련을 마치게 된다. 첫 주에는 매일 3번, 두 번째 주에는 2회씩 수련을 하였으니 도장을 19회나 찾은 셈이다. 오늘 수련 중에는 치아에까지 감각이 왔다. 이제껏 감기, 담, 치질, 위쓰림, 이명, 뇌의 모세혈관, 경동맥 등 일고여덟 군데가 자극을 받고 있었다.

그것도 동시에 단전호흡에 의한 축기로 전방위적으로 자극을 받고 있었다. 집중적인 자극은 우선 아주 심한 곳에서 일어나 덜 심한 곳으로 퍼졌다. 개선되는 정도도 균형을 유지하는 것 같다.

마침내는 완치될 것으로 생각된다. 그것도 오래 걸리지 않을 것 같다. 물론 열심히 수련해야 한다는 전제가 따라야 하겠지만.

오늘 아침 등산을 해보니 왼쪽 발의 마비감은 거의 회복된 것 같다. 발이 회복되기 전에는 내 발이 어느 정도 마비되었는지 모르고 있었다. 그러나 회복된 발 감각으로 역산해 보니 약 30퍼센트 정도 마비되었던 것으로 추측된다.

실제로 수련 전에는 등산하다가 자주 넘어지곤 했다. 돌이켜 생각해 보니 왼쪽 발의 마비현상 때문이 아니었는가 싶다.

경동맥 이상(異常)은 사실 잘 드러나지 않는 증상이다. 그런데 이번에 경이적인 발견을 하게 되었다. 우리 몸의 종합적인 이상 징후를 발견하는 것은 현대의 첨단 장비로도 불가능한 일이다. 하지만 단전호흡은 이를 찾아내었다. 단전호흡의 신비스러운 효과에 감탄하지 않을 수 없다.

11월 24일 (일)

아침 새벽 4시에 기상하여 매봉에 올랐다. 왼쪽 발이 거의 완전히 회복됨에 따라 뛰는 것이 그렇게 경쾌하게 느껴질 수가 없었다. 평소의 3킬로미터에서 오늘은 5킬로미터쯤 뛰었는데 전혀 피곤하지 않았다.

오늘은 오랜만에 내무부 산악회가 주관하는 등산에 참

여하였다. 15명의 적은 인원이었다. 회룡매표소에서 출발하여 사패산에 올랐다.

역시 발이 회복된 상태에서 등산을 하니 무척 신바람이 일었다. 올라갈수록 그리고 빨리 갈수록 머리가 시원해지면서 가벼워졌다. 맑고 깨끗한 기가 깊은 호흡을 통해 몸에 많이 공급됨으로써 마치 행공하는 것과 같은 효과를 내는 것 아닌가 싶었다. 도장에서의 행공시에는 다소 경색되었던 머리가 바로 깨끗이 씻어지는 느낌이었다.

산행을 마치고 의정부 부시장이 마련한 점심을 먹고 나니 어쩐지 발이 저리고 몸이 무거워지는 듯한 느낌이 들었다. 회복된 몸이 혹시 나빠지는 것 아닌가 하는 예의 불안심리가 다시 나타났다.

잠시 집에서 쉬고 있는데 몸 전체에서 냉기를 느꼈다. 저녁 미사에 참여하느라 성당에 가며 2회, 오면서 3회 정도의 냉기를 더 느꼈다. 당시만 해도 괴이하게 생각했으나, 몸에서 사기가 빠져나가는 경우에 생기는 현상이라는 것을 책에서 읽은 기억이 나중에 떠올라 안심할 수 있었다.

잠자기 전에 단전 행공을 하자, 어제부터 머리 속 부분에 닥쳐왔던 고통과 목이 조여오는 괴로움이 거의 해소되는 듯했다. 약간 단전 부위가 조여왔다. 좋지 않은 부분이 단전의 강한 조임으로 인해 해소되는 모양이다. 왼쪽 발도 100퍼센트 회복된 느낌이다.

11월 26일 (화)

어제는 나를 가르치는 정원 법사에게 단전 행공에 대해 물어서 몇 가지를 알게 되었다. 도장에서는 원리만 가르치니 수련자가 스스로 행공을 체득하여야 한다고 했다.

또 얼마만큼 성심성의껏 수련하느냐에 따라서 경지에 이르는 시간이 크게 차이가 난다고도 했다.

호흡은 최대량의 95퍼센트 정도만 하고 일상생활 속에서 단전호흡을 하면 할수록 그만큼 좋아진다는 것이다.

그리고 정신통일이 중요하므로 도장이 절연된 산중이라 생각하고 일체의 다른 생각을 끊어버리라고도 했다. 또한 도력은 덕, 인간성에도 좌우된다는 말도 했다.

그러나 어제 머리, 목 부분을 조여왔던 고통에 대해서는 신경성이라고 했는데 나는 잘 납득이 되지 않았다. 나는 막힌 곳이 잘 뚫리지 않아서 생긴 진통이라고 생각했다. 내 생각이 옳지 않을까 싶다.

오늘은 특별한 장애요소가 없이 15초 동안 쉬지 않고 들숨과 날숨을 쉴 수 있었다. 상당히 진전된 느낌이다.

단전행공 중에 머리에 느껴지는 여러 가지 느낌도 많이 좋아진 것 같다.

빠른 속도로 좋아지는 것 같아 가슴이 설렌다. 내일도 열심히 행공해야겠다.

11월 30일 (토)

3일 전부터 단전에 열기가 돌기 시작하더니 엄청난 변화가 일어났다. 뇌의 막힌 부분이 회복되느라 그런지 대단히 활발하다. 한편 그 고통도 무척 심하다. 특히 왼쪽 안면 부분의 회복 느낌은 정말 고통스럽다.

아침 5시 20분에 도장에 나가 수련하고 집에 돌아와서 가요 '가는 세월'을 부르는데 여러 가지 감회가 밀려들었다. 참회와 기쁨이 번갈아 찾아왔다. 특히 가난 때문에 겪어야 했던 가정교사 시절의 괴로움이 두드러지게 떠올랐다. 그때 구안와사로 왼쪽 입이 비틀렸다 회복된 일이며 식구들에게 자학적인 증상을 보였던 것에 대한 미안한 마음 등이 복합적으로 작용하여 많은 눈물이 솟구쳤다. 한참을 울었더니 조금은 후련하다.

한편, 어제부터 시작된 은폐되었던 증상이 호전되면서 몸밖으로 나타나는 반응인 명현현상이 심해졌다.

등산 갔다온 오후에 국선도 도장 가는 길에는 명현현상이 너무 심해서 꼭 쓰러질 것 같은 기분이었다.

그러나 나는 이를 즐거운 마음으로 극복하고자 했다. 이런 고통조차 없이 어떻게 원상으로 회복되겠는가.

성당 미사 중에도 단전에는 열기가 계속되었고, 머리를 심히 자극하였으며 왼쪽 손에는 후끈거림이 느껴졌다. 하지만 이것도 명현 현상이라 생각하니 다소간 마음이 안정되기도 하였다.

며칠만 더 견디면 안정기에 들어갈 것이 틀림없다. 조금만 더 참고 견디자.

12월 1일 (일)

새벽 한 시까지 단전호흡을 하였다. 두 시간 정도 자고 일어나 4시부터는 매봉에 올라 20회를 뛰고 10회 걸었다. 이제는 들숨날숨이 거의 막힘이 없다. 단전의 열기는 호흡과 동시에 시작되고 산에 올라 신선한 공기를 마시고 나면 단전이 화끈거리는 것을 확연히 느낄 수 있었다. 창문을 조금이라도 열어놓고 신선한 공기를 마시며 수련하면 특히 들숨에서 기가 강하게 느껴졌다.

호흡하는 동안 자극되는 곳이 거의 없는 것으로 보아 이제 대부분 치유된 것 같다. 가끔씩 느낌이 있는 곳이 있지만 수련을 계속하면 말끔히 치유될 것이라는 믿음이 생겼다. 드디어 기적이 일어난 것이다.

수련하다가 문득 생각난 것인데, 〈단전호흡은 기적을 창조한다〉라는 제목과 '중풍전조증(中風前兆症)을 극복한 어느 공무원의 단전호흡 수련기'라는 부제목으로 책을 내면 어떨까?

나와 같은 질환은 현대 첨단 서양의학으로서도 완치가 불가능한 분야이다. 내가 찾은 서울대학교 의과대학 교수들도 완치는 기대하지 않고 있었다. 그저 더 진행되지 않도록 약을 복용케 함으로써 현상을 유지하는 게 최상이라고 보는 것 같았다. 아니, 이 말은 틀렸다. 악화되는 것은 필연적이지만 최대한 시간을 지연시키자는 데 투약의 목적이 있는 것 같다고 해야 더 정확할 듯싶다.

실제 신경과를 찾는 많은 환자들을 보면 이 같은 경우가 대부분이다. 그런데 나는 병이 고쳐진 것은 물론이고 발병 이전보다 훨씬 더 건강한 상태가 되었다. 이게 기적이 아니고 무엇인가?

나에게 찾아온 이 기적에 나는 어떻게 감사해야 할지 모르겠다. 주위 모든 사람에게 감사드리며 다른 모든 사람에게까지 보은하리라 굳게 다짐해 본다. 이것이 하느님께도 감사하는 길이리라. 어떤 일이 있더라도 반드시 실천하리라.

그러자면 우선 내 경험을 책으로 내야겠다. 뇌졸중은 한번 병원에 발을 들여놓으면 죽을 때까지 약을 먹어야 한다. 또 어지럼증, 불면증, 정신장애 등의 고통을 준다. 이런 뇌졸중으로 신경과를 찾는 많은 환자들에게 단전호흡을 알려주어야겠다. 단전호흡을 통한 원기 축적의 내공력으로 병을 물리친 사례를 널리 전파해야겠다.

12월 2일 (월)

아침 4시에 기상하여 매봉에 올라 30바퀴쯤 돌았다. 여러 가지 상념이 머리를 떠나지 않았다. 요즈음 내 몸의 자율신경 계통은 즐거운 시간일 것이다. 제 기능을 할 수 없도록 괴롭히는 술, 담배, 스트레스는 주어지지 않고 단전호흡을 통해서 기분 좋은 신선한 공기는 엄청나게 공급되는데다가 운동도 계속하니 말이다. 아마도 전력 가동 중인 것 같다.

이제까지 등산, 조깅 등의 운동을 계속해 왔지만 술, 담배, 스트레스에는 큰 힘을 발휘하지 못했던 것 같다.

그나마 하지 않는 것보다는 나았을 테지만….

아침 목욕탕 안에서 발을 놀려 보니 왼쪽 발이 가뿐했다. 얼굴에 있던 기미도 많이 제거되었다. 얼마 안 있으면 뽀얀 얼굴이 될 것 같다. 큰 주름도 사라졌으면 좋겠는데, 그렇다고 해도 잔주름은 어쩔 수 없겠지?

목욕 후 중기단법 후편을 자습하였다. 대단히 어렵고 고통스러운 동작이다. 그러나 어떤 몸 동작 상태에서 안 좋은 느낌이 오더라도 호흡을 열심히 하면 봄에 눈 녹듯 사라지는 것으로 보아 변화 있는 많은 동작이 필요할 것 같다. 나는 여기서 많은 행공과 좀더 어려운 행공이 왜 필요한지를 깨닫게 되었다. 그래서 나는 곧이어 건곤단법도 혼자 익혀야겠다고 결심했다. 물론 힘은 들겠지만 변화된 많은 동작에서 오는 이상한 느낌이 완전히 해소된다면 건강한 몸이 될 수 있다고 판단되었기 때문이다.

그러나 아직까지 나는 "의식이 이르는 곳은 다 기운이 간다"는 경지에는 이르지 못하고 있다.

12월 4일 (수)

며칠 동안 집에서는 중기단법 후편을 완전히 행공하였다. 시작한 지 3일만에 거의 어려운 동작이 없을 정도로 능숙하게 행공하게 되었다. 동작이 바뀌는데 따른 막힘도 거의 없어진 것 같다. 그러나 도장에서는 법사님의 허락이나 말씀이 없으므로 중기단법 전편만을 행공하였다.

어제 귀가하다가 갑자기 요즈음 내가 단전 자리를 너

무 높게 잡고 있다는 생각이 들었다. 그래서 지금보다 훨씬 아래 자리인 석문, 관원 근처로 옮기기로 하였다. 그래야 깊이가 있을 것 같다.

임 아무개 지방행정연구원장이 마련한 오찬을 포식한 때문인지 오후 도장에서의 행공은 거의 불가능했다. 포식이 행공에 방해가 된다는 것을 몸으로 깨닫게 되었다.

날씨가 추워져 지하철로 퇴근했는데 명현 현상이 나를 괴롭힌다. 집에서 저녁식사 전후 두 차례에 걸친 행공은 그런 대로 효과가 있는 것 같다. 특히 저녁 후의 행공 중에는 몹시 졸리기도 했으나 온몸에 기가 잔뜩 퍼진 듯한 느낌이 들었다.

이젠 몸이 내 의지와 상관없이 움직이는 것 같다. 좋은 현상이다. 졸려서 테이프를 틀어놓은 채 잠이 들었다. 밤 늦게 깨어 보니 몹시 상쾌하다. 뭔가 좋은 조짐이 보여 가슴 뿌듯하다.

12월 7일 (토)

수련을 시작한 지 벌써 4주째 되는 날이다. 첫 주의 3일을 빼고는 매일 2회씩 수련하고 아침에는 조깅, 시간 나면 등산을 하다 보니 오늘은 피로가 엄습하고 행공도 잘 되지 않는다. 그래도 단전의 열기는 여전하다.

단침이 고이면서부터 왼쪽 발의 마비감은 완전히 해소되었다. 어지럼증도 많이 개선되었으며 식욕이 되살아났다. 완치된 것은 아니지만 치질약 바르는 것도 중단했다.

수면 장애도 좋아져서 이제 약을 먹지 않고 잠잘 수 있다. 서울대학병원 정신과 진료도 그만두었다. 식욕과 수면이 원활해지자 배설의 쾌감도 살아났다. 문제는 7~8일 전부터 시작된 명현 현상과 아직도 머리 부분에는 거북함이 상당히 남아 있다는 점이다. 명현 현상이 그치고 일정 기간이 지나면 머리의 둔중함도 사라지리라.

요즈음 기가 상당히 축적되고 있는 느낌이다. 운기도 일부 이루어지고 있음을 체감하는 중이다.

최종적인 완치에까지 가는 데는 엄청난 축기가 필요하리라 생각되지만 나는 지난 4주간 내가 할 수 있는 모든 노력을 다하였다. 그래서 이런 좋은 결과가 나타나고 있는 것 아닌가 싶다.

앞으로도 계속 더욱 열심히 하여 내가 애초에 세운 목표를 기필코 달성해야겠다고 다짐해 본다. 오늘밤은 너무 피곤하므로 일찍 잠을 청하련다.

12월 12일 (목)

요즘은 소강상태인 것 같다. 지난 10일에는 나산 중·고등학교 이사회 관계로 나산에 다녀오느라 수련도 하지 못했다. 한달여가 지난 지금 중간 결산을 해본다면, 매일 2회씩 도장에 나가 수련하고 집에서도 쉬는 시간 없이 정진한 결과 상당한 성과를 얻었다고 생각한다.

이명 현상이나 어지럼증이 거의 사라졌으며 입맛도 완전히 되살아났고 치질도 많이 좋아졌다. 다만 머리의 거북함은 상당 부분 여전하다.

오늘 행공부터는 깊이가 더해진 느낌이 들었다. 하지만 개선 이전에 막혔던 것으로 인해 여러 가지 고통들이 다시 나타나기 시작했다. 듣기로는 이와 같이 나아졌다 악화되었다 하면서 궁극적으로 완치의 길에 접어든다고 한다. 그러니 그리 크게 염려할 일이 아니다. 오히려 완치의 과정으로 생각하고 즐거운 마음으로 인내하려 한다.

반복된 행공으로 인해 너무 피곤하므로 일찍 취침해야겠다.

12월 13일 (금)

새벽 3시 30분에 일어나 매봉에 올라 20바퀴쯤 돌았다. 아침 6시의 행공 시에는 피곤하여 하품만 하다가 귀가한 뒤 밥을 먹고 북한산 만생종 약수터에 다녀왔다.

산행 중에는 머리의 거북함이 더욱 심해져 혹시 악화되지 않나 몹시 불안하기도 했다. 그렇다고 해도 달리 대안이 없으므로 단전 행공에 더욱 매달리기로 작심했다.

도장에서의 오후 행공과 귀가한 다음 행공할 때에는 깊은 숨쉬기가 이루어졌고 머리 아픈 것도 많이 좋아져서 안심이 되었다.

12월 14일 (토)

매봉에 올랐다가 새벽 수련에 다녀온 뒤 임경택 교수가 지도하는 중앙일보 문화센터에서의 국선도 수련에 참가했다.

옥천과 단전 열기에 대한 설명을 들었다. 옥천과 단전 열기에 의해 상승된 수기(水氣)가 환부를 적셔줌으로써 치유가 이루어진다는 것이다. 기의 남은 부분이 머리에 축적되어 황홀감을 느끼게 해주는데 이는 이른바 뇌의 베타호르몬과 일치하는 것 같다고 임 교수는 말했다.

또한 단전 자리의 정확한 위치를 파악하는 방법을 가르쳐 주었고 직접 개별적으로 확인해 주었다.

내 경우는 꽁무니뼈까지 내려가지 않고 그 위에서부터 밀어냈으므로 깊은 호흡이 되지 않았던 것을 확인할 수 있었다. 지난 4일 배꼽 밑으로 내리기를 잘했다고 생각했으나 아직은 미흡했다. 전문가의 지도가 행공에 얼마나 절실히 필요한지를 깨달았다.

12월 15일 (일)

임경택 교수의 지도로 단전 자리를 밑으로 내린 다음부터 숨쉬기가 더욱 깊고 부드럽게 이뤄지고 있다. 그러나 산행 후 피곤할 때에는 졸려서 하품만 하는 등 시간만 허비하기도 했다.

가끔씩 온몸이 가렵기도 하고 왼쪽발의 용천혈이 뜨거

워지는가 하면 왼쪽 손바닥에도 따끔한 자극이 왔다. 몸 여기저기서 따끔따끔 자극이 오는 것을 많이 느낀다. 변화의 과정으로 보인다.

머리가 거북한 현상은 여전하나 더욱더 열심히 행공하였다.

12월 16일 (월)

오늘은 6주째의 첫날이다. 5시 25분에 시작되는 새벽 수련을 하던 중 정원법사가 호흡을 점검하며 아랫배에 좀더 힘을 주라고 했다. 지난 토요일 임경택 교수가 단전 자리를 아래로 잡으라고 한 것과 같은 맥락이다.

열심히 수련한 덕분에 상당한 효과를 보고 있지만 정확한 단전 자리를 잡고 거기에 힘있는 호흡을 하고 있지는 못함을 알 수 있다. 좀더 일찍 알았더라면 더욱 큰 효과를 보았을 터인데 하는 아쉬움이 남는다. 앞으로 매진할 계획이다.

어느 정도 기초가 잡혔다고 생각되기도 하고 피곤하기도 하므로 하루 한번 도장에 나가 행공하기로 한다. 집에서의 수련을 더욱 열심히 할 생각이다.

12월 17일 (화)

어제는 북한산 등산을 하면서 단전호흡을 하였다. 입

을 꼭 다물고 내쉬는 숨 중심으로 숨쉬기를 하니 어렵지
않았다.

산행 중 혹시 동맥경화증도 완쾌될 수 있지 않을까 궁
리해 보았다. 악성종양이나 동맥경화증도 깊은 호흡으로
인한 기의 축적으로 말랑말랑하게 되어 결국은 '고체의
기체화 현상' 등으로 완치되지 않을까 가정해 본 것이다.

오늘 새벽 행공은 아주 잘 되었으나 너무 깊이 하다 보
니 약간 어지럼증이 생겨 약하게 조정하여 호흡했다.

12월 22일 (일)

요즈음도 계속 단전 행공을 게을리 하지 않고 있다. 그
러나 단전 행공 중에 나오는 단침이나 단전의 열기가 신
통치 않다. 어떤 변화의 조짐이라고 생각되지만 조금 안
타깝다.

어제는 큰아들 재연과 같이 중앙일보사가 주관하는 건
강교실에서 임경택 교수의 지도 아래 국선도 수련을 하
였다. 재연이도 일단 입문했으니 큰 성과 거두기를 기대
해 본다.

임 교수가 두 번이나 단전 부위의 몸 앞뒷면을 붙잡고
호흡을 점검해 주었다. 큰 보살핌에 깊이 감사드린다.

임 교수는 모든 의식을 단전에 집중하고 상체에서 힘
을 빼라고 했다. 몸 전체를 쭉 늘어뜨려 곱고 부드럽게
호흡을 하면 호흡이 고와짐에 따라 마음도 같이 점점 펴
져서 고와진다는 것이다.

오늘 임 교수가 지도해 준 대로 해보니 마음이 호흡 속에 빠져들어 마음과 호흡이 일치되는 것처럼 여겨진다. 마음이 편안해지고 아랫배에서 솜털과 같은 따스한 기운이 솟아나는 게 한 차원 더 높은 경지로 발전하는 듯싶다.

12월 24일 (화)

새벽 행공은 아주 잘 되었다. 집에 와서 두어 번 더하다가 북한산 청수장에서 고향산천 쪽까지 산행을 하였다. 머리 부분의 명현 현상이 여전히 괴롭히고 있으나 왼쪽 발의 마비감이 개선될 때처럼 깊은 행공 후에는 머리의 아픈 부위에서 열기가 느껴진다. 대단히 고무적인 조짐이다. 더욱 전심전력으로 행공할 생각이다.

12월 27일 (금)

최근 며칠 사이의 행공 시에는, 처음 단전호흡을 할 때에 나타났던 머리부위를 조여오는 고통과, 숨이 막힐 것 같은 경련 등이 다시 찾아왔다.

특히 오늘 아침 행공 시에는 몸에 조여오는 고통과 경련으로 발생하는 땀 때문에 상체가 흥건히 적셔졌다.

그러나 머리의 아픈 부위에서 자주 열기를 느낄 수 있다. 왼쪽 발이 회복될 때와 같이 좋아질 수 있다는 가능

성에 큰 기대를 걸어본다. 그럼에도 단전 행공은 고행이
라는 느낌이다.

좋아졌다가 나빠지고, 없어졌다가 다시 나타나기도 하
고 또 완전히 좋아진 부위에서 부분적으로 나빴던 부위
가 다시 느껴지니 어떤 때는 참으로 종잡을 수가 없다는
생각에 빠져들기도 한다.

이런 것은 신체적·생리적 현상과도 관계되는 게 아닌
가 생각된다. 하여튼 수련으로 극복하는 길밖에 다른 방
법이 없다.

12월 28일 (토)

임 교수는 다음 몇 가지 사항을 강조했다.

첫째, 내관 시 밖으로 보려 하지 말라. 척추 안쪽을 내
시경으로 본다는 생각으로 확실하고 분명히 하라.

둘째, 구도송에 너무 의존하지 말고 들숨 때 한숨 더
들이쉬고 날숨 때 한숨 더 뱉어라.

셋째, 단전은 꽁무니뼈와 직선으로 만나는 치골뼈 바
로 위 복부의 부드러운 부위에 있다. 그보다 윗부분은 복
식호흡이 되기 쉽다. 그리고 상기현상이 일어나기 쉽다.
반면 너무 아래쪽에 힘을 주면 탈장이 생기기 쉬우니 조
심스럽게 호흡하라.

내 개인적인 기 점검을 통해서도 눈을 깊숙이 감고 단
전 부위를 좁혀서 분명하게 내관하되 곱고 부드럽게 호
흡하라고 말했다. 지난번 호흡은 물결처럼 출렁거렸으나

지금은 많이 좋아졌다고 했다. 목수가 대패로 나뭇결을 다듬어 놓은 것과 같이 아주 부드럽게 호흡하라고 가르쳐 주었다. 그렇게 하면 숙면도 하게 되고 신경성 질환은 저절로 없어진다는 것이었다.

단전 행공이 끝난 다음 임 교수, 사범 등 지도자들과 점심을 같이 하고 귀가했다.

1997년 1월 1일 (수)

1997년이 시작되는 날이다. 올해를 20개월에 걸친 몸의 부자유로부터 완전히 회복하는 해로 만들어야겠다. 단전 행공의 궁극적 목표인 환동(還童)은 되지 않더라도 고통이 완전히 해소될 수 있는 건강을 되찾고야 말겠다.

도장이 쉬는 날이어서 집에서 수련을 계속했지만 최초 호흡시에 재현된 진동과 막힐 듯한 호흡으로 대단한 곤욕을 치르고 있다. 그러나 이 고비를 넘기면 큰 문제가 없을 것으로 생각하고 더욱더 정진하리라 각오를 다진다.

1월 2일 (목)

새벽에 도장에 나가 수련을 하고 돌아왔다. 집에서도 몇 번 수련하였다. 임 교수가 가르쳐 준 대로 꽁무니뼈에서 단전으로 밀어내는 식으로 마시기를 하고 반대로 단전에서 다시 꽁무니뼈로 당기는 식으로 내쉬는 직선호흡을 하자 어제까지 나타났던 숨막히는 현상이 일어나지 않았다. 직선호흡은 천천히 할 수가 있어서 이제까지 모아서 크게 하는 숨쉬기보다 훨씬 쉽고 힘도 들지 않았다. 오히려 초기에는 그런 방식으로 호흡했던 것 같은 느낌이다. 단전이 구슬처럼 배 위에 굴러다니는 느낌은 영락없이 처음과 같았다.

많은 시행착오와 방황 끝에 이제야 겨우 제대로 된 숨쉬기를 터득한 것 같다. 무리한 뜀박질로 조금 상하였던 오른쪽 무릎 관절도 강한 자극을 받았다. 이래서 체지체능(體智體能)이라고 말하는가 보다. 임 교수와의 인연에 다시 한번 깊이 감사한다.

1월 8일 (수)

최근 터득한 단전호흡법으로 수련을 하니 크게 힘들이지 않아도 아주 잔잔한 호흡이 이뤄진다. 호흡이 잔잔해지니 마음도 평화로워지는 것 같고 상체에도 힘이 들어가는 곳이 없는 것처럼 편안해진다.

그러나 호흡이 끝날 무렵에는 단전에 초점이 점점 좁혀지면서 강한 진동이 수반된다. 건강이 좋지 않은 부위에 기를 보충하는 작용이라 생각되어 즐거운 마음으로 끝내곤 한다.

이제 좀더 다른 행공이 요구될 때가 되었는가 보다. 숨쉬기는 거의 막힘이 없다. 힘이 별로 들지 않는다.

1월 10일 (금)

단전호흡을 본격적으로 시작한 지 벌써 2개월이 된다. 나는 눈만 뜨면 단전호흡을 시작했다. 틈만 나면 도장에 나가서 수련했으며, 집에서도 밤늦게까지 때로는 새벽 두세 시까지 계속했다.

의식 집중이 아직까지는 완전하지 못하지만 큰 힘을 들이지 않고도 잔잔한 호흡은 할 수 있게 되었다. 다만 머리 부위의 장애가 아직 해소되지 않고 있는 것이 걱정이다. 오래 걸려 얻은 병이라 단시일 내에 완치를 기대한다는 게 무리라는 걸 알면서도….

그러나 계속 수련하다 보면 분명 좋아질 것이다. 그때까지 꾸준히 틈나는 대로 행공하되 느긋한 마음을 갖도록 노력할 생각이다. 조급해하면 좋지 않은 영향을 끼칠 것이며 증상 개선에도 도움이 되지 않을 것이기 때문이다.

1월 17일 (금)

어제는 임상수 씨가 쓴 『단전수련』 상권을 구입했다. 하권은 지난번에 먼저 샀다.

지은이 임상수 씨는 국선도 지도법사이다. 책의 내용으로 보아 수련법 터득에 큰 도움이 될 것이라 여겨졌다.

특히 단전호흡의 기본원리인 호흡에 대해서 아주 잘 다루고 있다. 단전호흡은 호흡으로 배를 움직이는 게 아

니라 기운으로 단전을 밀어냈다 수축하였다 함으로써 자
연히 호흡이 따라오게 하는 동작이라는 것이다. 의식을
집중하고 마음을 편안히 한 채 수련을 계속하면 맑아진
기(氣)가 수승화강(水昇·火降) 작용에 의해 온몸을 순환
하면서 좋지 않은 부위를 원상회복시키고 건강을 되찾게
해 준다고 말한다. 그리고 남은 기운은 정신을 갈고 닦음
으로써 정신력의 극치를 이루도록 한다는 것에 대해서도
잘 설명해주고 있다. 문제는 힘으로 단전을 움직이는 것
이 아니라 단전의 힘을 길러내는 데 있다. 그리하여 그
단전이 무궁무진한 조화를 이루어내도록 해야 하는 것이
다.

1월 21일 (화)

어제부터 진동이 다시 시작되었다. 작년 11월 18일부
터 21일까지 3일간 일어나고 그쳤던 진동이 며칠 전부
터 가끔씩 나타나더니 처음보다 훨씬 강하게 일어났다.
끝나고 나면 머리에 따스한 기운이 감돌고 오른쪽 신장
부위에도 같은 느낌이 생긴다.

그러나 단전행공을 시작하자마자 진동이 시작되기 때
문에 상당히 고통스럽다. 또 호흡을 제대로 할 수 없어서
괴롭다. 조만간 진동이 끝나게 되기를 바라면서 행공을
계속하는 중이다.

저녁에는 인사에 대한 불만과 작은아들의 입시문제로
속을 끓이느라 잠을 제대로 자지 못했다. 여러 차례 자다

깨다 반복하였다. 지금까지의 수련만 가지고는 이런 정
도의 작은 문제마저도 완전히 극복할 수 없다는 한계를
절실히 깨닫고 있다.

1월 22일 (수)

집에서나 도장에서나 진동이 계속되었다. 저녁식사 후
에는 진동이 계속되는 가운데에도 반복수련을 하였다.
맨 마지막에는 몸의 기가 천장까지 솟구치는 기분을 느
꼈다.

상당한 변화라 생각된다. 진동이 계속되는 가운데에도
수련을 하면 축기와 운기가 되는 것을 느낄 수 있다. 따
라서 계속 수련하면 기가 쌓이고 또 그렇게 되면 자연히
진동도 멈출 것이라 생각된다.

1월 31일 (금)

오늘로서 수련을 시작한지 2개월 20일이 됐다. 수련할
때마다 진동은 계속되지만 진동의 느낌이 상당한 차이를
보인다. 특히 단전호흡 후에 머리 부위가 열이 난 듯 후
끈거린다. 지난번 왼쪽 발이 회복될 때와 같은 효과를 기
대한다. 대단히 고무적인 현상이라고 믿으면서도 한편으
로 강한 자극이 계속될 때는 악화된 것이 아닌가 하는 불
안감을 떨쳐버리지 못하기도 한다.

그러나 나는 믿는다. 열심히 수련하다 보면 진동도 멈추고 단전은 열기를 점점 더해 용광로처럼 달아오리라고. 그리하여 뜨거운 기운이 온몸을 순환함으로써 궁극적으로는 완치되리라고.

이제는 조금 더 느긋하고 차분한 마음으로 수련을 해야겠다.

2월 12일 (수)

수련을 시작한 지 3개월이 지났다. 설날에 고향에 다녀오느라 6일부터 9일까지 4일간은 수련하지 못했다. 진동이 시작된 지 3주 만인 오늘에야 일단 진동이 그친 것 같다. 단전의 열기는 조금 더 강도가 세졌다. 진동이 완전히 그친다면 수련의 강도를 높일 생각이다.

그러나 새로 발령 받은 근무지의 여건상 그렇게 서두르지 않아도 될 것 같다. 그 대신 차분하면서도 진지하게 열정적으로 수련하여 반드시 기적을 창조하고야 말 테다.

2월 20일 (목)

수련 시작한 지 일백일 째다. 100일 고행에 진리초입(眞理初入)이라는 말이 있다. 이제서야 비로소 입문했다는 말이다. 내 경우가 딱 이렇다. 처음 시작할 때는 금방 건강이 완전히 회복되는 것 같았는데 이는 단전호흡에서 오는 변화를 너무 민감하게 느낀 결과인 것 같다. 그렇게 짧은 시간에 몸이 완전히 바뀐다는 것은 불가능한 일일 것이다. 차분하게 이제 막 입문했다는 마음으로 행공을 쌓아야 할 것 같다.

이삼일 전부터는 자다가 깨어나 보면 이제까지 나를 괴롭히던 머리의 통증이 거의 느껴지지 않는다. 증상이 상당히 개선된 것 같다.

얼굴에 낀 기미도 차츰 벗겨지고 있다. 앞으로 매월 20일이 되면 얼굴 모습 사진을 찍을 생각이다. 그 사진을 앨범에 보관하여 원상회복되는 과정을 기록으로 남기고자 한다. 이것은 임경택 교수의 조언에 따른 것이다.

3월 10일 (월)

수련한 지 120일이 지났다. 1월 20일경부터 시작된 진동이 계속되고 있어 대단히 고통스럽다. 본원 법사님은 마음으로 진동을 컨트롤하라고 말하지만 쉽지 않다. 진동이 멈추지 않고 있어 며칠 전부터 시작한 중기단법 후편 수련에도 지장이 많다.

지난 토요일인 3월 8일에는 아카데미 하우스에서 1박 2일로 중앙선우회 주최 야외 수련회에 참석하였다.

임경택 교수가 내 자세를 교정해 주었다. 나는 꼬리뼈에서 힘을 밀어내는 것이 아니고 허리에서 힘을 주고 있다는 것이다. 임 교수는 내게 상체에 힘 주는 부분을 지적하면서 힘을 완전히 뺀 채 앞으로 상체를 약간 숙인 자세에서 수련하라고 가르쳤다.

부단히 지도 받지 않으면 다른 방향으로 가고 있어도 본인은 깨닫지 못함을 새삼스럽게 인식하는 좋은 계기가 되었다.

4월 10일 (월)

오늘로서 수련을 시작한 지 150일째다. 진동이 완전히 끝난 것은 아니지만 크게 부담스럽지는 않다.

단전의 따스한 기운이 온몸에 퍼지는 것이 느껴지며 입에는 자주 단침이 고인다. 특히 기운이 머리와 가슴에 안개처럼 뽀얗게 퍼질 때는 순간 황홀경에 빠져든다. 이런 경험은 이제껏 살아오는 동안 처음 경험하는 신비스러운 느낌이다. 이런 은총을 주신 창조주께 무한히 감사드린다.

4월 19일 (수)

진동이 시작된 지 3개월이 지났다. 진동이 거의 끝나가는지 요즈음에는 거의 느껴지지 않는다.

중기단법 후편 동작과 호흡이 전혀 무리 없이 자연스럽게 이루어지고 있다. 입에는 단침이 고이고 단전의 열기가 온몸에 퍼져나간다. 특히 머리 띵한 부위에 많은 자

극이 왔다. 점점 더 그 크기가 작아지고 개선되는 느낌이
든다.

몸이 불편하기 시작한 원상태로 완전히 회복된 것 같
은 느낌이다. 10여 년 전부터 얼굴에 끼기 시작한 기미
와 검버섯이 서서히 벗겨지고 얼룩 같은 것도 없어지는
등 점점 더 말끔해진다.

정신적으로도 상당한 자신감을 갖게 되었고 불면증도
많이 호전되었다. 이런 추세라면 금년 안에 기력이 완전
히 회복되어서 왕성한 활동을 할 수 있는 심신을 갖게 될
것으로 믿는다.

5월 21일 (수)

6개월이 지난 이제야 호흡이 제대로 되는 듯하다. 단
전 주위의 기운이 느껴진다. 이 기운은 부드럽지만 한데
합쳐지면 큰 힘이 작용하는 것 같다. 그래서 집중력을 가
장 중요하게 생각하는 모양이다.

상체에 힘이 들어가지 않도록 하고, 단전에 기를 모으
는 것에만 집중하면 기운들이 모아져서 위대한 힘을 발
휘하게 되리라.

진동이 완전히 끝난 것 같지는 않지만 행공하는데 지
장이 거의 없다. 많은 행공을 해도 그렇게 힘들이지 않고
계속할 수 있다. 이렇게 지속하면 엄청난 힘이 솟아 나올
것 같다.

지금은 단전의 열기도 입의 단침도 느껴지지 않지만

얼마 안 있어 단침도 단전의 열기도 배가 될 것 같다.

5월 27일 (화)

요즈음 몸 컨디션이 몹시 좋지 않다. 단전호흡을 시작하기 전의 상태로 되돌아간 느낌이다.

지난 5월 22일 수원에서 경인국세청장 및 간부들과 우리 조세연구원 파견관들이 회식을 했다. 나는 맛있는 수원갈비에 상당량의 소주를 마셨다.

그 날 오후였다. 양재 전철역으로 가는 도중 흔들림 현상이 오면서 가슴이 답답해졌다. 나는 나도 모르게 넥타이를 풀었다. 겨우 전철을 탔으나 도장으로 가지 못하고 바로 집으로 와야만 했다.

그 뒤로도 계속 몸이 좋지 않았다. 다음날인 토요일에는 정릉에 물 뜨러 가는 것을 포기하고 집에서 쉬었다. 오후에도 작은아들과의 북한산 산행을 그만두었다. 저녁에 겨우 국방대학원 동기생 모임만 다녀왔다.

그 자리에서 그 전보다 얼굴이 많이 좋아졌다는 이야기를 들었다. 하지만 속으론 기분이 찜찜하였다.

25일에도 오후 늦게서야 겨우 북한산에 다녀왔다.

26일 월요일, 정상적으로 출근하고 도장에서 행공과 퇴근도 정상적으로 하였으나 썩 좋은 상태는 아니었다. 입맛도 떨어졌고 특히 잠이 오지 않아 다시 안정제 신세를 지지 않으면 안 되었다. 최근의 몸 상태를 유지하기는 커녕 오히려 이전 상태로 악화된 느낌이어서 걱정이다.

생각건대 수원에서의 낮술이 직접적인 원인인 것 같다. 그 이전인 5월 11일 면(面) 향우회 때도 만취하는 바람에 며칠 간 얼굴이 붓고 새까맣게 그을리고 허물이 벗겨지는 등 어려움을 겪었는데…. 그 전에도 가끔 대취한 적이 있었는데 그런 것들이 겹쳐서 다시 병세가 악화된 게 아닌가 싶다.

몸이 좀 좋아졌다고 거의 다 나은 상태로 착각하고 방만하게 행동한 데서 오는 결과이다. 사실 술은 절대로 먹어서는 안 되는 것인데. 또다시 나 자신을 한탄하고 있자니 참으로 바보스럽게 느껴진다.

국방대학원에서 교육받던 초기에도 술을 너무 많이 마셔서 얼마 동안 쓰러질 것 같은 느낌이 반복되어 얼마나 고생했던가. 또 동해 시찰시에는? 그때도 잦은 음주로 인해 엄청 고생하지 않았는가. 그러고도 또다시 이런 실수를 저지르다니 한심하기 짝이 없다.

특히 가슴이 매우 답답한데, 음주가 심장 박동을 불규칙하게 만들고 그것이 다시 혈류에 이상을 일으켜서 오는 부작용이 아닌가 싶다.

하여튼 다시 단전호흡에 매달리는 수밖에 다른 대안이 없다. 자괴감으로 마음이 아프다.

5월 30일 (금)

5월 22일부터 악화된 몸이 아직까지 좋아지지 않고 있다.

계속 단전호흡으로 이겨내는 길밖에는 없다. 명현 현상인지도 모르니 더욱 그러하다. 다만 좋아졌다가 나빠진 것 같으니 심리적으로 훨씬 고통스럽다. 또 심히 어지러우니 겁이 나는 것은 어쩔 수 없다.

이 고통을 말로 다 표현하기는 어렵다. 그러나 어머님과 형제들 그리고 아내와 애들을 위해서라도 끝까지 버티고 참아서 기어이 극복하고야 말겠다.

6월 5일 (목)

지난 5월 22일 수원에 다녀온 후 재발된 어지럼증이 보름이 지나도록 개선되지 않고 있어 걱정이다.

두 갈래로 생각하고 있다. 첫째는 증상의 악화다. 음주 후에 그런 현상이 일어났기 때문이다.

둘째는 일종의 명현 현상으로 변화의 과정이라는 생각이다. 호흡을 5초에서 10초로 늘린 지 5일만에 일어났기 때문이다. 단전호흡을 시작한 다음 거의 모든 병적 요소가 정도의 차이는 있지만 개선되는 방향으로 작용하였기 때문에 악화라고 보기는 어렵지 않나 싶다. 또 아픈 부위가 작아짐을 느낀 데다가 병이 그리 쉽게 일시에 악화되지는 않을 것 같기 때문이다. 어지럼증의 정도 또한 처음 좋지 않았을 때보다는 상당히 가볍다.

하지만 증상이 증상인지라 무척 고통스럽다. 또 더 나쁘게 진행될지도 알 수 없으므로 매우 불안하고 괴롭다. 어떻든 조심스럽게 단전호흡에 매진하여 근본을 다스리는 길밖에 다른 방도가 없다.

6월 9일 (월)

지난 토요일부터는 단전호흡이 훨씬 더 깊이 있게 이뤄진다. 아침 도장에서의 행공부터 진동이 멈추고 깊숙한 호흡이 되고 있다.

임 교수는 내관시 바로 옆에서 확실히 지켜보라고 하면서 많이 좋아졌고 가슴에 맺혀 있는 것도 많이 풀어지고 있다고 했다. 요즈음 겪고 있는 고통에 대하여 여쭤보니 열이 받쳐서 그런 것이니 과음하거나 무리하지 말고 행공을 계속하면 괜찮아진다고 했다.

어제는 일요일인데도 성당에 나가지 않았다. 장관선 회장 댁의 상림농장에서 하루를 즐겁게 보냈다. 돌아올 때는 한약조제용으로 녹용까지 선물받았다. 장 회장께는 큰 신세만 진다. 언젠가 보은을 할 때가 있을는지 모르겠다.

고향에서 초등학교 동창인 박원종이 심장마비로 타계했다는 소식이 왔다. 고인도 그렇고 식구들이 참 안되었다. 아직 한창 일할 나이인데.

6월 10일 (화)

최근 악화되었던 여러 가지 증상이 많이 개선된 것 같

다. 어지럼증이 거의 없어졌고, 저림 현상도 사라졌으며 밥맛도 돌아오고 잠자는 것도 좋아졌다. 요사이 다시 나타난 어지럼증은 일종의 변화인 명현 현상으로 보아야 할 것 같다.

단전호흡의 깊이가 더해감에 따라 단침이 고이고 단전에 열기가 돌아 화끈거리기 시작하고 있다. 머리도 앞부분과 뒷부분이 양분되어 통증이 있으나 단전호흡으로 생긴 단화(丹火)에 의해 아픈 부위가 서서히 녹아 내리는 느낌이다. 1~2개월 내에 가시적인 효과를 볼 것 같다. 강도 높고 지속적인 행공으로 뿌리를 뽑아 내야겠다.

한편 어젯밤에 아버지가 박수무당으로 나오는 꿈을 꾸었는데 흉몽이 아닌가 적이 걱정되기도 하였다. 그러나 꿈에 아버지의 모습만 보면 좋은 일이 생겼으니 별일 없을 것이다. 단전호흡 시작 시에도 아버지를 뵈었는데 서로 임무를 교대하자고 하시더니 그 후로 증상이 호전되는 등 가시적인 효과를 본 적이 있었다.

7월 15일 (수)

단전호흡을 시작한 지도 어언 8개월이 넘었다. 오늘부터는 호흡방법이 10초 호흡에서 5초 마시고 쉬고, 5초 토하고 쉬는, 건곤단법으로 바뀌었다. 당분간 행공은 중기단법으로 계속하지만 일주일 후에는 행공도 건곤단법으로 바꾸게 된다. 그러면 호흡과 행공이 건곤단법으로 일치하게 된다.

요즈음은 자주 심장이 답답하게 느껴지기 때문에 행공을 강도 있게 하지 못하고 있다. 머리 부위도 많이 좋아진 듯싶으나 아직 개운한 느낌은 들지 않고 있다.

잠자는 데는 큰 어려움이 없으나 원상회복에는 상당한 시간과 노력이 필요할 것 같아 몹시 걱정스럽다.

8월 6일 (수)

지난 8월 1일은 좋은 날이기도 했지만 악운의 날이기도 했다. 기다리고 기다리던 아파트 추첨에 당첨되었으니 분명 대단히 운이 좋은 날이었다. 그러나 그 날 저녁 제현의 만보당 약국에서 헌택, 용길 등과 폭음함으로써 어느 정도 좋아지던 건강이 일시에 허물어졌으니 악운의 날이기도 하다.

마침 9개월을 넘기면서 단전수련도 깊어져서 건곤단법에 들어가 있는 상황이었다. 며칠만 더 있으면 기운을 돌리게 되어 이제 본격적으로 건강이 개선될 것으로 기대하고 있었는데 이게 무슨 바보 같은 짓거리인지.

어느 정도 좋아진 것을 거의 다 나은 것으로 착각하는 어리석음을 또 저지르고 말았다. 음주도 안 좋은데 거기다가 폭음까지 하였으니 저녁 내내 독약을 퍼마신 셈이다.

이제 새로 다짐한다. 다시는 내 나머지 인생 동안 반잔 이상 마시지 않겠다. 여기서 반잔은 동석한 사람과 건배하면서 입만 적시는 정도를 말한다.

내게 또 기회가 주어질지 암담하지만 기회가 온다면 그것만은 지키겠다. 그것도 못 지키면 지렁이만도 못하지 그게 어디 인간이겠는가.

참담하다. 원인을 곰곰이 되짚어 보며 각오를 다진다. 금주! 금주를 해야 한다. 술을 끊지 않고서는 건강을 회복할 수 없을 것 같다.

8월 18일 (월)

오늘 아침에는 임경택 교수가 지난 8월 16일(토) 지적해 주신 것을 행해 보았다. 장강(항문 뒷부분)이나 허리가 아닌 요추에서 혼신의 힘을 다해 밀어서 치골뼈 위 단전 부위까지 왕복운동을 반복한 결과 후끈한 기운이 단전에 강하게 밀려오는 느낌을 받았다.

어제 저녁에는 군에 입대한 지 3년만에 만기 제대하는 꿈을 꾸었다. 1998년 말인지 어떤지는 정확하지 않으나 하여튼 그 어느 날이었다.

내 발병과 연관지어 본다면 1995년 4월 14일 몸이 좋지 않기 시작했으니 1998년 4월 13일이 만 3년이 되는 날이고 그 해 말이면 3년 8개월쯤 되겠다. 그때쯤 병이 완쾌됨을 선몽해 준 것이 아닌가 싶어 희망을 가져본다.

물론 그렇게 되기 위해서는 더욱더 혼신의 힘을 다해 단전호흡을 실천해야 하리라. 후끈한 단전의 열기가 한 뭉치로 솟구치도록 만들어 그 힘으로 내 몸이 모든 병마로부터 해방되도록 하겠다.

9월 22일 (월)

수련을 시작한 지 10개월 10일이 되었다. 많은 성과
도 거둔 반면에 우여곡절 또한 이만저만이 아니다. 앞으
로도 험난한 길이 예상된다. 그러나 점점 더 건강이 좋아
지는 데 큰 보람을 느낀다. 꾸준히 수련해야겠다.

처음에는 몸 전체가 떨리는 진동이 큰 고통이었으며
장애 요인이었으나 상당한 시간이 흘러감에 따라 그 진
동은 가라앉았다. 하지만 입안이 계속 떨리기 때문에 숨
이 막히는 것 같고 답답할 때가 많았으며 남이 보기에도
자연스럽지 못했을 성싶다.

오늘 아침에는 우연히 배의 움직임과 동시에 들숨과
날숨을 시도했다. 그러자 전혀 막힘이 없고 떨림도 완전
히 그치는 게 아닌가. 대단히 상쾌하다. 이제야 본격적으
로 호흡이 되는 모양이다.

11월 12일 (수)

지난 11월 10일은 단전호흡을 시작한 지 일년 째가
되는 날이었다. 이 날은 친구 변영준이 아버님 상을 당한
날이라 문상을 가서 오랜만에 중·고등학교 동창들을 만
났다.

동서인 상회의 아버님 상 때 단전호흡 수련을 위해 문
상하자마자 도망치듯 나온 게 맘에 걸리기도 해서 조금
더 앉아 있게 된 게 큰 화근이었다. 이 사람 저 사람 만

나면서 걸치기 시작한 술에 만취하고 말았다. 술이 나에게 얼마만큼 해로운 독인지를 수 차례 경험하고도 나는 그것을 깜빡 잊어버린 것이다.

물론 변명거리는 있다. 만나는 친구들마다 내가 많이 늙어버렸다면서 내 건강을 걱정해주는 것 아닌가. 나는 완전히 자포자기하는 심정이었다.

정신을 차려 보니 집인데 아내를 몹시 성가시게 한 모양인지 표정이 안 좋았다.

그 뒤로 3일 동안 내리 도장에도 나가지 못하고 몹시 고통을 당하고 있다. 밥맛도 떨어진데다 위장 장애도 아주 심한 것 같고 머리도 몹시 무겁다. 심장의 박동도 매우 불규칙하게 느껴지고 가슴 통증도 심하다.

어떻게 해야 한단 말인가. 먹지 않기로 한 술을 계속 입에 대다니. 이따위 의지력을 가지고 도대체 무엇을 하겠다는 것인가?

종말을 맞는 것 말고는 다른 방법이 없을 것 같다. 나는 죄를 받아 마땅하나 어머니를 비롯한 형제들은 누가 살피며, 더군다나 건강이 시원찮은 아내와 어린 두 아들들은 어떻게 살아야 한단 말인가. 기가 막히고 눈앞이 캄캄해져 온다.

나는 어쩌다가 이렇게 회복하기 어려운 병에 걸렸단 말인가. 나란 놈은 이것밖에는 안 되는가. 독약인 술도 끊어버리지 못하는 버러지 인생이란 말인가. 너무 한심하고 너무 슬프다. 돌아오지 못할 다리를 건너버린 것 같다.

12월 6일 (토)

폭음한 이후 계속 고통스러워 인근 내과에 세 번이나 찾아가 진찰하고 약을 지어먹는 등 치료를 받았다. 어제는 서울대학병원에서 최윤식 교수의 진단을 받았다. 홀타 모니터링 검사를 보고 결론을 내릴 것 같다.

그간 거의 단전호흡을 중단하고 등산만 계속했다. 하지만 별로 좋아지지 않는 것 같다. 자꾸 악화되는지 고통은 이루 말할 수 없고 후회 또한 막급하다.

다음주 화요일은 24시간 홀타 모니터를 휴대하고 심전도 검사를 받아야 한다.

술, 이제는 정말 그 어떠한 이유로도 입에 대지 않겠다. 검사 시 먹어 보라는 교수의 지시가 있었으나 그것마저 두려워 망설이고 있다.

오늘은 몸이 조금 나아져 오전에는 중앙문화센터에서 가볍게 단전호흡을 했다. 오후에도 등산을 다녀온 후 저녁을 먹고 또 단전호흡을 하였다.

그 전 같지는 않지만 조금은 나은 것 같아 약간 안도하는 기분이다. 다시 기회가 오는가 하는 희망을 가져 본다. 확실히 중심을 잡고 정신차려야겠다.

1998년 2월 17일 (화)

수련기를 쓴 지 2개월 10일이 넘는다. 그간의 고통은 글로 다 표현하기가 어려울 정도다. 육체적 고통은 말할 것도 없고 죽을 것 같은 절망감에 떨기도 했다. 내 자신의 행위가 너무도 후회스러워 자괴와 비탄의 나날을 보내기도 했다.

지난 2월 12일에는 중국 서안의 명의라는 한의사 풍무원의 진맥을 받았다. 지금까지 그가 준 한약을 먹고 있는데 큰 효험이 있는 것 같다.

단전호흡에도 매진하여 더욱 깊은 숨쉬기가 되는 것 같다. 특히 단전에 힘이 붙어 풍선에 바람을 넣을 때 풍선이 늘어나는 것처럼 단전의 골반 부위가 확장되는 것이 느껴진다. 이것은 단전이 풀리고 있는 현상이다. 이것이 모든 병소(病巢)를 소멸케 하는 원동력이 될 것 같다.

단전의 확장 작용은 호흡을 하지 않을 때도 계속되었다. 이런 것들이 복합적으로 작용해서 그런지 심장의 부정맥 현상이 거의 회복되었다. 부정맥 현상이 계속될 때는 정말로 견디기 어려웠다.

서울대학병원 심장전문의 최윤식 교수는 두 번에 걸친 진단 결과 심장조기 박동이라고 결론지었다. 하지만 심장 기능이 좋기 때문에 섭생을 잘하면 큰 문제가 없다고 하였다.

하여튼 한 가지 걱정은 덜었다. 이제는 머리 부위의 완전회복에 매달려야겠다.

단전호흡을 완전히 터득하고 수련에 정진하면 반드시 완치될 날이 올 것 같다.

고도의 정신 집중력으로 녹아 들어가는 호흡을 통해 몸과 마음을 갈고 닦는 일이 가장 중요하다고 생각한다. 그렇게 되면 모든 병은 저절로 물러나게 될 것이다.

최선을 다하여 재기해야겠다. 다시 기회를 주신 주 예수님의 은총에 마음속 깊이 감사드린다.

3월 4일 (수)

어제 오후 도장에서 단전호흡을 한 후 집에 오는데, 머리가 붕 뜨는 것 같고 걸음걸이가 빈둥거려 매우 불안한 상태였다. 그러나 어젯밤에 두 가지 좋은 꿈을 꾸어 전망을 낙관하고 있다.

첫 꿈은 고향이 무대였다. 함평 나산의 집 건너편에 있는 앞산에 올라가서 단풍을 보았는데 몹시 아름다워 그 나무를 집에 옮겨심기로 하였다. 나무 색깔이 보라색으로 너무도 성성하고 자태도 준수하였다. 완전한 회복을 예감해주는 꿈이 아닐까 싶다.

두 번째 꿈은 조금 환상적이다. 천주교의 수녀는 아니었으나 하여튼 그 비슷하게 아리따운 아가씨가 컵을 들고 있었다. 나는 그 컵 안에 있던 하얀 케이크 같은 것을 한 움큼 집어먹었는데, 그 케이크는 '나를…만든다'를 뜻하는 "It makes me…"라고 중얼거렸다. 'recover' 또는 'happy'를 보어로 사용하여 해석한다면 그것 또한 매우 고무적이다. 이렇게 상서로운 꿈은 아프기 시작한 이래 처음인 것 같다.

단전호흡을 열심히 깊게 해나가다 보면 머리의 좋지 않은 부위를 강력히 자극하는 게 호흡 끝부분에 느껴진다. 바로 그런 것들이 걸음걸이의 빈둥거림이나 왼쪽 손발의 저림으로 나타난다. 나는 이 모든 것을 회복되는 조짐이라 믿는다. 따라서 단전호흡을 계속해서 열심히 하고 섭생을 잘하면 완치의 길도 멀지 않다고 확신한다.

3월 16일 (월)

오늘 오전 사무실에서 단전호흡을 했는데 가끔 부정맥 현상이 일어났다. 하지만 큰 문제는 되지 않았고 오히려 단전에 열기가 더해감으로써 회복에 대한 기대를 부풀리게 했다.

오후 수련을 시작하자마자 두통이 오는 두 곳 중 더 심하게 아픈 뒷머리를 뜨거운 기운이 통과하면서 따끔따끔 강하게 자극했다. 아픈 부위가 아주 크거나 길지는 않지만 꽤 넓은 범위에 걸쳐 있다는 것을 알 수 있었다.

이러한 환부의 감지는 다른 어떤 방법으로도 불가능하다. 오직 단전호흡의 신비스러운 효능만이 가능하다. 새삼 감탄하지 않을 수 없다.

마음먹은 대로 되는 것은 아니겠지만 수련을 열심히 하여 단전의 열기가 깊어지면 그 따스한 기운으로 반드시 완치될 수 있다는 믿음이 더욱 강해진다. 단전호흡은 생명의 부활도 가능하게 할 수 있는 것이다.

90

4월 6일 (월)

오늘 아침 첫 번째 수련시 행공이 끝날 때쯤 머리 가운데 부분에 깊은 자극이 왔다. 3주전부터 행공 후에 오는 강한 두통으로 행공도 제대로 하지 못하고 있었다. 거기다가 연속 3주 동안 등산도 하지 못하고 있는 상태였던 터라 대단히 반갑게 느껴지는 기감(氣感)이었다.

머리의 협착된 모세혈관에 기가 작용함으로써 오는 일종의 긍정적인 명현 현상이다. 하지만 대단히 고통스럽다. 이것을 계기로 강한 두통이 완화되거나 해소되기를 마음속으로 기원해 본다.

어려운 여건 속에서도 행공은 악착같이 하고 있다. 수면 장애도 많이 좋아졌다. 단전의 열기가 경직된 혈관을 시원하게 뚫어서 정상을 되찾기를 다시 한번 간절히 바란다.

4월 17일 (수)

지난 4월 7일에는 서울대학병원 신경과 이상복 교수의 진료를 받았다. 얼마 전에 개인병원에서 촬영한 MRI와 그쪽에서 밝힌 소견서를 토대로 깊은 대화를 나누었다.

이제까지는 뇌에 약간의 경색이 있다고 알고 있었으나 정상이라는 것, MRI 상에는 하나의 작은 점으로 나타나는, 아주 경미한 사항이라는 것도 말했다. 그런데도 편두통이 심한 것은 왜인가 하고 물었더니 신경성일 가능성

이 크다는 것이다. 그렇다면 뇌경색 질환에 모든 신경을
쏟다 보니 오히려 그게 심기증(心氣症)이 되어 버렸단
말인가.

　훨씬 마음이 가벼워지기도 했지만 한편 대단히 원망스
럽기도 했다. 3년여를 대단한 중병으로 생각하고 조마조
마하게 살다 보니 이젠 정말 그 자체로 중병이 되어 버린
상태가 아닌가.

　뇌에 혈액을 공급하는 두 개의 큰 동맥 중 왼쪽 대동맥
일부에 경화 현상이 온 것은 사실이지만, 내 경우 의학적
으로는 큰 문제가 되지 않는다는 것이다.

　물론, 뇌경색이 개선되었을 가능성을 전적으로 배제할
수는 없다. 하지만 서울대학병원 MRI 판독의사는 지난
번 MRI 사진과 별 차이가 없다고 말했다. 이것으로 미
루어 보아 그 가능성은 매우 희박하다고 해야 할 것 같
다.

　정신과를 찾기로 마음먹고 4월 13일 구로공단 전철역
옆에 위치한 신경정신과를 찾았다. 오래 전에 모 신문 기
사에서 그 병원 원장이 단전호흡과 기의 작용에 대해 긍
정적으로 인식하고 그 효과를 활용한다는 것을 보고 메
모해둔 기억이 떠올랐던 것이다.

　원장은 잠깐의 대화만으로도 나의 병 상태를 훤히 알
고 있는 것 같았다. 한두 번으로는 안 되겠지만 몇 번 상
담하면 좋아질 수 있다고 나를 위로했다. 3년여를 헤매
다 보니 중병이 되었다는 나의 푸념에도 결코 늦지 않았
다고 안심시켜 주었다.

　원장은 이제까지 어려운 가정의 장손으로서 지나치게

목표 지향적으로 살아오면서 몸과 마음이 지칠 대로 지친 결과라고 진단했다. 그는 「마음을 다스리는 법」이라는 책을 숙독한 다음 다시 상담을 갖자고 제안했다.

그는 내 병을 육체의 병이 아니라, 마음의 병으로 보는 것 같았다. 약 처방도 없었으나 내가 신경안정제 몇 알을 요구하자 내주었다. 나는 불면에 대비한 약으로 확보해 두었다.

그의 진단에 공감이 가는 측면이 있기도 해서 지금껏 헛고생했는가 하는 생각이 들기도 하고, 또 한편으로는 얼토당토않은 소리 같기도 해서 당황스러웠다. 하지만 일단 원장이 시킨 대로 지금은 책을 열심히 읽고 있다. 그런데 자꾸 눈물이 쏟아지려고 하는 것은 무슨 이유인지 모르겠다.

5월 6일 (수)

어젯밤에는 군에서 제대하는 꿈을 꾸었다. 군에서 제대한다는 것은 억압과 통제에서 해방되는 것이므로 이는 건강이 회복되는 것을 뜻하는 내용이 아닌가 싶다. 작년 8월의 꿈을 관련지어 해석해 볼 때, 이제 거의 완쾌 시점에 다다랐거나 그 날이 얼마 남지 않았음을 예감케 하는 꿈인 듯하다. 대단히 고무적인 현상으로 받아들였다.

지난달 22일에도 조세연구원에 파견 나온 직원들과 저녁을 먹으면서 과음을 했다. 부작용이 전혀 없었던 것은 아니지만 이제 큰 지장을 받지는 않는다.

단전호흡시 상당한 진동으로 괴롭기는 하지만, 서서히 그 강도가 약해지면서 기감이 조금씩 강하게 느껴진다. 건강이 호전되고 있는 것으로 보인다.

앞으로 술 먹는 것은 최대한 자제하면서 마음의 찌꺼기를 빨리빨리 쓸어내 버리리라 다짐해 본다. 마음의 평화와 안정을 유지하고 단전호흡을 게을리 하지 않는다면 완치의 날도 멀지 않으리라.

8월 20일 (목)

수련기를 안 쓴지 몇 개월이 지났다.

지난 8월 10일에는 둘째 여동생의 남편이 사망했다. 그는 임명직 장성군수를 끝으로 민선 도지사 취임이래 한번도 보직을 받지 못하고 고통스런 나날을 보내었다. 그러다 보니 그는 몸과 마음이 황폐해져 가는 것도 모르고 늘 좋아하는 술에 의지해 살았다. 민선 2기에도 1기와 변함이 없자 그는 절망감에 사로잡힌 나머지 자포자기하게 되고 결국 화병으로 쓰러진 게 아닌가 싶다.

하급 직원이나 부하 직원들을 너무 엄하게 다루어서 그들에게 인기는 없었다. 하지만 머리가 명석하고 일에 대한 열의도 대단했으며 남의 험담을 늘어놓지도 않았다. 그와 같은 사람을 죽음으로 몰고 간 지방의 공직 풍토가 참으로 원망스럽다. 동생과 조카의 앞날을 생각하면 그저 안쓰러울 뿐이다.

내 건강은 조금 양호해진 편이다. 요즈음에는 단전호

흡의 효과가 가시적으로 나타나고 있는 것 같다. 단전호흡시에 단화에 의해 단전 부위가 뜨거워지고 단침이 계속 고인다. 머리와 몸의 진동 현상도 약해졌으며 호흡의 막힘도 많이 완화된 것을 느낄 수 있다. 줄었던 체중도 원상태로 회복되었다. 특히 어제는 깊은 들숨과 날숨으로 머리 부위에서 강한 자극이 왔고 기의 움직임도 매우 활발하게 느껴졌다.

주위의 많은 사람들도 건강이 아주 좋아진 것 같다고 격려해주고 있다.

얼마 있지 않으면 완전하게 치유되리라 확신한다. 육체적인 건강뿐만 아니라 정신적인 건강, 나아가서 한 차원 높은 정신적인 성숙을 목표로 더욱 더 단전호흡에 매달릴 작정이다.

1999년 3월 10일 (수)

얼마 만에 수련기를 쓰는지 알 수가 없다. 최소한 7～8개월은 지난 것 같다.

요즈음 머리 속에 큰 변화가 오고 있어 다시 수련기를 쓰기 시작한다.

지금 나는 수면 장애가 없다. 거의 옛날 수준, 그러니까 지리산에 갔다가 건강이 악화되었던 1995년 4월초 이전처럼 잠을 자고 있다.

자다가 깨어 보면 왼쪽 머리 밑 부위 깊숙한 곳에서부터 막혔던 곳이 뚫리는 것처럼 시원하기도 하고 강한 자극을 느낀다.

자극되는 부위가 뒷머리 부위에서 목젖 부위로 다시 귀 부근으로 마침내는 턱 부위로 옮겨지면서 강도가 더해져서 매우 고통스럽다. 자극하는 시간 간격이 5~6초의 짧은 시간에서 어쩔 때는 30초까지 계속되기 때문에 매우 괴롭다. 자극 정도도 침을 맞는 것처럼 따끔따끔하다. 약한 치통 비슷한 통증이어서 참기 힘들다. 최대한 견뎌보겠으나 정 안 되면 진통제라도 먹어야 할 것 같다.

기의 작용에 의해 경직된 뇌신경이 복원되면서 오는 명현 현상이라고 생각된다. 1년 전에도 왼쪽머리 위 부위에 심한 통증이 온 적이 있었다. 그러나 일정 기간이 경과되자 많이 좋아졌다. 이런 경험이 있기 때문에 나는 그것이 명현 현상이 아닐까 생각하는 것이다.

이 고통을 참으면 좋아질 수 있다는 기대감이 크다. 강한 들숨과 날숨으로 건곤단법을 수행하자 단전 앞뒤로 활발하게 움직이는 기운이 느껴졌는데 그런 다음에 이런 자극이 나타났기 때문이다.

2000년 1월 2일 (일)

어젯밤에는 하의만 군복을 입고 있는 꿈을 꾸었다. 아직도 질병의 속박으로부터 완전히 회복되지 않았음을 상징적으로 암시한다고 판단된다.

발병한 지 6년이 거의 다 되었고, 1996년 11월부터 시작한 단전호흡 수련기간도 벌써 4년 2개월이 되었다.

그런데도 지금까지 예전 같지 못함은 그 병의 뿌리가 얼마나 깊숙이 박혔는지 알 수 있다.

하지만 처음에 느꼈던 어지럼증이나, 두통, 불면, 식욕 부진 등은 거의 다 회복된 상태이다. 또 육체적으로 뿐만 아니라 정신적으로도 대단한 자신감을 갖게 되었다. 미래에 대해 불안해하거나 초조해하던 조급증도 다 해소되었다. 그런 면에서 보면 나는 큰 은총을 누리고 있는 것 아닌가 싶다.

요즈음의 고민은 다른 데 있다. 안정이 지나쳐서 그런지 어쩐지 체중이 불어 60킬로그램을 넘어섰다. 배가 불룩해지자 단전호흡이 쉽지 않다. 특히 들숨보다 날숨이 제대로 이뤄지지 않는다. 임경택 교수나 사범들로부터도 이를 지적 받고 있어 고심중이다.

저녁밥을 먹은 다음에는 졸리기도 하고 호흡도 잘 안 되어 늘 계속해왔던 저녁 수련을 빼먹고 자는 경우가 점점 늘고 있다. 그래서 호흡이 더 안 되는 것인가.

아니, 어쩌면 깊은 수련으로 머리의 경직된 부분이 풀리면서 나타나는 진동 현상이 오히려 편안한 호흡에 지장을 주는 지도 모르겠다.

하지만 아침달리기와 휴일 등산은 거의 거르지 않고 계속하고 있다. 술도 조심하고 있으며 단전호흡에 대한 열의도 전혀 떨어지지 않았다.

따라서 조만간 단전의 열기가 더해지면서 몸의 좋지 않은 부분이 다 풀릴 것이다. 호흡도 제대로 되어서 도력(道力)이 생기는 등 상승 효과를 볼 수 있을 것이라고 낙관적으로 생각해 본다.

12월 23일 (토)

실로 얼마 만에 수련기를 쓰는지 모르겠다. 거의 1년이 다 되어 가는 듯싶다.

2001년을 며칠 남겨놓지 않은 오늘 임경택 교수의 지도를 받았는데, 어금니를 꼭 다물고 안면 근육에 전혀 신경을 쓰지 말라고 말했다. 또 호흡이 끊어져서는 안 되는데 내쉬는 호흡이 제대로 이뤄지지 않은 상태에서 계속 들이마시는 호흡만 하고 있다는 것이다. 자연히 집중력도 많이 떨어진다는 등의 지적을 받았다.

요즈음 단전호흡이 제대로 안 되는 것은 최근 일어나고 있는 진동 때문이라고 지레짐작한 게 잘못인 것 같다. 진동이 그치면 호전되겠지 하는 막연한 생각으로 수행한 게 그릇된 길로 빠져든 모양이다.

처음부터 다시 시작하는 자세로 재정비해야겠다. 하나하나 점검해서 시정해야 할 때라는 것을 절감한다. 단침도 나지 않고 열기도 거의 없는 등 호흡이 제대로 이루어지지 않고 있는 상태가 꽤 오래되었기 때문이다. 일상생활을 하면서 호흡한 게 정확하지 않아서 그런 것 아닌가 하는 걱정도 생긴다. 하여튼 전면적으로 다시 시작해야 할 때이다. 수련기를 쓰면서 점검과 반성의 시간을 가져야겠다.

2001년 1월 18일 (목)

 최근 며칠간은 십 수년이래 가장 큰 추위가 계속되었다. 연일 기록을 갱신하더니 영하 19도까지 내려가는 날도 있었다.

 매일 단전호흡을 하고는 있지만 집중도가 떨어지고 열의도 다소 식은 것처럼 보인다. 걱정이다.

 저녁 때 하던 수련을 거르기가 일쑤고 아침 수련도 정리운동을 하지 않은 채 마무리하곤 한다. 혼신의 노력을 다해 수련하고 있다고 자신 있게 말할 수 있는 형편이 아니다.

 하지만 술이나 잡기는 잘 자제하고 있으며 아침 달리기와 휴일 등산도 강추위에도 아랑곳없이 계속하고 있다.

 어머니가 힘든 일을 하시다가 탈진해서 시골 병원에 입원하고 계셔서 마음이 대단히 무겁다. 여든이 넘은 고령임에도 체력적으로 강건하고 정신력 또한 대단하시기에 조만간 기력을 회복하시리라 믿는다. 하지만 퇴원 후에도 넓은 집에서 혼자 생활해야 하는데다가 밭농사, 논농사 등을 챙기느라 쉴 틈 없이 노심초사하실 모습을 생각하면 마음이 놓이지 않는다.

 광주에 있는 작은 여동생 집에 거처하시면 어떨까 생각해 보지만 도시의 아파트 생활에 잘 적응하지 못하실 것 같다. 저렇게 혼자 계시다가 갑자기 돌아가시기라도 하면 어떡하지 하는 불안감에 잠이 오지 않는다. 착잡한 심정을 가눌 수가 없다.

3월 21일 (수)

요즈음도 수련은 계속하고 있다. 하지만 동생들의 경제적 어려움 때문에 마음은 평화롭지 못하다.

관료생활을 어떻게 하면 멋지게 마무리할 수 있을까 하는 것도 고민이다. 정년까지 한다고 해도 2년 9개월 여밖에 남지 않았다. 간부들은 1~2년 전에 명예퇴직을 하는 것이 관례인 점을 감안한다면 연말에는 그만두어야 할 것도 같다. 하지만 두 아들의 교육도 한참 있어야 끝나게 되고 결혼도 시켜야 하는데 하고 생각하니 참 아득하기만 하다.

구차스럽게 남아 있겠다고 발버둥치는 추태를 부리고 싶지는 않지만 상당한 어려움이 예상되므로 지금부터 고민하지 않을 수가 없다.

IMF 때문에 공무원 정년이 1년이 단축된 데다가 정년 훨씬 전에 명예퇴직을 강요하는 게 요즈음 공직 풍토이다. 절로 한숨이 나온다.

주어진 일에 충실하고 정직하게 업무를 처리하며 살아가는 공무원들은 대개 살림이 그리 넉넉하지 못하다. 짧고 굵게 산다는 비틀어진 생각으로 부정과 타협도 하고 적당히 보신하며 살던 공무원은 퇴직 후의 생활에도 별 어려움이 없을 것이다. 하지만 그렇지 않은 대부분의 공무원들은 퇴직금만으로 생활할 수가 없다.

그러니 법에서 정한 정년은 보장되어야 마땅하다. 본인의 의사에 반하여 퇴직해서는 절대로 안 된다. 나이 든 직원들에게 유형·무형의 압력을 넣어가면서까지 퇴직을 강요하는 것은 불법적이고 부도덕한 일이다.

금년 말이나 내년 초에는 그런 악습이 재현되지 않기를 간절히 바란다. 만일 그렇게 되는 경우에는 그때 가서 내 진로를 결정할 생각이다.

2002년 8월 6일 (수)

1년 5개월만에 수련기를 쓴다. 요즈음도 수련을 계속하고는 있지만 여러 가지 개인적인 갈등으로 쓸데없는데 기운을 너무 낭비하는 것 같다. 정상으로 되돌아오기 위해 안간힘을 쏟고 있다.

우리 집은 별 문제 없으나 어머니와 동생들이 큰 걱정이다. 어머니는 기력이 쇠잔하셔서 계속 병원 신세를 지고 있고 동생들도 극도의 경제적인 어려움을 겪고 있다. 하지만 나는 그들에게 전혀 도움을 주지 못한다. 내 자신이 참 한심스럽다. 다만 얼마라도 주면서 위로하고 격려하지 못하는 내 처지가 너무도 처량해서 비감에 젖어 있다.

내가 깨끗한 공직생활을 하고 있다는 점이 그들에게는 공허하게 들릴 것 같아 안타깝기 그지없다.

그렇다고 해서 지금껏 살아온 내 삶에 대한 후회는 없다. 그저 도와주지 못하는 것이 대단히 미안하고 가슴 저려올 따름이다.

8월 22일 (목)

어제 저녁 뉴스를 보고 알게 된 사실이다. 내 행정고시 동기생인 김 아무개 전 해운대구청장이 금품을 노린 자신의 회사직원 등에게 납치된 뒤 살해되었다고 한다.

그는 배우자가 무남독녀로서 유산이 많았다. 그래서 김영삼 정권에서는 공직자 재산신고 시 등록재산이 많다는 이유로 한동안 직위해제 되었다가 복직되는 불이익을 당했다. 또 10여년 전에는 교통사고를 크게 당해 어려움을 겪었으며, 민선 해운대구청장에 두 번이나 낙선한 불운한 경력도 갖고 있다.

납치된 채 5일간이나 끌려 다니면서 당했을 그의 고초와 50대 초반의 가장을 잃고 슬퍼하고 있을 가족들을 생각하면 너무도 애처롭고 안쓰럽기만 하다.

요즈음 내 건강은 최악이다. 어머니의 좋지 않은 건강과 동생들의 어려움이 내게 심한 스트레스로 작용하여 거의 매일 깊은 잠을 잘 수가 없고 식욕도 완전히 떨어져 버렸다. 20여 년 간 계속해 온 아침운동도 중단하고 있다.

단전호흡 수련은 하루에 한번 겨우 하고 있는데 그마저도 마음의 안정이 안 되니 호흡이 제대로 이뤄지지 않는다. 호흡이 제대로 안 되니 또다시 마음의 안정도 꾀하지 못하는 악순환이 반복되고 있다. 이 상태를 빨리 벗어나지 못하면 쓰러질지도 모른다.

동기생의 비참한 죽음을 보면서도 인간적인 욕심에서 벗어나지 못하고 고민하는 나를 볼 때 한심스럽게 느껴진다. 세속적인 욕망과 욕심의 굴레에서 벗어나지 못하고 있는 나 자신이 너무도 안타깝다.

물욕, 명예욕 등이 모두 다 부질없음을 알면서도 왜 실천하지 못하는 것일까? 정말 답답하다.

3월 24일 (월)

○수련기를 마무리하면서

요즈음에는 원기단법 20번을 수련하고 있다.

96년 11월에 중기단법 전편을 시작하여 중기단법 후편, 건곤단법을 거쳐 원기단법 30번까지의 일반 단법수련(丹法修鍊)은 내년 말이면 모두 마치게 될 것이다.

국선도 단전호흡원리를 간단히 설명하기는 쉽지 않다. 목포대 임경택 교수의 저서「숨쉬는 이야기」를 인용하여 단전호흡의 원리를 요약·정리하고자한다.

단전호흡은 단전으로 하는 호흡을 말한다. 호흡은 그 위치에 따라 '가슴호흡', '복식호흡', '단전호흡'으로 나눌 수 있다.

단전(丹田)은 그 위치가 사람의 체구에 따라 조금씩 다르지만 대부분 배꼽 세치 아래에 위치한다. 일단 위치는 그렇게 말하여도 사람들이 구체적으로 느끼기는 쉽지 않다. 배꼽아래 세치 부분 즉 치골뼈 바로 위의 가장 말랑말랑한 부분과 꼬리뼈 위에 약간 튀어나온 부분을 직선으로 잇고, 회음(항문과 성기 중간지점)에서 위쪽으로 직선을 그어서 만나는 점에 단전이 있다.

다음은 호흡하는 방법이다.

앞에서 말한 단전, 즉 치골뼈 바로 위와 꼬리뼈 위에 약간 튀어나온 두 지점에 정신을 집중하여 뒤에서 앞으로 축을 내밀면 숨이 저절로 들어오고 그 축을 당기면 숨이 저절로 빠져나가도록 하여 앞뒤로 반복운동을 하는 것이다. 아랫배를 내밀고 당기는 힘에 의해 숨이 자연스럽게 따라 들어오고 나가게 해야 호흡이 무리 없이 잘된다.

이때 산소 흡입량이 평소 호흡에 비해 3~4배 가량 증가된다. 산소공급이 원활하여 피로가 사라지고 횡격막 운동으로 자율신경이 조절된다.

단전의 앞뒤를 보며 호흡을 놓치지 않고 숨을 쉬면 기운이 단전에 모이며, 숨쉬기를 거듭할수록 기운이 쌓이게 되고 집중력이 생긴다.

호흡이 제대로 되면 단전에서 뭉클뭉클한 기운이 느껴지고 기운이 모아지면 축기가 되고 고도의 축기 작용이 반복되면서, 강한 열기를 머금은 기운은 온몸의 경락을 따라 돌면서 몸 안의 냉기와 허한 기운을 밀어내고 모든 병증은 그 뿌리 자체가 없어진다.

얼굴에 검버섯이 없어지고 피부에 탄력과 윤기가 생기며 체중이 정상화되고 손끝 발끝까지 전신에 힘을 느끼게된다. 이제까지 느껴보지 못한 새로운 힘이 솟구치는 것을 느끼게된다. 또 마음의 안정과 평화를 느끼고 수련이 깊어지면 도력(道力), 예견력(豫見力)이 생기기도 한다.

그러나 이때 좋은 지도자를 만나는 것이 대단히 중요

하다. 기초를 단단히 익히고 바른 호흡법을 배워야 혼란과 방황을 줄일 수 있고 나아가서 성취도의 차원이 달라지게 된다.

위 호흡법의 원리를 나의 방식으로 표현한다면 대장간에서의 풀무질로 비유하고 싶다. 꽁지뼈 위의 툭 튀어나온 부분을 대장간 풀무의 손잡이로 생각하고 그것을 붙잡고 천천히 그러나 끝까지 쭉 밀면 강한 바람이 들어옴으로써 화로에 시뻘건 불이 타오르는 것 같이 단전에 강한 열기를 머금은 기운을 느낄 수 있고 손잡이를 당기면 숨이 저절로 빠져나간다. 이와 같은 동작을 반복하면 화로는 점점 더 달구어지고 그 열에 의하여 무쇠가 녹아나는 것과 같이 뜨거운 기운이 온몸의 경락을 타고 다니면서 경직되거나 병든 부분을 복원시켜주는 신비스런 기능을 한다.

이와 같은 단전호흡수련으로 내가 체득한 효험을 소개한다.

먼저 1995년 4월 무리한 지리산 종주등산으로 머리부분에 느껴졌던 신경의 경직현상이 해소되었다. 또한 왼쪽 발의 부분 마비현상도 완쾌되었다.

다음은 불면증, 우울증, 자신감 결여 등이 거의 해소되었다.

그리고 기력이 완전히 회복되었다. 어제도 서울 사당역에서 안양 석수역까지 15km 구간을 5시간30분 안에 주파했다. 이 구간을 매주 반복하여도 크게 힘들지 않다. 보통사람들은 걷기가 힘들고, 걷는다고 하여도 7시간 이상 걸리는 코스이다. 이를 감안하면 단전호흡의 효과를 확실히 알 수 있을 것이다. 그리고 매일 아침저녁으로 집 주위의 3km 구간을 달리거나 걷는다.

또한 젊은이 못지 않은 활력과 정력이 넘치는 삶을 살 아가고 있다.

그리고 20여년 동안 쓰던 안경을 벗게 되었다. 눈은 한번 나빠지면 원상회복이 어려운데 시력이 회복되어 안 경 없이 생활하는 즐거움은 비할 데가 없다. 5년 동안 앓 았던 치질 또한 거의 치유된 상태이다.

반면에 집안 일로 스트레스를 받거나 직장의 보직문제 등에 깊은 관심을 갖고 갈등을 겪게되면 기운이 손상되 고 만다. 따라서 회복되었던 몸과 마음의 건강이 급속도 로 붕괴되곤 하였다. 이러한 경험에 비추어보면 자그마 한 일에 민감해하지 않아야 한다. 난잡한 생활은 피해야 하며 섭생(攝生)을 잘하고 절제 있는 생활을 해야한다. 무엇보다 범사에 감사하는 대범한 생활자세가 중요함을 새삼 깨닫게된다.

결론적으로 건강 증진 방법으로 단전호흡만큼 좋은 방 법이 없다고 생각하고 있다. 내 글을 읽고 많은 사람들이 올바른 단전호흡을 익히고 열심히 수련하여 육체적·심 리적·정신적으로 행복한 삶과 보람을 누릴 수 있게 되 기를 진심으로 바란다.

제2부
깨끗한 공직자의 길

1.유년기와 학창시절

1943년 7월 8일 태평양전쟁이 한창일 때 한국사람들이 많이 살고 있는 일본 오사카 근처의 작은 도시인 아마가사끼(尼崎)에서 나는 태어났다. 나는 별로 건강하지 못했던 것 같다. 연년생으로 동생을 두었으므로 나는 젖을 충분히 먹지 못했다. 더욱이 어머니 뱃속에 있을 때도 어머니가 많이 굶주렸기 때문에 영양 공급을 제대로 받지 못했다. 어머니는 내가 지금도 몸이 왜소하고 건강하지 못한 것은 다 그 때문이라며 안타까워하신다.

해방 이듬해인 1946년 온 가족이 귀국하여 전남 함평군 나산면에 자리를 잡았다. 내 고향과의 인연은 그렇게 시작되었다.

원래 아버지의 고향은 동래 정씨들이 집성촌을 이루어 살고 있는 전남 담양군 봉산면 양지리 와우마을이었다. 하지만 증조 할아버지가 처남들과 대법원까지 가는 재판에서 패소하여 화병으로 돌아가시자 우리 집안은 뿔뿔이 흩어져 살게 되었다.

아버지는 전남 고흥군 녹동읍 관리에서 솜 공장을 운

영하다가 어머니를 만나 결혼했다. 자금난에 봉착하자 아버지는 공장을 정리하고 일본에 건너가서 많은 돈을 벌어왔다. 그러나 해방후의 혼란기라, 돈을 제대로 쓰기가 어려웠다. 아버지는 당시 조선은행 광주지점에 5만 3천엔이라는 큰돈을 몽땅 예금해 버렸다.

아버지는 자그마한 정미소를 운영하며 6간 접집을 마련했다. 하지만 그런지 한 달이 채 못되어서 6·25가 터졌다.

○6·25 전쟁으로 숱한 고초를 겪다

아버지 밑으로는 두 형제가 있었는데 모두 발동기 기술자였다. 정미소를 함께 운영했지만 한 사업체로 세 형제가 벌어먹고 살기는 힘들다고 판단한 큰삼촌은 다른 길을 택했다.

삼촌은 일찍이 국방경비대 시절에 군에 입대했다. 삼촌은 사병으로서는 최고 지위인 특무상사까지 올라갔으나 총기 정비 중 오발사고로 다리에 총상을 입었다. 17육군병원에 입원하여 치료를 받고 있던 중 6·25가 발발하자 귀가 조치된 삼촌은 집에 머물러 있다가 인민군 시절을 겪게 되었다.

함평을 거쳐 목포까지 쳐들어갔던 인민군들은 미군과 국군의 반격으로 황급히 퇴각하면서 운반하기 힘든 총기는 총신과 방아쇠뭉치를 각각 분리하여 땅에 묻거나 강에 버렸다. 총기를 잘 다루고 정비에도 뛰어난 기술을 가지고 있었던 삼촌은 그때 기관총 한 정과 많은 실탄을 확보했다. 방아쇠를 찾지 못한 삼촌은 방아쇠를 새로 만들었다. 그 총으로 빨치산들이 점령하고 있는 분주소(지금의 파출소)를 습격하기로 결심한 삼촌은 청년들을 모아 거사 일을 정했다.

하지만 실행단계에서 한 사람의 밀고로 탄로 나고 말았다. 가담자 모두 당일로 붙잡혔다. 삼촌은 며칠간을 밀밭에서 숨어 지내며 버텼으나 결국 굶주림을 견디지 못하고 먹을 것을 찾으러 돌아다니다가 저들에게 붙들렸다. 삼촌은 대한민국 국기를 등에 둘러 맨 채 두 손은 묶이고 팬티만 걸친 차림새였다.

집에 들른 삼촌은 할머니에게 물을 달라고 해서 물 한 대접을 마신 뒤 어머니에게 "형수님, 죄송합니다"는 짤막한 인사말을 남긴 채로 저들에게 끌려가고 말았다.

사전에 모의 사실을 안 어머니는 할머니와 아버지에게 "잘못되면 집안식구 모두 죽음을 면할 수 없을 것"이라고 말했다. 그러면서 어머니는 여순 반란사건 토벌 작전 시 두 아들을 살려주어 삼촌을 평생 은인으로 여기는 사람 집으로 피신시키도록 백방으로 노력했다. 하지만 삼촌은 끝내 이를 거부했다. 삼촌이 어머니에게 사죄의 말을 남긴 것은 바로 이 때문이었던 것이다.

집안 식구들도 모두 분주소에 연행되었으나 나와 바로 밑의 여동생은 돌아가라고 해서 집으로 돌아왔다. 우리는 공포와 서러움을 참지 못하고 서로 붙들고 울었다. 저녁 늦게 어머니가 집에 돌아오셨다.

할머니가 "나는 자식을 낳은 죄가 있지만 우리 며느리는 아무 죄도 없다"며 통곡하며 사정하고, 어머니가 업고 있던 여동생의 발을 일부러 꼬집어 계속 울게 하자 "시끄러우니 가라"고 했다는 것이다.

집안식구들이 모두 연행되어 갈 때 빨치산들은 집안을 뒤져 쓸 만한 옷들이 들어 있는 고리짝도 함께 가져갔다. 그 바람에 그 안에 넣어 두었던 돈 5만3천엔 통장도 영영 사라져 버렸다. 또 조선은행 광주지점도 소실되어 1965년 한일청구권협정이 체결·발효되었을 때도 증빙자료가 없어 한푼도 보상받지 못했다.

잡혀갔던 삼촌은 가벼운 총상만 입은 채 집으로 돌아왔으나 이내 다시 붙잡혀 끌려갔다. 빨치산들은 시장바닥에서 불에 달군 쇠꼬챙이로 배를 찔러 댔다고 한다. 너무 고통스러운 나머지 삼촌은 실탄으로 죽여 달라고 호소했으나 그들은 끝내 이를 외면하고 계속 괴롭혀서 마침내 죽음에 이르게 하였다.

삼촌은 나와 여동생을 끔찍이도 사랑했다. 할머니가 살아계셨을 때는 물론이지만 지금도 가끔 처참히 돌아가신 삼촌을 떠올리면 슬픔으로 목이 메인다.

이 일이 있고 난 다음부터 할머니, 아버지, 어머니와 막내삼촌, 그리고 나와 두 여동생 등 온 집안 식구들은 죽을 고비를 여러 차례나 넘겼다. 막내삼촌이 큰삼촌은 친형이 아니고 이복형이라고 빨치산들에게 거짓말을 함으로써 위기를 넘긴 적도 있었다.

어머니는 집에서 몰래 소주를 만들어 친척들에게 넘겨줌으로써 도움을 받고는 했다. 나중에 우리는 나산을 떠나 함평읍에서 피난생활을 했다.

서울이 수복되면서 우리는 다시 나산에 돌아왔다. 하

지만 6 · 25 직전에 어렵게 마련한 6간 접집은 고스란히 타버리고 재만 남아 있었다. 아버지는 피난가면서 땅에 묻어 두었던 석유 2드럼을 시장에 내다 팔아 마련한 돈으로 발동기와 정미기를 구입했다. 5일 시장에 정미소를 차려서 번 돈으로 불에 타버린 터에 다시 집을 짓고 논과 밭을 조금씩 사들여 살림을 늘려 나갔다.

그러나 그간에 부모님과 막내삼촌의 고생은 이루 말할 수 없을 정도였다. 특히 많은 자식들의 교육을 위해 어머니는 손톱이 다 닳도록 피눈물나는 고생을 하지 않으면 안 되었다.

○사립대학의 장학생으로 입학하다

초등학교 4학년 때까지 나는 공부를 잘하지 못했다. 하지만 5학년 때부터는 1등을 놓치지 않았다. 졸업 시에는 전체 수석을 차지해서 영예의 도지사상을 수상했다.

나는 도내에서는 가장 들어가기 어렵다는 광주 서중에 합격했다. 재학 중에도 열심히 공부하여 3학년 때에는 모의고사 성적이 전체 학생 480명중에서 37등까지 상승했다. 그리고 드디어 마지막 시험에서는 한자리수 안에 들게 되었다.

학교에서는 매번 출입문 입구에 50등한 학생까지 이름을 붙여 경쟁심을 유발시키곤 했는데 내 이름이 빠진 적은 없었다.

그러나 고등학교 선택이 문제였다. 그때 내 성적으로는 전국 최고 명문인 경기고등학교에도 지망이 가능했다. 하지만 입시 한 달 여를 남겨두고 아버지가 내 진로를 바꾸었으면 하는 의사를 내비쳤다. 내가 서울로 유학가게 되면 밑에 있는 동생들은 광주에서도 공부할 수가 없게 되니 서울행을 포기하라는 것이었다. 나는 두말 없이 이를 수용했지만, 그 결정은 두고두고 내게 아쉬움으로 남아 있다.

생활이 어려웠기 때문에 광주제일고등학교보다는 육군사관학교 진학률이 높은 광주고등학교를 선택하게 되었다.

고등학교에 입학하고부터는 정말 무섭게 공부하여 1학년 첫 학기 때부터 반에서 1등을 하였다. 나는 1학년 전체 4명의 특대생 중 한 사람에 끼게 되었다.

그러나 2학년 때가 문제였다. 광주지방에서 최선봉으로 4·19데모를 한 데 따른 후유증과 편·입학 남용으로 불량학생들이 갑자기 늘어나면서 수업 분위기가 엉망이 되었다. 이에 분개한 실력 있는 선생님들이 교장선생님 축출을 요구하는 성명을 발표하고, 학생들은 이를 지지하는 데모를 하는 등 어수선한 분위기에 휩싸이게 되었다.

학교 분위기도 엉망이고 사춘기도 겹친 나는 몹시 해이해졌다. 삶에 대한 회의로 괜스레 이리저리 방황했던 것이다.

아예 시험보지 않은 과목이 늘어나게 되어 성적은 형편없이 떨어졌다. 엎친 데 덮친 격으로 간디스토마에까지 감염되었다. 어렸을 때 시골에서 선배들과 어울려 낚시, 투망질 등으로 잡은 물고기를 날것으로 먹곤 한 것이

원인이었다. 간디스토마는 두고두고 나를 괴롭혔다. 뒷날 대입에서 실패한 것도, 사법고시에서 행정고시로 진로를 바꾸게 되는 것도 다 간디스토마가 중요한 요인으로 작용했던 것이다.

비록 간디스토마 발병으로 쉽게 피로를 느끼고 몸이 무겁기도 했지만, 2학년 2학기 때부터는 다시 이를 악물고 공부를 시작했다. 3학년 모의고사를 볼 무렵에는 거의 예전 성적 수준으로 회복되었다.

그러나 3학년 때 일어난 5·16 군사 쿠데타는 우리 학교와 나에게 엄청난 시련을 안겨주었다. 군인 장성 출신인 송 아무개 도지사는 도내 중·고등학교의 수준 차를 없애겠다고 호언하며 1급지와 4급지의 교사들을 교류시키는 파격적인 인사를 단행했다. 우리 학교의 경우, 전근해 온 선생님 몇 분은 학생보다도 실력이 떨어져서 수업을 할 수 없을 정도였다. 그러자 부임 첫날 바로 학교를 떠나거나, 며칠 못 견디고 교단을 떠나게 되는 사례가 속출했다. 남아 있는 선생님들 중에서도 실력과 진학 지도 경험이 부족해서 제대로 진학 지도를 할 수 없는 선생님이 많았다.

나는 진학 희망대학을 육군사관학교에서 서울대학교 법과대학으로 바꿨다. 내 건강상 육군사관학교는 무리일 것 같았다. 하지만 군사정부가 대입 정책을 객관식 국가고사제로 바꾼 데다가 인문계 정원을 대폭 감축하고 체력 검정을 넣는 등 입시 제도를 손질하는 바람에 나는 서울대에 원서조차 내지 못했다. 고려대 법학과에 합격한 것으로 만족해야 했다.

116

전년도 졸업생 한 명과 지금 고려대 교수로 재직하고 있는 김영평 교수 등이 같은 학과에 합격했다. 서울법대 법학과에는 안영섭 동문 한 사람만이 겨우 합격하는 극심한 입시 흉작이었다. 광주제일고등학교의 경우에도 서울법대 2명, 고려대 법학과 1명 등이 합격하는 데 그쳤다.

나는 결코 고려대 법학과 합격에 만족할 수 없었다. 그때 나에게는 최고의 대학이 아니라면 대학에 가지 않겠다는 강한 자존심 같은 게 있었다. 집안 형편 때문에 바로 재수학원에 등록할 수 없었던 나는 시골에서 고향 친구의 대입 검정고시 준비를 도와주며 시간을 보냈다. 대학 입시를 겨우 3~4개월 남겨 두고서야 입시 준비를 위해 서울로 올라왔다. 부모님이 어렵게 마련해준 학자금으로는 서울 입시학원의 단과반 등록도 어려웠으므로 값도 싸고 종강이 가까워 파장 분위기인 어느 학원의 종합반에 등록했다.

그러나 나는 입시원서 접수에 차질이 생겨 시험조차 보지 못하고 말았다. 다음해에도 나는 서울대 입시에 실패했다. 첫해와 마찬가지로 안이하게 생활함으로써 공부량도 절대 부족한 데다가 체계적인 정리마저 하지 못했다. 다행히도 경희대학교 법학과에 입시장학생으로 들어감으로써 체면치레는 할 수 있었다.

4년 장학생이라고는 해도 경희대학교 법학과에 만족할 수 없었으므로 나는 1학년 1학기를 마치자 더 이상 다니지 않기로 작정하고 입대해 버렸다. 하지만 사정을 알아차린 부모님이 친구를 통해 군에 있다는 병적확인서를 발급 받아 학교에 보내어 제적은 면할 수 있었다.

○힘겹게 군대 시절을 보내다

나는 서울의 외곽인 독산동의 병기탄약중대로 배치 받았다. 부대원이라고 해야 모두 다해서 2백명 내외로 작은 규모였다. 주로 미군의 탄약정비부대에서 작업하는 게 일과였다.

토요일에는 미군의 작업이 없기 때문에 금요일 오후부터 외출이 실시되었다. 하지만 시골에 집이 있는 고참들은 멀리 가지 못하고 근처 술집에서 술판을 벌이다가 만취한 채 밤늦게 들어오고는 했다. 그러고는 잠자는 졸병들을 짓밟고 다니기 일쑤였다. 겨울에는 물이 펄펄 끓고 있는 난로 위의 주전자를 발로 차서 넘어뜨리는가 하면 집합시켜 몽둥이 세례를 퍼붓는 게 다반사였다.

차라리 어디가 다치든지 아파서 병원으로 후송되기를 간절히 바란 적도 많았다. 어떤 때는 내가 관리하고 있는 무기고에서 무기를 꺼내어 복수할까 하는 충동에 내몰리기도 했다.

비록 내무생활은 고되었지만 직책이 미군과 한국군간의 통역이었기 때문에 육체적으로는 그리 힘들지 않았다. 영어 공부도 조금씩 할 수 있었다.

군대 생활을 생각하면 잊혀지지 않는 사건이 하나 있다. 총기 오발 사고로 하마터면 사람을 죽일 뻔한 이야기이다.

1967년 4월 어느 일요일 아침이었다. 나는 그때 제대

를 2개월쯤 앞두고 있는 제대 말년이었다. 특별히 할 일
도 없고 해서 BOQ에 들렀는데 중대장 당번인 홍 상병
이 혼자 방을 지키고 있었다. 탁자 위에는 45구경 권총
한 자루가 놓여 있었다. "왜 여기에 권총이 있느냐?"고
물었더니, 어제 주번사관이었던 모 상사가 근무용으로
차고 있다가 풀어놓았다고 했다. 권총을 만지작거리던
나는 노리쇠를 잠깐 후퇴시키고 나서, 바로 옆에 있던 홍
상병의 심장을 겨누고 쏘는 시늉을 했다. 그러자 홍 상병
은 약간 언짢아하는 말투와 함께 표정을 찡그렸다. '구태
여 남이 싫어하는 일을 할 필요는 없지' 마음속으로 생각
하고 권총을 내려놓으려는' 순간이었다.

'탕!'하는 소리와 함께 총알이 발사되었다. 깜짝 놀란
나는 권총을 떨어뜨리고 말았다. 왜 총이 발사되었지?
총알이 어디로 날아갔지? 나는 한동안 그저 어리둥절한
채로 있었다. 그러다가 정신을 가다듬고 주변을 살펴보
았다. 총알은 권총을 아래로 내려뜨리는 찰나에 발사된
모양이었다. 철제 의자의 바닥을 관통한 총알은 콘셋 건
물을 뚫고 나와 건물 밖의 바위를 때리고 퉁겨 나와 있었
다.

권총을 점검해본 결과 아직도 실탄이 세 발이나 남아
있었다. 나중에 경위를 알아보니 주번사관으로 근무하던
하사관이 만취 상태에서 실탄 여섯 발이 장전된 케이스
를 하나 가져오게 하여 그중 두 발을 공중에 대고 쏘았다
는 것이다. 그런 다음 내가 한 발을 오발한 것이었다.

정말 사고는 순간적으로 터진다. 그때 내가 아무 생각
없이 방아쇠를 당겼다면 홍 상병은 어떻게 되었을 것이

며 나 또한 어떻게 되었을 것인가? 죄값을 치르고 살아
남았다고 한들 나머지 삶이 얼마나 불행했겠는가? 나를
믿고 살아오신 부모님과 형제자매들에게 나는 얼마나 큰
실망과 비극을 안겨주었겠는가?

그 일이 있고 난 다음부터 나는 사람에게 총구를 들이
대는 짓 같은 것은 다시는 하지 않았다. 또 남의 총구가
나를 향하지 않도록 각별히 조심했다. "빈총도 안 맞은
것만 못하다"는 옛 말을 큰 교훈으로 삼게 되었다.

○입주 가정교사를 선택하다

제대가 가까워지면서 많은 고민이 되살아났다. 4남 3
녀의 장남인 내게 집안 걱정은 큰 무게로 다가왔다.

내가 복학해서 하숙생활을 하게 되면 나머지 동생들의
학업은 계속하기 어려운 게 당시 우리 집의 가정형편이
었다. 나는 입주 가정교사를 선택했다.

어머니는 지금도 그때를 떠올릴 때마다 내 선택에 대
해 고맙다는 말을 잊지 않는다. 세 남동생이 모두 대학을
졸업한 것도, 여동생이 대학을 졸업하고 대학에서 교편
을 잡게 된 것도 다 내 덕분이라는 것이다. 내가 입주 가
정교사를 선택함으로써 우리 집의 경제적 부담이 그만큼
덜어졌기 때문이리라.

하지만 2년 동안의 입주 가정교사 생활은 쉽지 않았
다. 내 인생살이 중 가장 혹독한 경험으로 기억된다.

나는 세 명을 가르쳐야 했던 것이다. 전과목을 가르쳐
야 하는 중학교 신입생과, 영어 실력 기초를 가르치자마

자 졸기 시작하는 고등학교 학생, 그리고 공부에 그다지 흥미가 없는 재수생까지. 그 재수생은 대학교에 입학하고 난 다음에도 교양 과목인 영어를 더 가르쳐주어야 했다.

심신이 극도로 피로해져서 한 번 코피가 터지면 쉽게 그치지 않았다. 언젠가는 하루에 스무 번까지 코피가 터진 적도 있었다.

그런 와중이었다. 어느 날 갑자기 왼쪽 뺨이 완전히 틀어지는 구안와사라는 병이 찾아왔다. 나는 '내 인생이 결국 이렇게 끝나는구나!' 하고 참담한 심정에 빠졌다. 다행히 병원에 가서 진정제 주사를 맞고 곧 회복되었지만, 그 낭패감은 오래도록 지속되었다.

1학년 말 시험성적이 4위로 뛰어오른 중학생 집에서는 나를 강력히 붙들었으나 나는 사정사정해서 가정교사 생활을 그만두었다. 대학 3학년이었으므로 시간을 내어 마음껏 공부하고 싶었으나 시절이 나를 가만 놓아두지 않았다.

○3선 개헌반대를 위한 데모에 주도적으로 참여하다

그즈음 박정희 대통령의 3선 개헌 저지를 위한 대학생 데모가 연일 끊이지 않고 벌어졌다. 지리적으로 가까이 위치한 고려대학교의 영향을 받아서인지 어떤지는 모르겠으나 경희대학교 학생들도 열정적으로 데모대에 참여했다.

처음에 나는 방관자였다. 당시 내 지상과제는 공부에

전념해서 고시에 합격하는 것이었기 때문이다. 데모가 시작되면 바로 도서관으로 향하거나 집에 가는 게 예사였다.

그러던 어느 날, 우연히 의과대학 앞을 지나다가 전투경찰과 투석전을 벌이는 데모대에 합류하게 되었다. 내 속에 잠자고 있던 열정이 그때 터져 나왔다. 이후 나는 아주 적극적으로 데모에 참여했다. 학교시험을 거부하고 법학과 3학년 전체가 단식 농성을 하도록 하는 주동자 역할도 마다하지 않았다. 후일에는 당시 정외과에 다니던 김 아무개 의원을 만나서 동료 학생들이 어려움을 겪고 있는데도 이를 외면한다고 불평이 많으니 데모에 앞장서라고 촉구하기도 했다.

하지만 결국 3선 개헌은 단행되었고 4학년이 된 나는 다시 공부를 시작했다. 그런데 이번에는 복학동기생인 정 아무개 군이 총학생회 회장 선거에 출마하면서 나에게 도와달라고 요청했다. 나는 공부를 거의 포기하다시피 하고 매달렸으나 3위로 낙선하고 말았다.

○마지막 학기 장학생 탈락으로 학교를 그만두다

나는 4학년 1학기 여름방학 때부터 친구 김영남의 고향 근처인 충남 부여군 외산면 무량사에서 본격적으로 행정고시 공부를 시작했다. 2학기가 시작되고 나서도 나는 계속 절에 머물러 있었다. 그런데 학교에서 1학기말 성적이 장학생 유지 조건인 평균 80점에 미달되어 등록할 수 없다는 통보를 받았다.

　입시 장학생 대신에 설립자 장학금 등 다른 장학금 혜택을 받는 방안을 모색했으나 결국 이뤄지지 않았다. 4만원을 마련하면 추가로 등록할 수 있었지만 나는 "이 학교에 도움을 줄 사람인데 이렇게 대접할 수 있느냐?"고 고집을 부리고 등록을 포기하고 말았다.

　이 때문에 내 졸업은 30년 뒤로 미루어졌으며, 졸업장이 없어서 공직생활 동안 외국에 유학할 수 있는 기회가 있었음에도 가지 못했다. 괜한 고집을 피워 내 인생을 피곤하게 만든 것 아닌가 반성해 보곤 하는 대목이다.

2. 행정고시 합격과 투병 생활

고등학교 때부터 쌓아둔 영어실력 덕분에 봄에 실시되었던 제7회 행정고시에서 1차 시험에 쉽게 합격했다. 하지만 총학생회장 선거에 매달리느라 전혀 공부를 하지 않은 터라, 2차 시험에 응시할 엄두가 나지 않았다.

1970년 가을 졸업이 불확실한 상황에서 배수진을 치고 응시한 제8회 시험 합격자는 7명이었다. 나는 2차 시험에서 과락은 없었으나 점수 미달로 불합격되고 말았다.

○행정고시 준비생으로 처신하며 방황하다

1971년 봄, 결국 졸업도 하지 못한 채 고향으로 돌아왔다. 부모님의 꾸중이 두려운 나머지 졸업하지 못했다는 말씀은 차마 드리지 못했다. 속앓이를 하면서 그냥 고시 준비생으로 행세하며 지냈다.

졸업했다고 해서 무언가 특별히 달라질 것도 없었겠지

만 자격지심 때문에 나는 더욱 위축되었다. 절에라도 가
서 공부하려면 생활비를 조달해야 하는데 쪼들린 살림을
꾸려 가시는 부모님께 말씀드리기가 쉽지 않았다. 그렇
다고 집에서 차분하게 공부할 수 있는 형편도 아니었다.
시골에서 놀고 지내는 초등학교 동창들과 어울려 다니면
서 술판이나 벌이는 등 하루하루를 의미 없이 보냈다.

몇 달이 지나고 나서야 나는 시골집 근처에 셋방을 하
나 얻어 공부를 시작했다. 그러나 분위기가 너무 어수선
했다. 어려운 집안 형편이 늘 걱정되는데다가 틈만 나면
친구들이 찾아오니 집중적인 공부는 불가능했다. 도저히
실력 향상을 기대할 수 없는 막막한 처지였다.

이전까지는 행정고시가 1년에 2회씩 실시되었으나
1971년에는 한 번만 실시하게 되어 있었다. 그 대신 선
발 인원이 수십 명에서 2백명으로 대폭 증원되었다. 시
험과목도 4과목에서 8과목으로 두 배로 늘어났으며 국
사가 필수과목이 되었다.

고등학교 때 국가고사에서 세계사를 선택 과목으로 공
부했으므로 그 과목에는 어느 정도 자신이 있었으나 국
사는 달랐다. 방황하던 시절인 고등학교 2학년 때 잠깐
공부한 것으로는 기초가 너무 모자랐다. 나는 이 국사 때
문에 시험에서 곤욕을 치렀다.

나는 선택 과목으로 법학 과목 가운데 노동법을 선택
했는데, 알고 보니 점수가 좋지 않게 나오기로 정평이 나
있었다. 또 한 과목을 추가하게 되어 있어 노동법과 연계
성이 크다고 판단하고 사회정책 과목을 선택했다. 그러
나 이는 너무 잘못된 선택이었다. 득점과목이 되기는커

제2부 깨끗한 공직자의 길   125

녕 오히려 필수 과목에서 얻은 점수를 까먹게 되는 결과를 초래했다. 그래서 나는 오랜 기간 동안 시험을 치르지 않으면 안 되었다.

1971년에 실시된 제10회 국가고시 1차 시험은 광주에서 치렀다. 2차 시험 준비를 위해 시험 1개월여 전에 상경한 나는 고등학교 동창인 변영준과 함께 기거하면서 공부하였다. 그러나 새로이 추가된 국사나 선택 과목인 사회정책을 그 짧은 기간에 다 공부한다는 것은 결코 쉬운 일이 아니었다. 그 두 과목에 대한 걱정 때문에 다른 과목들도 공부가 잘 되지 않았으며 진도도 더디 나갔다. 졸업하지 못한 데 대한 압박감과 빨리 합격해서 보상받고자 하는 강박관념도 상승작용을 일으키며 나를 괴롭혔다.

마음만 급했지 현실은 따라주지 못하는 괴리 현상으로 집중력이 떨어지고 피로감만 엄습해 왔다. 책을 잡고 있어도 전혀 공부가 되지 않았다. 거기다가 잠도 제대로 자지 못하게 되니 소화도 안 되고 머리도 멍해져서 이런 상태로는 도저히 시험에 응시할 수가 없었다. 친구에게는 응시하는 척하고 바람만 쐬러 다니다가 시험이 끝나는 시점에 맞추어 시골로 내려와 버렸다.

1972년의 두 차례 시험에서도 별 진전은 없었다. 특히 제12회 시험에서는 행정학에서 출제된 생태론적 접근법에 대한 문제에서 개념마저 정확하게 파악하지 못해 과락을 면치 못하는 등 그 이전 시험 때보다 2차 시험 성적이 훨씬 더 나쁘게 나왔다.

공무원시험은 성격상 시사적인 문제나 최근 학계에서

많이 논의되고 있는 토픽에 대해 출제하는 경향을 보인
다. 이런 정보들을 외면한 채 시골에서 외곬으로 혼자 공
부한 내 입장에서 볼 때 이같은 결과는 부득이한 측면이
없지 않다. 하지만 굳이 변명을 하자면 다른 이유도 있었
다.

2002년 3월 4일자로 남아연방공화국 대사로 부임한
한화길은 같은 하숙집에서 동고동락한 친구인데, 그 이
유라는 게 그 친구와 얽혀 있다.

외무부 하위직 공무원을 그만두고 외무고시를 준비하
려던 한화길과 방학이 시작된 나는 귀향하기 위해 호남
선 열차를 탔다. 자리를 먼저 잡으려고 서두르다가 나는
내가 가지고 있던 한화길의 책 보따리 두 개 중 하나를
잃어버리고 말았다. 나는 즉석에서 내가 가지고 있던 행
정학, 경제학 등 중요 과목의 책들을 그에게 주었다. 그
러고는 내 경제적 어려움 때문에 나는 그 책들을 다시 구
입하지 못했는데, 이것이 결국 행정학과 경제학에서 좋
은 점수를 받지 못하는 하나의 요인이 되었던 것이다.

1973년의 제13회 시험에서는 총점으론 2점이, 과목
당으론 0.25점이 미달하여 불합격됐다. 국사에서 42점
을 받아 겨우 과락은 면하였지만, 재정학에서 78점이라
는 뜻밖의 좋은 점수를 받게 되어 다음에는 합격할 수 있
겠다는 자신감을 갖게 되었다.

○행정고시 합격으로 공무원 생활을 시작하다

1973년 11월 5일 라디오에서 발표되는 제14회 행정

고시 합격자 명단에서 내 이름이 불려졌다. 공부를 시작한 지 3년 반만에, 일곱 번의 응시 끝에 얻은 영예였다.

나는 뛸 듯이 기뻤지만 그때 이미 내 나이는 서른이 넘어 있었다. '합격만 하면 탄탄한 관료생활은 보장된다'라고 했으나 그 믿음은 곧 깨지고 말았다. 나는 한동안 보직을 받지 못했다. 다른 동기생들에 비해 이처럼 늦은 출발 때문에 나는 너무 일찍 공직에 대한 환멸을 느끼게 되었다.

나는 실의와 좌절에 빠져 술과 잡기 등으로 세월을 보냈다. 설상가상으로 1977년에는 감염된 간디스토마로 인해 담낭염이 발병하여 담낭 결석 제거 수술까지 받았다. 5년 뒤에는 신장 결석 제거 수술을 받게 되었는데, 이런 것들이 요인이 되어 건강에 대한 자신감을 잃었다.

주어진 보직이라는 것도 다 한직이었다. 나는 요직은 가보지도 못했다. 그저 한직 계장을 전전하는, 딱하고 한심한 처지에 계속 머물렀다.

1979년 5월 4일 전라남도 지방공무원 교육원 교관요원으로 임용되었다. 명목상으로는 지방사무관에서 국가사무관으로의 승진이었다. 하지만 그 자리에 가기를 희망하는 사람은 거의 없었다. 언제 교관을 면할지 알 수 없는 막막한 자리였다.

○5·18과 광주항쟁이 발발하다

1980년 5월 광주에서는 대규모 반정부 시위가 계속되고 있었다.

　나는 지방공무원교육원 교관이라는 공무원 신분임에도 불구하고 5월 16일 도청 앞 광장의 시위에 참가했다. 박관현 당시 전남대 총학생회장의 주도로 3만여 명이 도청 앞 광장에 모여 민주화를 요구하고 군부의 정치 개입을 반대하는 횃불 시위를 벌였다.

　광주 재야세력의 선봉에 서서 반정부 활동을 벌이고 있던 박석무 전 국회의원과 위 아무개 목포시 도시건설국장을 시위현장에서 만났다. 우리는 도청 인근 여관에서 같이 머무르면서 군부를 규탄하는가 하면, 친구의 앞날을 걱정하기도 하며 밤을 지샜다.

　5월 18일 공수부대가 광주에 투입되어 금남로 4가에서 학생들과 충돌하고 있다는 소식이 들려왔다. 나는 운암동 우리 집 앞에서 1번 버스를 타고 금남로로 갔다. 한 손에는 M16을, 또 한 손에는 방망이를 들고 방석모까지 쓴 군인들이 보였다. 그 맞은편에서는 대학생과 어른, 그리고 어린 중학생들까지 돌멩이를 들고 대치하고 있었다.

　한참동안 보고 있는데 "5분 이내에 자진해산하지 않으면 강제 진압하겠다"는 소리가 들려왔다. 그리고 그 소리가 채 끝나기도 전에 군인들이 우르르 몰려왔다. 시위군중들은 사방으로 흩어져 도망갔으며 나도 양동 상가 쪽으로 내달렸다.

　도망가는 군중들보다 군인들의 발걸음이 훨씬 빨랐다. 군인들이 선두를 가로막고 시민들에게 달려들었다. 순식간에 길거리는 맨발로 뛰는 사람, 자전거를 타고 가다 버리고 도망치는 사람, 군인들에게 잡혀서 두들겨 맞고 피를 흘리는 사람들로 아수라장이 되어 버렸다.

나도 군인들에게 군화발로 차이고 쫓기며 붙잡히기 일보 직전이었다. 그때 다른 군인들에게 쫓겨온 젊은 학생이 우리 쪽으로 도망쳐 오자 우릴 쫓던 군인들이 그를 붙잡느라 틈이 생겼다. 나는 재빨리 인근 친구네의 메리야스 공장으로 피신했다. 나는 거기 숨어서 만행의 현장을 똑똑히 보았다. 놈들은 사람이 아니었다. 나는 피가 거꾸로 치솟는 분노를 느꼈다.

그 날 이른 시간부터 통금이 실시된다는 TV뉴스를 보고는 발길을 서둘러 집으로 향했다. 쫓겨왔던 길을 거슬러 가면서 보니 많은 신발들이 길가에 어지러이 놓여 있었다. 가로수에는 가랑이가 완전히 터진 청바지가 걸려 있었는데 군데군데 핏자국이 선명했다. 당시의 상황이 얼마나 처참했을지 미루어 짐작할 수 있었다.

계속 걸어가다 맨 처음 군인들과 시위군중들이 충돌했던 금남로에 다다랐다. 시위하다 잡힌 많은 학생과 시민들이 상의가 다 벗겨진 채 여러 대의 군용트럭에 실려 있었다. 사복 차림의 군인들이 발로 차며 몽둥이 세례를 퍼붓고 있었다. 학생과 시민들을 흡사 전쟁포로 다루듯 하는 그들의 야만적인 행동에 치가 떨렸지만 달리 무슨 방도가 없었다.

더 이상 걸을 수가 없어서 버스를 기다리다 인근에서 한약방을 열고 있는 친구를 만났다. 길 건너편에서 미친 짓을 하는 군인들이 들을까봐 나는 "해도 너무 하네!" 속삭이듯 말하고는 버스에 올랐다. 승객들은 모두 눈물을 흘리고 있었으며 한 젊은이는 큰 소리로 소리내어 울었다.

아파트 입구에 도착하자 주민들이 모두 나와 있었다. 흥분한 주민들은 학생들에게 칼이라도 들고 맞서게 해야 한다는 둥 잔뜩 격앙되어 있었다. 그러나 총을 든 군인들에게 무슨 수로 대항한단 말인가? 주민들의 말을 화풀이 소리쯤으로 여기고 집에 돌아온 나는 통곡하며 분노와 설움을 달랬다.

이틀째 피를 본 시민들은 나주 등지에서 무기를 탈취하여 대항했다. 그러자 5월 22일 계엄군은 시 외곽으로 철수했다.

나는 그후에도 도청 앞 광장에서 연일 계속된 데모에 몇 번이나 참가했다. 교도소 부근까지 시위 군중을 따라갔다가 계엄군과 총격전을 벌이는 극한 상황을 직접 겪기도 했다.

나는 직장에서도 자주 시국과 관련된 발언을 하곤 했다. 한 번은 식사를 하던 직원 하나가 시위 학생을 맹렬히 비난했다. 나는 만일 그런 언동을 계속하면 가만 놔두지 않겠다고 그 직원을 윽박질렀다. 내 심사가 심상치 않음을 눈치챈 그 직원은 조용히 말꼬리를 잘랐다. 그 일이 거기서 정리되는 바람에 아무 탈없이 끝났지만, 당시 서슬 퍼런 군사정부 하에서 더욱이 공무원 신분이라는 점으로 볼 때 위험하기 짝이 없는 행동이었다.

광주항쟁을 무력으로 진압한 전두환 정부는 전남 도지사를 군인 출신으로 임명했다. 그렇게 되자 나보다 늦게 전입한 육사 출신 사무관들이 요직을 다 차지하고 앉았다. 일부 도지사 친인척이나 지역적 연고를 가진 사람들이 나머지 자리에 임용되었다. 내 갈 길은 더욱 멀게만 느껴졌다.

군인 출신 도지사가 건설부 장관으로 영전해 가고 그 후임으로 김 아무개 도지사가 부임했다. 그러던 어느 날 인사계장이 나를 찾아왔다. 그는 윗분들의 뜻이라면서 과장이 아닌 계장으로 도청에 복귀할 용의가 있느냐고 물어왔다. 이 무슨 해괴망측한 말인가? 과장 요원으로 내보낸다고 해놓고 인사권자가 바뀌게 되자 자기들은 알 바 아니라는 것이다. 이것이 우리 공직 풍토의 현주소란 말인가?

밀어주는 사람이 없으면 이런 수모를 당하고 견뎌야 하는구나. 나는 세상을 원망하며 술과 잡기로 세월을 보냈다. 정신적으로도 황폐화되었을 뿐더러 육체적으로도 일찍 갱년기 현상이 찾아오는 것 같았다.

3.고급간부 양성과정 교육과 영림과장 시절

첫 보직인 비상대책과장에 2년 2개월이나 머물러 있다
가 조금 더 요직인 상정과장으로 전보되었다. 사실 비상
대책과장 말고는 어디를 가든지 영전이라고 할 수 있었
다. 전임자가 지방과장으로 영전되었고 국의 주무과장이
었으므로 '천수답'을 자처하는 나에게 상정과장이라는 자
리는 과분한 셈이었다. 상정과는 상업적인 업무, 예를 들
면 체인점이나 백화점 관련 사항과 연탄, 석유, 가스 등
연료에 관한 사항 그리고 계량기에 관한 사항 등을 주로
처리하는 부서이다.

나는 체인점이나 백화점 관련 업무에도 관심을 두었지
만, 그보다는 주로 연탄, 석유 수급에 만전을 기하려 애
썼다. 그 중에서도 특히 서민들의 월동용 연료로 가장 중
요한 연탄을 적기에 적량을 공급하는 데 온갖 심혈을 기
울였다.

연탄은 국내산 석탄과 품질이 좋은 수입 석탄을 혼합
하여 제조되었다. 주로 강원도에서 생산, 반입되는 국내

산은 수송에 별로 어려움이 없었으나, 수입 석탄의 경우
는 달랐다. 수입에 차질을 빚는가 하면 수송에 어려움을
겪기도 했다. 나는 여수항과 철도화물 담당 부서와의 원
활한 협조를 위해 혼신의 노력을 다했다.

　당장 급한 문제들을 해결하고 이제 막 에너지 절약 등
의 업무를 파고 들어가려 할 즈음이었다. 연말이 가까워
진 어느 날, 인사 주무국장인 내무국장으로부터 수원에
있는 내무부연수원에서 실시하는 고급간부 양성 과정 1
년 교육 대상자로 선정되었다는 통지를 받았다.

○내무부 지방행정연수원에서 고급간부 양성 과정을 수료하다

　전라남도 공무원교육원에서 3년 동안 교관 생활을 하
고 2년 2개월은 비상대책과장이라는 한직에 머물렀으니
약간 비중 있는 과장 재직이라고 해야 채 1년도 넘지 않
은 시점이었다. 그런데 다시 1년이나 되는 장기교육을
받으라는 것이다. 나 자신의 처지가 너무나 한심스러웠
다.

　인사 운영을 제멋대로 한다는 생각이 들어서 나는 "교
육받기를 원치 않는다"고 반발했다. 그러자, 그게 아니라
면 부득이 부군수로 자리를 옮겨야 한다고 하는 게 아닌
가. 그때 부군수는 대개 도청의 계장들이 처음 승진해서
가는 보직 경로였으므로, 도의 중진급 과장이 부군수로
나간다는 것은 상당한 좌천이었다.

　나는 많은 망설임 끝에 마음에 내키지는 않았지만, 1

년 교육을 받아들이기로 결정했다. 당시 나와 같이 교육을 받은 사람은 운수과장 윤 아무개 선배와 보성 부군수인 신 아무개 씨 등이었다.

이때 나는 단단히 결심했다. 도의 간부들은 자기들 필요에 따라 나를 교육 보냈으나 나는 내 의지로 교육에 열정을 쏟기로 했다.

교육 초기 3개월의 합숙기간 동안 기상시간은 오전 6시로 되어 있었다. 하지만 나는 매일 5시전에 기상해서 400미터 트랙을 5~8회 달리고 난 다음 아침 조회 행사에 참여했다. 또 점심시간 2시간 중 1시간 동안 매일 약수터까지 산행했으며, 저녁을 먹고 나서도 계속하였다.

30여 명의 교육생들 중 육사 출신 교육생 한 사람을 빼고는 내가 가장 젊었다. 그러니 남들보다 활력이 있는데다가 유일한 행시 출신이며 영어에서도 특출하다는 평가를 받게 되니 내 인기는 상당하였다.

교육이 끝나갈 무렵인 10월 11일부터 11월 10일까지 한 달간은 독일의 베를린, 뮌헨, 뒤셀도르프, 함부르크 등을 돌아다녔다. 그러면서 독일에서는 중앙 정부의 권한이 어떻게 지방에 배분되는지, 재정 및 예산제도 등은 어떤지에 관해 발표하고 토론했다. 남는 시간에는 독일 각지의 관광명소 등을 시찰했으며, 독일 정부의 주선으로 오스트리아, 네덜란드 등 인접국가도 시찰할 기회를 가졌다. 내게는 선진 문화를 체험한 아주 소중한 기회였다.

1986년 초 수료식 때 내 성적은 전체 2위였다. 1등인 총리상에 이어 내무부 장관상을 수상했다.

○도지사의 내무부 전출 요구를 거부하다

고급간부 과정을 수료하고 대기하고 있는데 내가 내무부로 전출가야 한다는 소식이 들려왔다. 부군수로 가기 싫어 울며 겨자 먹기로 교육을 받고 나왔는데 이제는 내무부 계장으로 전출을 가라는 것이다. 나는 처음 이런 말이 들렸을 때 큰 충격을 받았다.

그때는 내가 처음으로 전세를 면하고 내 집을 마련해서 약간 들떠 있는 시점이었다. 처가에서 마련해준 40평의 대지 위에 은행에서 융자를 받아 작은 집을 지었던 것이다. 그런 나에게 집을 떠나라고 하다니, 얼마나 가혹한 처사인가? 거기다가 사무관 8년, 초임과장 2년 2개월, 상정과장 1년, 교육 1년 합치면 도합 12년을 광주에서만 있었는데, 어떻게 여기를 떠나라는 말인가. 나는 내 신세가 참으로 가련하게 느껴졌다.

비록 지방이라고는 해도 3년이나 과장을 하다가 다시 계장이라는 직함을 다는 것도 싫었지만, 다시 전세 생활을 해야 한다는 사실이 나를 몹시 괴롭혔다. 광주의 집을 처분하면 서울에서 전세 비용은 될 것이나 집을 마련할 수는 없을 것이었다. 나는 어떠한 일이 있다 하더라도 내무부에는 가지 않기로 결심했다.

확실한 내 의사 표명에도 불구하고 간부들은 계속 서울행을 요구했다. 그래도 내가 응하지 않자 이번에는 도지사가 직접 나섰다. 도지사는 30분 이상 나를 잡고 집요하게 설득했다. 도지사는 중앙에 가야 "개인적인 발전을 보장받을 수 있다"고 고집스레 말했고, 나는, "경제적으로도 어렵지만 늙으신 어머니를 가까이에서 모셔야 하

기 때문에 갈 수 없다"고 팽팽히 맞섰다. 나는 끝까지 가
지 않겠다고 버티다가 면담을 마쳤다.

○농림국 영림과장으로 임명되다

내무부로 가지 않겠다는 내 의지대로 나는 광주에 머
물렀으나 좋은 보직은 주어지지 않았다. 나는 농림국 영
림과장으로 가게 되었는데, 영림과는 식수과와 더불어
산림 행정을 담당하는 부서였다. 식수과는 조림과 묘목
생산 등을 관장하고, 영림과는 산림 부서의 인사, 벌채
허가 그리고 산불방지 등 산림보호 업무를 주로 관장했
다. 직원들은 일반행정직 몇명을 제외하고는 대부분 농
업고나 농업대 임학과 출신의 임업직 공무원들이었다

내무부 계장으로 가라는 도지사의 말을 거역하고 버틴
나에게 좋은 보직을 주리라고는 기대도 하지 않았지만
이 자리는 좀 심했다. 교육 가기 전의 보직인 상정과장
자리에도 못 미치는 보직을 부여한 것은 보복성의 좌천
인사임이 분명했다.

당시 나는 농지과장에게서 이런 말을 들었다. 나이가
좀 많은 그는, 본인의 의사와는 상관없이 승주군 부군수
로 발령을 받아 인사차 도지사를 방문한 참이었다. 도지
사가 여러 사람이 있는 자리에서, "정진오는 후배들에게
길을 열어주지 않으니 안돼"라고 비난하더라는 것이었
다.

이 말을 듣자마자 나는 분노가 머리끝까지 치밀어 올
랐다. 내가 후배들의 길을 막고 있다니? 이게 말이나 되

는 소리인가?

늦은 사람 도와주지는 못할 망정 사람을 이렇게 망신시킬 수가 있는가? 나는 도지사가 너무나 야속하고 원망스러웠다. 내가 무얼 잘못했단 말인가?

나는 그 때부터 틈만 나면 여러 사람이 있는 것을 개의치 않고 "도지사는 교활한 인간이다. 그대로 가만 놔두지 않겠다"고 분노와 적개심을 표출하곤 했다.

하지만 나는 곧이어 정신을 되찾았다. 불합리한 사례가 나에게만 적용되었던 것은 아니었기 때문이다. '나는 과연 주어진 일에 최선을 다했는가' 하고 나에게 물어 보았다. 답은 '그렇지 않다'였다. 나는 속으로 깊이 반성했다.

남을 원망할 계제가 아니었다. 나 자신에 충실하고 업무에 정통함으로써 누가 봐도 충실한 공직자라는 평을 들을 수 있는 자주적인 노력이 결여되었음을 솔직히 인정하지 않을 수 없었다.

무엇이 되고 안 되고는 다음의 일이고, '그 사람 정말 자기 일에 충실하고 정직한 사람'이라고 평가받는 것이 우선 과제라고 나는 생각했다. 그리하여 나는 그것을 실천하기 위해 최선을 다하리라 굳게 다짐했다.

임업직 직원들은 시군의 산림과장으로 승진해 나가는 길 외에는 다른 특별한 기회가 없었다. 하지만 다른 부서에 비해 대졸 직원들이 상대적으로 많고 인성들이 순박하여 보람을 느끼며 생활할 수 있었다.

특히 교육 가기 전에 근무했던 상공운수국과 현재 근

무하는 농림국은 좋은 대조를 이루었다. 상공운수국의 상정과, 운수과, 공업과 직원들은 행정 대상이 백화점 경영자, 연탄공장 사장, 주유소 사장, 운수업자, 공업분야 종사자, 광산업자들이기 때문에 그런지 대체로 기민하고 재치가 넘쳤다. 하지만 농림국의 농산과, 영림과, 식수과 직원들은 농산물과 풀, 나무에 관련된 사항들을 처리하기 때문에 그런지 대체로 눈앞의 영리 추구나 당장의 반대 급부에 연연해하지 않는 느긋함, 순박함 등이 몸에 배어 있었다. 나는 그들에게서 마음의 평화와 조급해하지 않는 기품 같은 것을 느끼고 배웠다.

해가 바뀌고 새로이 교육 대상자들이 차출되면서 나는 영림과장 재직 1년여만에 중책인 도시과장으로 영전하게 되었다.

4. 도시과장 시절

당시 도시과의 업무는 국토이용계획 및 용도지역 관리, 광양제철단지 건설, 광양 배후도시 건설, 광양 컨테이너 부두건설 지원, 상수도, 하수도, 그린벨트, 국립공원, 건설업 면허, 도시계획, 온천지구 지정, 주암댐건설을 위한 이주 및 보상업무 추진, 상무대 이전사업 등이었는데 실로 다양하고 비중이 큰 사업들이 많았다.

특히 온천지구 지정 같은 것은 이른바 '이권' 업무이다. 자칫하면 업자들의 농간에 놀아날 가능성이 컸다. 또 도시계획 변경과 용도지역이나 국토이용계획 변경 등은 투기꾼들의 관심사항인데다가, 토지 소유자 및 이해 관계인에게는 땅값 상승 등으로 인해 막대한 초과이득을 안겨 주는 사안인 만큼 신중하고도 조심스럽게 업무를 처리하지 않으면 안 되었다.

지금은 국립공원관리공단에서 지리산 국립공원을 전담하여 관리하고 있지만, 당시에는 도에서 직할사업소를 두고 관리하고 있었기 때문에 국립공원 관련 민원 해결과 시설 확충에도 관심을 기울여야 했다.

○도시과장의 현안 업무를 파악하다

도시과장으로서 가장 중요한 현안 업무는 주암 다목적 댐 건설 지원을 위한 이주 대책과 보상 업무의 추진이었다. 도지사는 임명장을 주는 자리에서 이에 역점을 두라고 당부했다. 나는 내 모든 역량을 다해서 잘 처리하겠노라고 굳게 다짐했다.

무엇보다도 우선 시급한 것은 보상 문제를 원만하게 매듭짓는 일이었다. 나는 이를 위해 현지를 자주 찾아가 보고 주민들과 대화함으로써 그분들이 무엇을 요구하는지, 또 이를 어떻게 해결할 것인지를 모색하기로 했다. 현지까지는 2시간이 넘게 걸리는 곳이었지만 나는 30여 차례 이상 그곳을 방문했다. 지금 순천시청 건설교통국장으로 있는 박원우 토목기사와 함께 현지를 찾은 나는 보상 실적, 이주 실적, 철거 실적, 집단 이주단지 조성 상황 등을 점검하고 주민들의 요구사항을 들었다.

승주, 보성, 화순의 3개군 9개 읍면에 광범위하게 분포되어 있는 수몰민들에게 만족할 만한 수준의 보상을 한다는 것은 대단히 어려운 문제였다. 주민들은 공동작업으로 만든 시설물, 예를 들면 보(洑)와 같은 시설물에 대해서도 각자 참여한 몫에 대한 보상을 요구했다. 영업권, 실농, 주거비, 잔여지, 잔존자 등에 대한 보상과 집단이주단지 조성도 큰 문제였다. 하지만 보상에 오랜 기간이 소요됨에 따라 보상근거법인 '공공용지 손실에 관한

특별조치법'이 자주 개정되고 이로 인해 이해가 엇갈리게
되는 사례가 많아져서 보상 문제에 어려움이 가중되었
다.

1989년 1월 24일자로, '공공용지의 취득 및 손실 보
상에 관한 특례법'이 개정되어 시행되었다. 주요 골자는,
영업권 보상액이 증액되고 10호 미만의 주민들이 집단
이주단지 조성을 희망하지 않는 경우에는 가구 당 3백~
5백만원의 이주정착금을 지급하며, 세입자에 대해서도
이주대책비를 지급하는 규정이 신설되는 것 등이었다.

이 같은 법률의 개정으로 보상을 받지 않았거나 보상
에 불응한 사람들까지 보상금액이 증액되거나 더 유리해
지는 경우가 생기게 되었다. 그러자 이미 보상이 끝나 이
사까지 완료한 수몰민들까지 신법에 의해 증액된 만큼
보상하라고 요구하고 나섰다.

이유만을 보면 타당한 측면도 없지 않았다. 발파 지점
이라든지 댐의 핵심시설이 건설되는 곳이어서 행정기관
에 협조하느라 일찍이 보상과 철거에 응한 사람들이 손
해보고, 늦게까지 버티며 저항한 사람들이 오히려 이익
을 보는 결과는 불공평할 뿐 아니라 정의롭지도 못하다
는 것이었다.

'공공용지의 취득 및 손실 보상에 관한 특례법'은 모든
공공사업에 적용되는 보상에 관한 기본법이지만 사회적
인 여건 변화를 반영하기 위하여 자주 개정된다. 따라서
단기간에 끝나지 않는 대규모 공사의 경우에는 시작에서
완공될 때까지 여러 차례 법이 개정될 수밖에 없다. 그러
니 당연히 더 많이 보상받게 되는 사람이 있는가 하면,

더 적게 보상받는 사람이 있을 수 있다. 그렇다고 해서 경과 규정을 두어서 개정 시점 이전의 보상은 신법을 적용하지 않도록 조치한다는 것은 불가능할 뿐만 아니라 바람직하지도 않다.

그렇기 때문에 법은 시행일 이후에 효력을 갖게 되는 것이다. 따라서 이미 보상을 완료한 사람들에게 신법을 적용해서 보상금액을 추가로 지급한다거나 증액한다는 것은 불가능한 일이었다.

그러나 이미 보상을 받았던 사람들은 전혀 물러서려 하지 않았다. "다시 이사오겠다. 물리적인 실력 행사도 불사하겠다"면서 완강하게 저항했다.

이 일을 어떻게 처리해야 할 것인가? 나는 참 난감했다. 현행법상으로는 불가능한 일임이 너무도 명백하지만, 그 말만 가지고는 이주민들을 도저히 설득할 수 없었던 것이다.

나는 건설부에 가서 공특법에 대한 예외를 적용시켜 달라고 요구하기도 하고, 보성군 출신인 박 아무개 법제처장을 찾아가서 문제 해결을 위한 법령해석도 요청했으나, 사정은 딱하지만 방법이 없다는 답변만 들었다.

그렇다면 국회에서 특별조치법을 제정해서 시행하는 것 말고는 다른 방법이 없다는 말인가? 국회에서 법을 만든다는 것이 어디 말처럼 쉬운 일인가? 설령 국회에서 이런 조치를 취하려는 생각을 갖고 있다고 하더라도 문제가 해결되는 것은 아니었다. 이는 주암댐만이 아니라, 합천댐, 임하댐 등도 같이 걸려 있는 문제였다. 또 비단 댐 건설뿐만 아니라, 많은 공공사업 등과 연계되어 있기 때문에 국회 입법은 사실상 불가능한 일이었다.

나는 '법이란 무엇인가?' 하는 근본적인 물음으로 돌아가지 않으면 안 되었다. 법에 의한 행정도 중요하지만 예외적으로 법문에 반하는 처분을 해야 하는 경우도 있을 수 있다고 생각하게 되었다. 법이 모든 특수한 경우를 상정해서 규정한다는 것은 불가능한 일이다. 이때는 법을 집행하는 사람들이 구체적으로 타당하게 운영해야 한다. 그래야 행정 목적도 달성할 수 있고 국가가 추구하는 목표도 달성할 수 있는 게 아니겠는가? 때로는 그렇게 하는 것이 국회의 입법 부담을 경감시켜 주는 현명한 방안이 될 수 있다고 나는 결론지었다.

○법에도 없는 추가 보상을 관철시키다

그러나 그렇게 하는 것은 명백히 현행법에 위반되는 사안이므로 여러 가지 사전 조치가 필요하다고 판단했다. 먼저 사업을 주관하는 수자원공사 관계자와 건설부 댐 건설 관계관, 주암댐 보상사업소장 및 관련 군 건설과장 그리고 도지사 건설국장 등이 참석하는 연석회의를 마련했다.

그때 도지사는, "현행법으로는 추가보상이 불가능하나, 추가보상 없이는 보상 업무를 진척시킬 수 없으므로 보상 주체인 도지사 책임 하에 보상을 하겠다. 그러니 수자원공사는 자금을 지원해주기 바란다. 그렇지 않으면 도에서는 더 이상 보상 업무를 추진할 수 없다"고 선언해 버렸다. 건설부와 수자원공사 관계자는 마지못해 자금

지원을 약속했다.

그러자 이번에는 보상사업소장이 딴죽을 걸었다. '회계 관계 공무원 등의 책임에 관한 법률'에 의해 보상 문제는 자기가 모든 책임을 질 수밖에 없는데 이는 너무 부담이 크다는 것이었다. 나는 연석회의의 서류를 근거로 해서 나도 똑같이 책임을 지겠다고 장담하는 한편, 별 문제가 없으니까 나이로 보아 공무원생활을 더 오래 해야 하는 내가 나서는 것 아니겠느냐고 설득했다.

이런 우여곡절 끝에 법개정으로 인한 추가 보상은 어렵사리 풀었으나 공동으로 작업한 보나 잔여지 보상 등 아직도 해결하기 쉽지 않은 일들이 산적해 있었다.

적지 않은 시간이 걸려 이를 해결함으로써 보상 문제는 완료되었지만, 이주 문제가 또 발목을 잡았다. 새로운 거처를 확보하지 못했거나, 보상금을 다른 용도에 써 버리고 주저앉아 있는 등 아직도 많은 사람들이 거기에서 살고 있었다.

장마철 전에 이주를 촉구했지만 진척은 거의 없었다. 특히 송광사에 인접한 승주군 송광면 낙수리 마을은 강가에 위치하여 더욱 더 위험했다. 그러나 주민들은 단결하여 완강히 저항하면서 철거에 응하지 않고 버티고 있었다.

○낙수리 마을 주민을 응급 대피시키다

계속된 장맛비로 강물이 불어 있는데 그날 따라 빗줄기도 굵어지고 있었다. 때맞추어 태풍도 북상 중에 있었

다. 그러나 기상청은 '우리나라와 중국 사이의 해상을 통
과한다'고 발표했다. 나는 기상청 발표를 듣고 최악의 상
황은 오지 않겠지 하고 다소 안도했다. 그러면서도 얼마
나 영향을 받을지 몰라 긴장은 늦추지 않고 있었다.

　그런데 시간이 지날수록 비가 더욱 세차게 쏟아졌다.
나는 불길한 예감이 들어 건설국장에게 현장에 나가봐야
겠다고 보고했다. 그러자 국장도 같이 보자고 하여 우리
는 승주군청 쪽으로 내달렸다. 화순군을 거치면서 차창
밖을 내다보니 도로까지 물이 차 오르고 계곡마다 물들
이 넘쳐나고 있었다. 비는 마치 동이로 쏟아 붓는 것처럼
쏟아져 내렸다.

　송광면 낙수리 현장에 도착해서 강물을 보자, 시커먼
흙탕물이 무섭게 불어나고 있었다. 나는 주민들에게 응
급 대피하라고 요청했다. 하지만 주민들은 "이 마을에서
30년 넘게 살았으나 마을이 물에 잠긴 적이 없다. 걱정
하지 말라"고 하며 천하태평이었다.

　바로 군청으로 향한 나는 군수를 만나서 상황이 심상
치 않음을 알렸다. 비가 계속 내려 강물이 불어날 시에는
주민들을 설득시켜 응급 대피시키도록 조치해 달라고 부
탁하고 돌아왔다. 도청에서 계속 상황 점검을 하고 있는
데 주민들을 모두 곡천 초등학교에 긴급 대피시켰다는
보고가 들어왔다. 나는 안도의 한숨을 내쉬고 귀가하였
다.

　다음날 뉴스와 재해대책상황실의 피해 상황 보고를 들
으니 태풍 셀마로 인해 여수 지방이 엄청난 피해를 입었
다고 했다. 현장이 걱정된 나는 승주군청에 전화를 걸었

다. 낙수리는 집, 논밭 할 것 없이 마을 전체가 완전히 물에 잠겼다고 했다. 높은 언덕에 위치한 교회도 지붕만 남겨두고 전체가 물에 잠겼는데 그 지붕 위에는 긴급 피난한 돼지들이 서성이고 있다는 것이었다.

만일 그때 내가 도청에서 나가보지 않고 또 군청에서 강제로 대피시키지 않았더라면 어땠을까? 아마도 엄청난 인명 피해를 당했으리라. 이런 생각이 들 때마다 나는 얼마나 다행이었던가 싶어 가슴을 쓸어 내리고는 한다.

나중에 들은 이야기인데, 낙수리 수몰민들 중에는 장독 속에까지 숨어 있는 사람들이 있었다고 한다. 마을 예비군, 면직원, 군직원을 삼중으로 동원하여 51세대 주민 237명을 모두 응급 대피시킴으로써 인명 피해는 한 사람도 나지 않았다.

마침 그 다음날이 일요일이었다. 나는 친구들과 송광사가 위치한 조계산에 등산 가기로 약속했던 터라, 버스를 함께 타고 송광사에 도착했다. 친구들에게는 등산하라고 이르고, 나는 물에 잠긴 마을을 살펴보기로 했다.

30여 차례나 방문했지만, '설마 등산복 차림으로 온 나를 알아보지는 못하겠지' 생각하고 물에 잠긴 마을 현장과 주민들의 동태를 파악하기 위해 은밀히 돌아다녔다. 하지만 나를 알아보는 주민들도 있었는데 그 중 한 사람이 말했다.

"과장님, 이제 저희들은 여기서 살라고 해도 못삽니다. 어서 빨리 자식들한테 가겠습니다. 집이 다 무너지고 전봇대 등도 다 넘어진데다가 길도 흙탕길인데 어찌 살겠습니까? 곧 나갈 테니 우선 장비를 투입해서 길이라도 다닐 수 있게 해 주십시오."

얼마 전까지만 해도 "보상이 적으니 물 속에 들어가는 일이 있더라도 이사는 못 가겠다"고 버티던 사람이었다.

나는 그 말이 너무도 고마웠다. 조금은 흥분된 마음으로 댐 건설회사 관계자를 만나 그레이다, 불도저 등 장비를 좀 협조해 달라고 요청했다. 그런 뒤 마을 구석구석을 더 샅샅이 살펴본 다음 등산을 마친 친구들을 만나 광주로 돌아왔다.

매주 월요일은 과장급까지 참석하는 확대 간부회의가 열리는 날이다. 직제 순에 따라 과장들이 전주에 추진한 실적과 그 주에 추진할 계획을 보고하게 된다.

나는 평소 월요일 간부회의에 대비해서 전주 금요일까지는 보고서를 준비하도록 해서 그 내용을 낱낱이 파악했다. 그러고는 보고서 전체를 한 부 복사하여 집에 가지고 가서 읽어보고 내용을 다시 확인하고는 했다. 따라서 실제 보고할 때는 거의 내용을 암기할 수 있을 정도가 되었다.

나는 보고서를 보지 않고도 자신 있게 보고함으로써 보고받는 사람에게 내가 철저하게 준비되었음을 믿게끔 만들었다. 이러한 여러 가지 태도들은 나의 평가를 완전히 뒤바꿔 놓았다. 내무부에 가지 않는다고 미워하던 도지사도 나를 신뢰하게 되었는지 확대 간부회의에서 나에게 가끔씩 일이 지지부진한 부서의 일을 맡아서 처리하라고 지시하곤 했다.

그런데 이번에는 위기를 슬기롭게 넘긴 데다가 일요일에 현장에까지 다녀왔으므로 더욱 당당한 자세와 자신감

넘치는 목소리로 보고할 수 있었다. 내 보고의 요지는 다음과 같았다.

"셀마호 태풍으로 주암댐 이주 대책은 사실상 끝났다. 일요일 현지에 가서 주민 동향을 살펴보니 '이제 자식들 집으로 가겠다'고 하더라. 행정기관의 강제성 대피로 목숨을 건지게 되니 한편으로 미안하고 또 한편으로는 고마운 마음을 표출하더라. 보상이 적어 물 속으로 들어가겠다고 하던 사람들이 폐허가 된 거리 정리를 위하여 그레이다 등 장비를 요구하여 조치하였다."

도지사는 쾌활한 웃음으로 화답한 후 나의 노고를 치하하더니 "사람의 정성으로 하늘의 재앙을 막았다"고 격려하면서 "가까운 시일 내에 현장을 방문하겠다"고 말했다.

간부회의가 끝난 지 얼마 되지 않아서 도지사를 비롯한 간부들이 구내식당에서 식사할 계획인데 도로과장과 도시과장인 나도 참석하라는 전갈이 왔다. 점심을 먹던 중이었다. 물에 잠긴 마을 이야기를 하던 도지사는 갑자기 점심이 끝난 후 바로 현장을 헬기로 시찰하겠으니 도시과장도 같이 가자고 요청했다.

경찰 헬기를 처음 타본 데다가 내가 사용해야 할 이어폰이 고장나 도지사와 통화가 잘 안 되어 몹시 답답했다. 헬기 안에서 주암댐 건설 예정지를 정확히 파악하는 것은 쉽지 않았다. 나는 물에 잠긴 낙수리 마을을 중심으로 현황을 설명함으로써 주암댐 지역 시찰을 마쳤다. 우리는 고흥군 해창만의 농경지 침수피해 상황과 완도군 약산면의 방파제 파손 등을 더 둘러보았다. 그런 다음 도지사의 "관광 잘한 값은 내라"는 농담을 끝으로 헬기 시찰을 마쳤다.

이것으로 나에 관한 도지사의 잘못된 이미지는 완전히 사라졌으리라 확신한다.

그 뒤로 수몰지역의 가로수 벌채, 쓰레기 처리 등 크고 작은 문제는 있었으나 큰 차질 없이 보상 업무와 이주대책은 마무리되었고 댐이 완공됨에 따라 담수가 시작되었다.

주민의 편에 서서 주민을 위해 일하려는 나는 댐 공사를 주관하고 있는 수자원공사 보상업무 담당자와 자주 충돌하고는 했다. 그럴 때마다 그 담당자는 거의 동시에 건설되고 있는 임하댐의 예를 적용해야 한다며 맞섰다. 하지만 나는 전혀 물러서지 않았다. 지역적 특수성을 감안하지 않으면 안 될 뿐만 아니라, 보상규정을 지나치게 엄격하게 해석하여 적용하는 것은 옳은 자세가 아니라는 주장을 폈다. 각자의 주장으로 평행선을 달리다가도 결국에는 내 주장이 받아들여짐으로써 주민의 반발과 동요 없이 성공적으로 보상 업무와 이주 대책을 마칠 수 있었다. 그러자 승주군수는 군민의 날을 맞이하여 나에게 이주 대책에 큰 성과를 거둔 데 대한 감사패를 주었다.

○온천지구 지정과 관련된 업무를 수행하다

내가 두 번째로 역점을 두고 추진했던 것은 온천지구 지정과 관련된 업무였다. 이제 그 이야기를 좀 해보자.

도내에서는 이미 화순군 북면에 온천 한 곳이 개발 중

에 있었으나 개발자의 자금력 부족 등으로 인해 별 진척을 보지 못하고 있었다.

내가 도시과장으로 부임했을 때는 이미 화순군 도암면 천암리와 구례군 산동면 좌사리 2개 지역에 온천지구 지정 신청이 들어와 있었다. 그런데 전남에서는 일정한 대수층을 지나면서 물이 뜨거워지는 전형적인 온천이 발견되지 않는 것으로 알려져 있었다. 신청된 두 지역도 모두 온천에서 뿜어져 나오는 물의 온도가 25도를 약간 넘는 물로 온천이라고 이름 붙이기 어려운 상태였다.

그런데 당시 온천법은 용출 온도가 25도를 넘고 물이 일정한 성분을 가지게 되면 온천으로 인정해서 지구 지정이 가능하다고 규정하고 있었다. 또 건설부나 내무부의 '온천개발에 관한 처리지침'에는 온천법의 요건을 충족하는 경우에 동력자원연구소의 타당성 조사를 거쳐 온천개발을 위한 지구 지정을 할 수 있다고 되어 있었다.

두 지역 모두 동력자원연구소의 보고서에는 개발할 경제적 가치가 있다고 나와 있었다. 그러나 이 보고서는 개발업자의 부담으로 용역을 의뢰해서 나온 결과물이었기 때문에 나는 완전히 신뢰할 수가 없었다.

온천이라고 하면 상식적으로 판단해도 따뜻한 물이 쏟아져 나와야 한다. 그런데 6백 미터 지하에서 나온 물이 미지근해서 여름에도 그대로는 머리조차 감을 수 없을 만큼 한기를 느낀다면 어떻게 그걸 온천수라 할 수 있겠는가? 보통 지표수의 온도가 14도이고 1백 미터 지하로 내려갈 때마다 지온은 2도씩 상승하므로 6백 미터 지하에서는 지온만 12도나 올라가게 되어 26도가 된다. 이

렇게 되면 온천수가 따로 없고 땅속 깊은 곳의 지하수는
모두 다 온천수가 되는 셈이다.

나는 신중하게 판단한 다음 온천 지구로 지정해서는
안 되겠다고 결정했다. 어떻게 해서든지 지구 지정을 받
은 온천개발업자들과 땅 투기꾼들이 땅을 비싸게 처분하
고 나 몰라라 하면 개발 소문에 땅을 산 주민들만 선의의
피해를 당할 수 있었던 것이다. 나는 도지사에게 일어날
수 있는 여러 가지 문제점을 들어 왜 허가하게 되면 안
되는지를 보고했다.

도지사는 여러 채널을 통해 온천지구 지정과 관련된
청탁이 들어오자 자칫하면 큰일날 일이라고 판단한 듯,
"이 사안은 건설국장 등 누구도 관여하지 말고 도시과장
의 판단에 맡겨서 처리하라"고 지시했다.

더욱 책임이 무거워진 나는 민원인과의 의례적인 만남
은 물론, 그 사안과 관련되어 청탁 받은 사람들과는 아예
자리조차 같이 하지 않았다.

그랬더니 어느 방송국 도청 출입기자가 나에게 강력히
항의해 왔다. 나는 공무원은 사람을 만나지 않을 자유마
저도 없느냐고 반박했다.

그 누구와의 만남도 거절하자 민원인들은 편법을 동원
하기도 했다. 아무개 씨와의 만남이라고 해서 가보면 엉
뚱하게도 온천 관련 민원인이 그 자리에 와 있어서 서둘
러 자리를 떠난 적도 있었다.

허가를 제출한 지 3개월이 넘고 많은 사람을 동원해도
끄떡하지 않자 영남 출신의 구례군 산동면 좌사리 온천
개발업자는 한때 개발 포기를 검토했다고도 한다.

뜻대로 일이 풀리지 않자, 온천개발업자들은 공무원 출신을 사무직원으로 채용하여 실무자나 담당계장을 귀찮게 했다. 그들 또한 난처한 입장에 처하게 되자, 하루는 실무자가 타 지역 온천을 살펴보고 판단하는 게 좋지 않겠느냐고 건의했다.

이 말을 들은 나는 어떻든 결론을 내려야 할 일이니 타 지역 사례를 보고 판단함이 좋을 듯싶어 온천 명소의 하나인 충북의 수안보와 개발 중인 경북의 경주 등을 둘러보기로 하였다.

충북 수안보에 간 나는 와이키키호텔의 시설 규모에 크게 놀랐다. 온천개발의 파급 효과를 눈으로 확인할 수 있었다. 우리 고향에도 지역개발을 위한 대단위 휴양·위락시설이 필요함을 절감했다. 잠자리에서조차 큰소리로 내가 "지정! 지정!"하고 외치더라는 것이다.

이튿날 온천수 관리행정 체계, 온천수 고갈에 따른 대책 등을 살펴본 나는 다음으로 경주시청을 방문했다. 경주시청 관계자들은 온천 개발에 대단히 적극적이었다. 동력자원연구보고서에 관계없이 자기들이 물의 온도를 직접 측정해 보고 지구 지정을 추진한다고 말했다.

나는 여기서 내 생각을 바꾸기로 결정했다. 온천지구 지정을 너무 엄격하고 부정적으로 처리하는 것은 개발업자나 도민 모두에게 전혀 도움이 되지 못할 수도 있었던 것이다.

온천 시찰을 마친 나는 긍정적으로 검토하겠다는 요지의 보고서를 작성했다. 도지사는 나를 보자마자 "안 되겠지"라고 말했다. 나는 "전국을 비교해 본 결과 우리 도에도 그런 시설들이 필요할 것 같다"고 보고했다. 도지사는 "그럼, 나는 더 좋지!" 하며 긍정적으로 검토하겠다는 내 제안에 흔쾌히 동의해 주었다.

그리하여 두 지역의 온천 허가는 일사천리로 처리되었다. 하지만 개발 면적은 당시 온천 공수와 물의 양에 정확히 비례해서 지침에 상응한 면적만 인정했다. 내가 지구 면적을 많이 줄이라고 요구하자 업자들은 못마땅해했으나 그 부분만큼은 끝까지 고집해서 관철시켰다.

특히 화순 도곡 온천은 그런 기준을 엄격히 적용하는 바람에 지구 지정 형태가 불가사리 모양으로 조정되어 뒷날 면적을 확대하는 재조정 절차를 겪게 되었다고 한다.

구례군 산동면 좌사리 온천은 물의 온도는 화순 도곡 온천과 별로 차이가 없었으나 여러 개의 온천수가 개발되고 양도 많아 대형 단지가 조성되었다.

온천지구 지정과 관련해서는 별의별 일이 다 있었다. 특히 한 사업자는 나에게 기념품 가게를 지을 수 있는 땅을 주겠다고 계속해서 제의해왔다. 허가서류를 검토하기 시작할 때부터 그 사업자는 틈만 나면 내 몫으로 기념품 가게를 마련해 주겠다고 말했다. 허가 절차가 끝나고 개발이 완료되자 그는 더 이상 그 이야기를 꺼내지 않았다. 다행스러웠다. 그가 아무리 좋은 마음으로 땅을 주겠다고 제의했다 해도 그것은 뇌물성이었다. 인허가와 관련되어 있었으니까.

나는 결코 받아들이지 않았을 것이지만, 만일 그때 땅을 몰래 받았다고 가정해 보자. 김영삼 정권 초기에 재산 등록할 때 이 사실이 밝혀져 나는 공직생활을 끝내야 했을 것이다. 이 생각을 할 때마다 공직자가 물욕을 탐하는 것은 곧 자살 행위가 아닌가 싶다.

그런데 이런 사례는 사실 적지 않았다.

○뇌물 거절도 쉽지 않다

교육을 가기 전에 상정과장으로 있을 때의 일이다. Y 시의 사업 허가와 관련하여 사업 신청자가 저녁이나 같이 하자고 줄곧 제의했지만 나는 한사코 거절하고 있었다.

그런데 을지연습 기간 중이었다. 근무를 마치고 집에 돌아온 나에게 아내가, 사업 신청자의 부인이 30만원을 놓고 가면서 "남편에게 말하지 말고 생활비에나 보태 쓰라"고 했다는 게 아닌가. 나는 내일 당장 돌려보내라고 했는데, 그 다음날 집에 돌아와 보니 그 부인이 50만원을 더 놓고 갔다는 것이다.

아무래도 처음 30만원으론 부족하다고 판단했던가 보았다. 나는 을지연습이 끝나자마자, 그 돈을 몽땅 허가신청서 서류에 있는 사업신청자 주소로 반송하였다.

대개 이렇게 되면 민원인들은 돈을 돌려보낸 것을 보니 허가 나기 어렵겠다고 생각한다. 지레 겁을 먹고 낙담하거나 아니면 더 많은 사람을 동원하여 괴롭힌다. 하지만 나는 이런 경우에 안 되는 방향으로 처리해 본 적이 별로 없다. 타당하기만 하다면 나는 반드시 허가해 주었다. 이 Y시 건도 허가되었음을 밝혀둔다.

나는 민원인들이 허가와 관련하여 집요하게 금품을 제공하려고 할 때는 도리어 이렇게 부탁드렸다.

"일이 되게 하려면 이러지 마십시오. 무엇을 받게 되면 들고 다니는 결재서류가 얼마나 무겁겠습니까? 결재권자에게 설명할 때에도 양심의 가책을 받아 자연스럽게 설명이 되지 않아 더듬거리거나 불안한 모습을 보일 것입니다. 반대로 떳떳하다고 한다면 자신 있게 설명하고 때로는 허가의 필요성을 강조할 수도 있지 않겠습니까?"

그렇다고 일이 다 끝난 다음 금품을 받아도 좋다는 이야기는 결코 아니다. 물론 대개 일이 끝나면 민원인들이 허가 전과는 태도가 완전히 달라지므로 그럴 기회도 별로 없겠지만.

○상무대 이전 사업을 추진하다

국방부는 광주광역시 외곽에 있는 상무대를 더 넓고 군사작전상 안전한 지대로 이전하기로 결정했다. 이에 따라 나의 도시과장 부임 초기에 담양군 금성면으로 옮기는 계획이 확정되어 담양군청에서는 사업소를 설치하고 인력과 예산을 확보하여 토지 매수에 들어가려 하였다. 하지만 그때는 이미 땅값이 지나치게 상승하여 담양군 금성면으로 이전하는 사업을 재검토해야 한다는 소문이 돌았다.

당시 문 아무개 도지사는 나를 불러 "이전 계획을 어떻게 관리하였기에 개발 정보가 새어 나가 땅값이 치솟게 만들었는가?" 하며 나를 힐책하였다. 나는 우리 잘못이 아니라고 강력히 항변했다. 국방부에서 계획을 입안하고 용지 매수 계획을 짜고 예산을 요구하는 등의 수많은 단계와 절차를 거치면서 이미 많은 정보가 누설되어 버렸던 것이다. 그리하여 도와 용지매수 협약을 맺는 단계에서 용지매수 예정지에 가보니 벌써 땅 투기꾼들이 우후죽순처럼 모여든 상태였다. 밭마다 사과, 배, 잣 등 고급 과수들이 조림되어 있었고, 양식장과 같은 시설물이 새로 들어서는 등 고액 보상을 노리고 별별 짓들을 다 벌이고 있었다.

군(軍)의 정보·수사기관 등에서 나서서 상황을 파악한다고 들었으나, 결국 국방부는 담양군 금성면으로의 상무대 이전 계획을 포기하고 말았다.

그리고 몇 달 뒤였다. 육군본부 장성 한 분과 부동산 담당과장인 이 아무개 대령이 새로운 부지를 선정하여 매수해 줄 것을 요구하는 참모총장 협약서를 가지고 전라남도를 방문했다. 우리 도에서는 도면만 가지고 부지를 확정할 수는 없고 실태 파악이 선행되어야 하며 그 결과 불가피할 경우에는 부지의 증감이 있어야 함을 주장한 뒤 이에 합의했다.

예정지역은 장성군 삼서면에 있었다. 나는 그 부지의 실태 파악을 위해 장성군청에서 근무한 경력이 있고 평소 믿음이 가는 직원을 차출했다. 그 직원은 개발 정보를 누설하여 나를 난처하게 하지 않을 사람임을 확신했기 때문이다.

나는 그 직원과 함께 현지에 도착하여 부지 현황을 살펴보았다. 부지 일부가 영광군 영광읍 주민들의 상수도 수원지였다. 나는 영광군 건설과장에게 다른 이유를 둘러대고 대체 수원지를 개발하는 경우에 소요되는 예산을 대충 계산해 보라고 지시했다.

그 결과 막대한 예산이 소요될 것으로 나왔다. 나는 불가피하게 수원지와 인접 지역을 제외시키고 다른 지역을 확대하는 방안을 마련하여 육군본부의 동의를 얻은 뒤 부지로 확정했다. 그리고 얼마 후에는 배후 도시로서 삼계면 소재지에 면급 도시계획 부지를 확정하고 매수계획을 세워 추진했다.

장성군청에는 박예훈 사무관을 소장으로 하는 보상사업소를 설치했다. 그러고는 부지 매수를 위한 토지실태조사 및 감정평가 의뢰 등의 필요한 절차를 밟아 나갔다.

육군본부 담당관인 이 대령과 나는 수시로 장성군수실에서 만나 보상에 필요한 사항을 협의했다. 그런데 그때마다 이 대령과 의견이 대립되고 언성이 높아졌다. 그러다가 마침내 나는 더 이상 보상 업무를 추진할 수 없다고 잘라 말했다.

이 대령은 실제 보상 업무를 맡은 경험이 없었다. 그는 전형적인 군인으로서 지나치게 엄격하고 까다롭게 법을 적용하려고 하였다. 나는 주암댐의 경우를 예로 들어가며 보상 업무를 지나치게 법문에 매달려 적용할 경우 토지 소유자들과 협의 매수가 쉽지 않다고 누누이 설명했다. 뿐만 아니라, 자칫하면 집단행동을 유발할 수도 있으니 법을 탄력 있게 운영해야 한다고 여러 차례 강조했다. 하지만 그는 잔말 말고 예산에 맞추라는 식이었다.

하지만 결국 우리의 주장이 대부분 수용되었다. 우리

와 같은 방식이 아니면 보상 업무가 결코 순조롭게 추진
될 수 없음을 그도 깨달았던 것이다.

도시과장의 임무를 수행하면서 나는 법과 현실을 어떻
게 조화시키느냐가 얼마나 중요한지를 절실히 깨달았다.

위와 같은 도시과장 재직시의 업무 추진 실적을 인정
받아 1988년 말 나는 우수공무원으로 선정되어 대통령
근정포장을 받았다.

5. 지방과장 시절

도시과장으로 근무한 지 2년이 되어 가고 있을 때 이
례적으로 지방과장이 순천시의 국장 요원으로 전보되었
다. 건설국장이 나에게 "좋은 소식이 있을 것이다"라고
귀띔해준 얼마 뒤 나는 지방과장으로 발령받았다.

그때의 그 기쁨은 말로 다 표현할 수 없을 정도였다.
지방과는 도청에서 가장 중요한 일을 처리하는 부서였기
때문이다. 시군 간부의 인사, 시군의 예산, 도와 시군의
조직 및 직제, 각종 선거의 지원, 민원행정 지도, 공무원
의 연수, 행정구역 개편, 주민여론 및 민심 동향 파악,
경찰 등 유관 기관과의 협조 등 지방행정의 중추 기능을
수행한다고 해도 과언이 아니었다.

따라서 지방과장은 많은 과장들이 희망하는 자리였다.
그 자리에서 업무를 성공적으로 수행하면 군수가 되는
것도 어렵지 않았다. 더욱 발전할 수 있는 징검다리 역할
을 하는 경우가 많았다.

그런데 무슨 생각에서인지 도지사가 나에게 이런 중책

160

을 맡긴 것이다. 나는 어떻게 해야 도지사의 뜻을 잘 받
들어 지방과장직을 잘 해낼 수 있을 것인가 고민을 많이
했다.

지방과장으로 부임하고 며칠 후 도지사를 만날 기회가
주어졌다. 나는 진심으로 말했다.

"모자란 저를 발탁해 주신 데 대해 깊이 감사드립니다.
열심히 일해서 그 은혜에 보답하겠습니다."

그러자 도지사는 다음과 같이 대답했다.

"나는 서열을 중요시하는데, 정 과장이 서열 1위였어
요. 게다가 좋은 중·고등학교 출신이라 청탁할 사람도
많을 것인데, 한 사람도 내게 그런 청탁을 해온 사람이
없어 특별한 사람으로 여기고 발탁하게 되었으니 잘 해
주세요."

이는 아마도 도지사 본인의 성품이 곧고 바르기 때문
이 아닌가 싶다. 인사철만 되면 여러 군데에서 청탁하는
관료 풍토를 몹시 싫어하는 것 같았다.

도지사는 특히 나에게 돈을 조심하라고 일렀다.

"실력과 능력에서는 감히 지사님과 비교도 안 될 것입
니다만 금전 문제만은 누를 끼치지 않을 자신이 있습니
다."

나는 그것이 내 소신이기도 했으므로 당당하게 대답했
다.

고등고시 행정과를 차석으로 합격한 도지사는 전남도
청에서 지방과장을 역임한 바 있어 지방과장의 업무에
대해서 잘 알고 있었다. 거기다가 그는 고등고시 사법과
에도 합격한 뛰어난 능력의 소유자였다.

내가 과연 이런 분을 잘 보좌할 수 있을까 하는 걱정과 의구심이 나를 짓눌렀다. 더군다나 나는 계장 때도 한직을 전전했으니 핵심 부서에서 일해 본 경험이라곤 전혀 없지 않은가? 나는 정말 배전의 노력을 다해야 나의 이 같은 약점을 극복할 수 있을 것이라고 생각했다.

○빈틈없이 공정하고 깨끗하게 일을 처리하자

영광스런 자리에 그것도 청렴·강직하고 실력도 탁월한 도지사에게 발탁되었다는 사실에 나는 가슴 뿌듯했다. 알아주는 사람도 없는데 혼자 큰소리만 친다는 일부의 수근거림도 일시에 해소할 수 있게 되어 그간의 고통에 대해 상당 부분 보상받는 듯한 느낌을 받았다.

나는 그때 굳게 다짐했다. '빈틈없이 그리고 깨끗하고 공정하게 일을 처리하자'라고. 이와 같은 목표를 설정한 나는 이런 내 결심을 계장들과 직원들에게 틈나는 대로 강조했으며 몸소 실천했다.

지방과장으로 부임한 지 몇 달이 안돼 시·군의 행정계장 회의가 열렸다. 나는 그 자리에서 다음과 같은 나의 방침을 확실하게 전달했다.

"일은 최선을 다하여 빈틈없이 그리고 깨끗하고 공정하게 처리해야 합니다. 앞으로 이에 어긋나는 사람은 용납하지 않겠습니다. 돈 봉투나 특산물을 가지고 다니는 것은 실력도 능력도 없다는 것을 스스로 고백하는 일임을 명심하십시오."

지방과 직원은 밤늦게까지 근무하지 않으면 안 된다.

도의 간부가 불시에 찾을 때에도 대비해야 하고, 내무부에서 수시로 내려오는 지시와 시·군에서 올라오는 중요한 동향에 대해 그때그때 적절한 대응 조치를 마련해야 하기 때문이다.

하지만 이렇게 매일 밤늦게까지 근무해도 불평하는 직원은 거의 없다. 지방과에서 열심히 근무하다 보면 어렵고 복잡한 업무를 잘 처리할 수 있는 능력을 기를 수 있다. 또 승진 등의 인사상 우대도 받는다.

행정에서 가장 중요한 것은 인사이다. 그러므로 지방과장은 지방과 직원들이 적재적소에 배치되어 긍지와 보람을 갖고 일할 수 있도록 해줘야 한다. 또 일정한 기간이 지나면 승진이나 영전되는 기회가 주어지도록 잘 챙겨야 한다.

한편 지방과장은 시·군 공무원의 승진 또는 교류인사를 보좌하는 역할도 해야 한다. 그러나 시·군 직원 그 중에서 특히 간부급들의 인사는 여당의 지역구 국회의원이나 지구당 위원장 그리고 중앙 및 권력기관에 있는 사람들의 힘과 압력에 의해 좌우되는 경향이 많다. 그래서 지방과장이 관여할 수 있는 일이라고는 대상자들의 인사자료 작성과 현황에 대한 정확한 보고 수준에 그치게 된다.

○시·군의 인사를 조정하다

아울러 시·군간의 교류 인사도 관장한다. 특히 광주 가까이에 있는 시·군으로 전입을 희망하는 경우가 많은데 이를 조정하느라 애를 먹기도 한다. 또 시·군에서 각종 직렬 하위직 직원의 결원이 생기는 경우 특채를 실시해서 충원하기도 한다.

특채는 우수 인력 확보라는 측면에서 보면 공채에 비할 바가 아니다. 그러나 도청이나 시·군청에서 고용직이나 기능직으로 오랫동안 일하면서 경력을 쌓은 직원들에게 정규직으로 갈 수 있는 기회를 주는 것도 때로는 필요했다. 그래서 제도가 허용하는 범위 내에서 가끔 특채를 실시하였다.

그러나 자칫 잘못하면 특채가 이권화되거나 부조리를 유발하기도 한다. 내 고향 함평군에서는 이런 일이 있었다.

그때 함평군에는 9급 행정직 2명이 결원이라 도에서 2명을 특채하도록 승인했다. 문제는 누가 그 자리에 채용되느냐에 있었다.

하루는 함평군 행정계장이 우리 집으로 전화를 걸어, "과장님, 우리 함평군사람도 한 사람 채용할 수 있도록 해주십시오"라고 요청하는 것이었다. 영문을 모르던 나는 어떻게 된 사실이냐고 물었다.

행정계장의 말을 들어보니, 한 사람은 지방과에서 추천하는 사람으로, 또 한 사람은 군수가 추천하는 사람으로 채용하다 보니 실제 함평군 출신은 한 사람도 특채할 수 없게 되었다는 것이다. 군수가 추천한 사람은 알 수 없지만, 지방과에서 추천했다고 하면 내가 알았어야 하는데 도무지 기억이 나질 않았다. 그 다음날 사무실에 가서 알아보니 행정계 직원이 개인적으로 청탁했다는 것이었다.

나는 행정계 전직원을 모아놓고 개인적인 인사 개입을 나무란 다음, 앞으로는 절대로 그런 일이 재발하지 않도록 하라고 강력히 지시했다.

그러는 한편, 나는 함평군 행정계장에게도 전화를 걸었다. 그러고는 우리 집에 가져다 놓은 돗자리를 바로 가져가라고 일렀다.

얼마 전 그는 내가 없는 사이에 우리 집으로 선물꾸러미를 하나 들고 찾아왔다. 그러고는 "우리 함평군 출신이 처음으로 지방과장으로 영전하셨기에 마련한 지역 특산물이니 받아 달라"고 떼를 썼다 한다. 아내가 "저만 혼나니 가져가시라"고 했는데도 기어이 놓고 가버렸다는 것이었다. 내가 선물 꾸러미를 풀어보니 파란 보자기로 싼 5단 짜리 돗자리였다. 수년 전에 국회 문공위원들이 받아서 사회적 물의를 야기했던 바로 그 돗자리였다.

처음 본 돗자리였지만 값이 나갈 것 같아서 가까운 시일 안에 돌려줘야지 생각하고 기회를 엿보는 중이었다. 그 다음날 집으로 함평군 행정계장이 찾아와서 그 돗자리를 돌려주었다. 마치 큰 빚을 정리한 기분이었다.

나는 아내에게 앞으로 어떠한 이유에서든 수박 한 통이라도 집에다 놓고 가는 일이 없도록 하라고 단단히 주의를 주었다.

가끔 여수시나 고흥군과 같이 광주에서 멀리 떨어진 곳에 근무하는 직원들이 자식 교육이나, 부인의 직장 사정 등 때문에 나주 등 광주 근교에 전입하는 경우가 있었다. 그러면 나에게 찾아와 사례한답시고 상당히 많은 액수의 돈을 놓고 가는 일이 더러 있었다. 그럴 때에는 이제까지 반송했던 방법과는 달리 일부러 지방과 행정계 인사 담당 직원에게 반환하라고 시켰다. 거기에는 내 뜻이 널리 전파되었으면 하는 바람이 담겨 있었다.

시·군의 간부들이 사무관으로 승진되는 경우에도 이와 같은 일은 심심찮게 벌어졌다. 비록 인사가 다 이루어지고 나서 이루어지는 적은 액수의 돈거래이었지만 좋은 관행은 아니었다.

○도지사의 시·군 순방을 돕다

지방과장은 도지사의 시·군 순방을 보좌하는 역할도 맡는다. 도지사는 연초에 시·군을 방문하여 시·군 실정도 알아보고 건의도 받아 그 해 도정시책에 반영한다. 이것은 정례적인 행사로 치러지는데 그 행사를 주관하는 게 지방과장이다. 그래서 도지사가 시·군을 방문하는 경우, 국장급 중에서 한 분이 승용차에 동승하고 나는 앞자리에 앉아 보좌하게 된다.

이와 같은 도지사의 시·군 방문을 위해서 지방과에서는 일 잘하는 직원들 몇 사람이 일정 계획 수립, 말씀 자료 작성, 지시 사항 정리, 기타 시·군 건의사항 등을 처리하느라 3개월여 동안 매달리지 않으면 안 된다.

도지사 방문기간 중 가장 힘든 일은, 시·군의 업무보고를 받은 도지사가 시·군의 간부들에게 당부한 내용을 요약·정리하는 것이다. 그런데 그 자료를 도지사는 대체로 다음날 다른 시·군을 방문하러 가는 길에 차안에서 읽게 된다.

나는 그 때가 가장 긴장된 시간이다. 왜냐하면 본인이 이야기한 사항이 제대로 정리되지 않았거나 내용이 다르게 표현된 것을 발견할 때는, "나는 이런 뜻으로 말하지 않았는데요. 이것 누가 정리합니까?" 하고 지체없이 나를 책망하기 때문이다.

그럴 때, 내 등에서는 식은땀이 솟는다. 도지사 방문을 수행하고 있으므로 내가 그 자료들을 정리하는 것은 그렇게 어려운 일이 아니다. 그러나 산적해 있는 다른 일들 때문에 자칫 소홀히 하면 그런 일이 벌어지게 된다.

따라서 힘이 훨씬 더 들더라도 나는 모든 일을 세심하게 챙겨야 했다. 그렇게 되자, 밤 12시를 넘겨 귀가하는 경우가 많아졌다. 그리고 그 다음날에는 어김없이 또 새벽에 출근했다. 이런 생활이 반복되자, 나는 육체적·정신적으로 많은 피로가 쌓이게 되었다.

그러던 어느 날이었다. 앞니의 잇몸이 빨갛게 부어올라 치과병원에서 진찰을 받아본 결과 급성치주염이라는 진단이 나왔다. 아주 오랫동안 치료를 받아야 했다. 원래 건강한 치아였기 때문에 지금까지 큰 후유증은 없으나, 한번 치주염에 걸리게 되면 평생을 꾸준히 관리해야 한다. 나는 지금도 4개월에 한번씩 정기적으로 치과에 가서 검진을 받고 있다.

도지사의 시·군 방문기간에 벌어진 사건 중에 잊혀지지 않는 게 있다. 순천시 순방을 준비하고 있을 때였다. 출발 2시간여 전에 도지사공관에 운동권 학생들이 몰려들더니 불을 질러 도지사 집무실이 완전히 타 버린 사건이 발생했다. 하지만 그런 사건이 터졌음에도 불구하고 도지사는 예정시간에 맞추어 순천시를 방문했다. 도지사는 전혀 흔들림이 없었다. 나는 도지사라면 저 정도의 담대함은 갖춰야 되는구나 하고 고개를 끄덕였다.

그때 만난 순천시장도 잘 잊혀지지 않는 사람이다. 도지사를 마중 나온 그는 도지사 차에 앉자마자 도지사에게 '형님!' 하고 부르더니 그 동안 추진한 시정을 보고했다. 그러고는 보고가 끝나자마자, 도지사에게 10억 원을 지원해 달라고 요청하는 것이었다.

나는 이 말을 듣고 깜짝 놀랐다. 원래 가까이 지내다 보니 저런 사이가 되었는가 싶기도 했지만, 지방과장이 동승한 자리인데 심한 것 아닌가 하는 생각에 고개를 갸우뚱할 수밖에 없었다.

내 의문은 이후 현실이 되었다. 그가 그렇게 절친하게 생각했다면 그 관계가 지속될 수 있었어야 할 것인데 그렇지 못했던 것이다.

그 도지사가 1기 민선시장을 마치고 2기 민선시장으로 출마하기 위해 당의 경선에 나섰을 때 그 시장도 같이 경합했다. 결국 둘이 함께 낙선의 고배를 마시고 말았는데, 말로만 가까이 한다고 해서 진정 가까운 사이는 아니구나 하는 것을 체험하는 계기가 되었다.

그 시장이 지원을 요청한 10억 원은 그 10분의 1인 1억 원 정도만 지원되었던 것으로 기억된다.

○도의 본청 인사에 관여하다

도의 본청 인사가 있게 되면 도지사는 예고 없이 부지

사와 내무국장, 총무과장, 그리고 지방과장을 동시에 참석시킨 다음 협의해서 결정했다. 그 자리에 참석한 사람은 누구나 동등한 발언권을 갖도록 했다. 도지사의 의도는 부지사와 국장을 거치면서 의사가 왜곡되거나 묵살되는 것을 방지하기 위함이 아니었던가 싶다.

여기에서 논의된 사례 한 가지를 소개한다.

그때 마침 도시과의 지역계획계장이 공석이었다. 나는 행정고시 출신인 자연보호계장을 추천했으나 다른 간부들은 그 사람이 적격자가 아니라며 반대했다.

물론 나도 그가 사생활에 다소 문제가 있고 업무에 대한 열의가 부족하다는 점을 잘 알고 있었다. 하지만 그는 명문고등학교를 졸업한 데다가 행정고시 출신이라는 점에서 보듯 상당히 똑똑한 사람이었다. 나는 그가 조금만 더 노력하면 누구보다도 일을 잘할 수 있다고 판단했다. 특히 지난번 인사 때 도시계획계장에서 좌천되어 몹시 비관했다고 들었다. 나는 이런 면까지 고려하여 그를 천거했던 것이다.

나는 천거하고 다른 간부들은 반대하는 상황이 되자, 도지사가 나에게 "지방과장이 책임지겠소?"라고 물었다. 나는 지체없이 "예, 제가 책임지겠습니다" 하고 대답함으로써 그 인사건은 결정되었다.

인사 발령이 난 다음 나는 그 계장을 만났다. 그러고는 자초지종을 이야기했다.

"내가 책임진다고 대답했으나 그것 때문에 당신을 부른 것은 아니다. 책임을 진다고 해서 내가 무슨 책임을 어떻게 질 수 있겠는가? 다만 앞으로 실수하면 이제는 구제

불능이라는 점을 깨우쳐 주기 위해서 부른 것일세!"

그러자, 그도 자기의 다짐을 펼쳐 놓았다.

"저는 과장님께서 천거해 주시리라고는 생각지도 못했습니다. 지난번에 도시계획계장에서 자연보호계장으로 좌천되었을 때만 해도 무등산에 올라가서 고민을 많이 했습니다. 우선 고시에 합격했다며 저와 결혼한 아내에게 너무도 부끄러웠습니다. 그런데 이번에 이런 기회를 마련해 주셨으니 무어라 감사를 드려야 할지 모르겠습니다. 정신 바짝 차리고 열심히 일해서 이에 보답하겠습니다."

얼마 안 있다가 나는 그와 헤어지게 되었는데, 뒤에 들으니 그는 부군수로 승진했다고 한다. 나는 잘 되어서 참 다행이다 싶었다. 그 후 중앙으로 옮겨간 그는 지방에 있을 때의 뇌물사건으로 구속되었다가 집행유예로 풀려났다고 한다. 이 소식을 끝으로 더 이상 그에 대해서는 아는 게 없다.

내가 한때 그에 대해 책임진다고 말한 적이 있었으므로 그의 몰락은 몹시 안타까웠다. 이 사람의 행적을 통해 사람을 천거한다는 것이 얼마나 어려운 지를 새삼 깨닫게 되었다.

○실력 있는 지방과장으로 인정받다

도지사의 신임이 돈독하여 인사에 영향력이 크다는 소문이 퍼져서인지 나에게 접근하는 사람이 꽤 많았다. 심지어는 돈으로 매수하려는 사람도 있었다. 하지만 나는 조금도 자세를 흐트러뜨려 본 적이 없다.

돈은 바로 사절했고 부득이한 경우에는 일단 받았다가 지체없이 반송했다. 내가 최근에 자료를 정리하다 발견한 사실인데, 공직생활 중 우체국을 통하여 반환한 금액은 1천5백만원이었으며 이 중 지방과장 재직시절에만도 반환금액이 7백만원이나 되었다. 지금도 나는 반환한 송증을 하나도 버리지 않은 채 전부 보관하고 있다.

도지사는 내가 일도 열심히 하는 데다가 어느 정도 능력을 인정해줄 만하다고 평가한 모양이었다. 어느 날 도지사와 함께 한 자리에서 기획관리실장이 도지사에게 물었다.

"지사님! 지방과장은 몇 점을 주시겠습니까?"

"B학점은 되지."

"도지사님으로부터 B학점 받기란 쉽지 않은 일인데, 좋은 점수로군요."

이후에도 기획관리실장은 나와 개인적으로 만나면 "선배들이 나빠. 지방과장을 잘못 평가했어"하면서 나를 격려해주곤 했다.

○나산 중·고등학교의 이사장으로 취임하다

지방과장으로 근무하면서 나는 고향인 함평군 나산면에 있는 나산 중·고등학교의 재단법인인 '실림학원'의 이사장으로 취임하게 된다. 그렇게 된 저간의 사정은 이렇다.

당시에는 불법단체였던 전교조 문제로 나산 중·고등

학교는 존폐의 기로에 서게 된다. 그러자 나산 중·고등
학교 설립자 측에서 나에게 찾아와 학교 정상화를 위해
서 이사장을 맡아 달라고 간청했다.

그때는 광주민주화운동 관련 단체들이 맹렬히 활동하
고 있었고 농민들도 수세거부운동을 벌이고 있던 때였
다. 전교조 또한 도내 여러 학교에서 재단 및 교육행정기
관과 마찰을 빚고 있었다.

내게는 사실 지방과장 업무만 해도 벅찬 일이었다. 하
지만 내 고향에서 일어나고 있는 일이고 설립자와는 친
밀하게 지내온 사이인 데다가 사회 안정을 위한 중추적
기능을 수행해야 한다는 책무를 쉽게 저버릴 수가 없었
다. 나는 겸직 허가를 받아 이사장에 취임했다.

이사장의 당면 현안 업무는 전교조에 가입하고 있는
교사 14명에 대해서 전교조를 탈퇴하라고 지시하고 탈
퇴하지 않을 때에는 면직 처분을 내리는 일이었다. 미술
교사 한 사람을 제외한 나머지 13명은 끝까지 전교조를
탈퇴하지 않아 면직 처분을 받게 되었다.

면직 처분 당한 교사들은 내 사무실을 릴레이식으로
방문하며 항의했다. 심지어 나산 출신인 한 교사의 부친
은 시골에 혼자 살고 계시는 어머니도 무사하지 못할 것
이라고 협박해 가면서 나를 괴롭혔다.

그러나 전교조 교사들은 전략 전술상으로라도 일단 탈
퇴했어야 한다는 게 내 생각이었다. 그때 당시 전교조는
실정법에 위반되었고 국민 정서도 그렇게 호의적이 아니
었기 때문이다.

지금 시점에 돌이켜 보아도 그때 달리 할 수 있는 방법

이 없었다고 생각된다. 나 자신이 민주화운동을 탄압했다고도 생각지 않는다.

2002년 4월 27일 전교조 결성 및 활동과 관련해 해직됐던 교사들이 민주화운동 관련자로 인정되는 과정에서도 민주화운동 관련자 명예회복 및 보상심의위원회 내부에서조차 수개월간 논란을 거듭했다고 한다. 2001년 12월부터 심층 논의했지만 찬·반 대립으로 최종 결정을 미뤄왔고, 이 과정에서 위원 9명 중 3명이 사퇴하였다. 27일 위원회가 다수결(찬성 5, 반대 3. 기권 1)로 결정 내용을 발표하면서 이례적으로 소수 의견을 같이 발표한 것도 이견이 만만치 않았음을 보여주는 것이라고 할 수 있다.

설령 전교조 활동을 민주화운동이라고 인정한다고 하더라도 그들에게 면직 처분을 한 학교나 교육청, 사법처리를 한 기관이 불법 행위를 한 것은 아니라는 점에 대해서는 다툼이 없는 것 같다.

그렇다고는 해도 내 마음이 가벼운 것은 아니다. 그 뒤로 대부분 복직된 것으로 알고 있지만, 복직이 안 된 교사도 있어 어렵게 생활했을 것을 생각하면 마음이 편안하지 못했음을 솔직히 고백한다.

이후 나산 중·고등학교는 설립자의 관심과 재정적 지원으로 좋은 선생님을 많이 모시게 되어 좋은 학교로 발전해 가고 있다. 이 점 마음 든든하다.

연말이 가까워지자 또 인사가 있게 되었다. 기획담당관이 장흥군수로 영전하게 되자, 그 자리에 누가 갈 것인

가가 관심사로 떠올랐다. 유력한 사람으로 총무과장과
내가 부각되었다.

　총무과장은 내 고교 8년 선배이고 나와 고급간부 양성
반 교육도 함께 받았다. 그는 나보다도 2개월 전에 총무
과장으로 갔고 또 거기에 있으면서 내 지방과장 전보에
도 도움을 주었던 터라, 그가 간다면 이의를 달 수 없는
게 내 입장이었다. 나는 당연히 총무과장이 후임이 될 것
으로 예상하고 있었다.

　그러나 도지사의 생각은 달랐다. 기획관 후임은 지방
과장이 적임자라고 일찍 확정지어 버린 것이다.

　그때 나는 마음속으로 얼마나 감사했는지 모른다. 총
무과장은 도지사와 동향이고 도지사가 지방과장을 거쳐
초임군수로 근무했던 장흥군청에서 경리계장을 역임하는
등 어느 모로 보나 개인적인 친분이 나보다 훨씬 가까웠
기 때문이다. 나는 도지사가 사사로운 정을 물리치고 나
를 발탁해준 데 대해서 정말 크게 감동했다.

　총무과장은 인품이 중후하고 항상 밝은 표정을 짓던
사람이었다. 하지만 확 달라져 버린 듯 매우 못마땅한 얼
굴을 하고 다녔다.

　그때 이미 지방자치단체의 장은 주민이 직접 선출하기
로 정치권에서 합의하는 단계에까지 이르러 있었다. 그
러므로 언제 임명제가 끝날지 모르는 상황이었다. 나이
가 많은 총무과장으로서는 굉장히 다급한 상태였던 것이
다. 나는 그 점이 충분히 이해되었고 개인적으로도 미안
한 마음이 들어 그와 얼굴을 맞대기가 어려웠다.

　1990년 1월 4일 지방과장 임무를 마지막으로 마치고

떠나면서 직원들과 악수를 나눌 때는 눈물이 나오려고
해 겨우 참았다.

직원들은 떠나는 나에게 재직 기념패를 하나 선사해
주었다. 그 문안이 나에게는 과분한 내용이지만 내가 평
소에 평가받기를 원하는 내용이어서 여기에 적어둔다.

"과장님께서는 1989. 2. 17 ~ 1990. 1. 4 까지 11
개월 동안 지방과장의 중책을 맡아오시면서 높으신 경륜
과 탁월하신 역량으로 선진 지방 행정의 기틀을 다져 오
셨습니다.

공사가 분명하시고 청렴·강직하시면서 언제나 따뜻한
정을 주셨던 과장님께서 기획담당관으로 영전하심에 즈
음하여 앞날에 건강과 행운이 함께 하시기를 기원하면서
그 동안의 아쉬운 정을 이 패에 담아드립니다."

○16년 3개월 만에 서기관으로 승진하다

1990년 1월 5일 나는 기획담당관으로 자리를 옮기면
서 서기관으로 승진했다. 행시에 합격하여 사무관으로
임용된 지 16년 3개월만의 일이었다.

빠른 사람들은 5년, 늦어도 10년 안에는 대부분 승진
하는데 이제야 겨우 서기관이 되었으니 한편으로는 한심
한 생각도 들었다. 하지만 중앙에 나가지 않고 지방에서
만 근무하면서 서기관이 되었다는 점에 대해 긍지와 자
부심을 느끼기도 했다.

기획담당관은 도청의 업무계획 수립과 실적 평가, 그
리고 예산을 담당한다. 특히 대통령 연두 순시를 대비해

서 그 해의 업무계획을 만드는 일이 몹시 중요하다.

기획관리실장이 주관해서 만든 업무계획을 도지사가 잘 보고함으로써 특별한 과오 없이 대통령 연두 순시 행사가 끝났다.

그러나 얼마 안 있어 내가 존경하던 도지사가 그만두게 되었다. 이임식에서 도청 기자단들이 도지사에게 전달한 기념패의 내용은 "지사님은 공직자의 귀감이었습니다"라는 한 문구였다. 그렇다. 더 이상 긴말이 필요 없는 핵심적인 문구였다고 생각된다. 그는 참으로 공직자의 귀감이 되는 사람이었다.

나는 평소 내가 잘 알고 지내는 도청 출입기자에게 내가 가까이서 보아온 도지사의 성품과 업적, 청렴성을 사례를 들어 자세히 설명해 주었다. 그러면서 나는 이 인사가 잘못된 것임을 기사화해 달라고 은근히 요청했다. '귀감'이 되는 사람이라 영전을 해도 시원찮을 터인데, 영전은커녕 집으로 돌아가라니 도무지 말도 안 되는 처사였다.

도지사 본인도 헤어지는 모임에서 해방 이후에 나프탈렌 장사를 하는 사람들이 시장에서 "안 사면 손해"라고 외치고 다녔다는 사례에다가 자신의 처지를 빗대어 표현했다.

그 의미는 이렇다. 나프탈렌을 사서 옷 속에 넣어두지 않으면 그 옷이 썩어버려 손해를 보게 되는 것처럼 도지사 자신을 외면하면 국가가 손해라는 것이다.

도시사가 떠나는 날, 지방신문들은 그의 이직을 아쉬워하는 기사를 크게 다루었다. 그의 업적과 청렴성 등을

상세히 소개함으로써 무거운 내 마음을 많이 달래주었
다.

훗날 그 분이 체신부 장관으로 다시 발탁되는 데는 이
와 같은 도민의 여론이 많이 작용했다고 한다.

그 분의 후임으로는 내 중학교 동창이자 오래 전부터
친하게 지내온 최인기 광주시장이 부임했다.

기획관으로 근무한 지 7개월이 되어 갈 무렵 구례군수
자리가 공석이 되었다. 내가 구례군수로 가는 것으로 거
의 확정된 단계에서 갑자기 변수가 생겼다.

함평군 출신인 평민당의 서경원 의원이 불법으로 북한
을 방문한 사실이 밝혀져 구속되는 사건이 벌어진 것이
다. 재판에 회부된 서경원 의원은 형이 확정됨에 따라 의
원직을 상실했다. 그에 따라 보궐선거가 실시되었는데,
당시 여당인 민정당의 영광·함평 지구당 위원장이 도지
사에게 함평군수를 교체해 달라고 요청하였다. 도지사는
함평군 출신인 나를 함평군수로 보내고 현직 함평군수를
구례군수로 보내는 방안을 제의했다. 그래서 나는 고향
인 함평군수로 가게 되었다.

6. 함평군수 시절

1990년 8월 27일 도지사로부터 함평군수 임명장을 받은 나는 유관기관과 언론기관을 방문하여 인사한 후 함평 군청으로 향했다. 군청에 가기 전에 큰아들인 내가 군수 되는 게 가장 큰 소원이었던 아버지의 산소에라도 찾아가 인사드리고 싶은 생각이 간절했다.

그러나 사사로운 일을 공무에 우선할 수 없어 가는 도중에 마음속으로 아버지께 아뢰었다.

"드디어 아버지의 소원대로 제가 함평군수로 갑니다. 아버지께서 평소 깨끗한 공직자가 되라고 하신 말씀을 반드시 실천하여 훌륭한 군수가 되겠습니다."

함평군청에 도착하자 관내 유지들과 기관장 및 면장들이 나를 반갑게 맞이해 주었다. 하지만 출신지가 함평읍이 아니고 시골인 나산면인지라 아는 어르신들이 몇 분 되지 않았다.

그 분들에게 "떠날 때 평가받을 각오로 깨끗하고 바른 군정을 펴겠다"고 말씀드리고 곧바로 취임식을 가졌다.

178

그때 내 취임사의 요지는 다음과 같다.

취임사의 요지

먼저 나는 군세도 크지 않은 우리 군이 광주와 전남의 인재를 양성하기 위한 남도학숙 건립과 관련해서 도내에서 제일 많은 성금을 기탁했음을 높이 평가했다. 그런 다음 우리 군에서 역점을 두고 추진할 군청의 방향을 제시했다.

첫째, 군민소득의 획기적 증대이다.

우리 군은 예로부터 농경지가 비옥하고 서해바다에 접해 있어 농업과 함께 연안어업이 발달했다. 하지만 산업사회에 들어와서는 공업화가 부진하여 지역경제가 침체를 면치 못하고 있다. 따라서 농업의 생산성 제고, 대체작물 개발과 수출 산업의 육성 등 다각적인 대책을 추진하고 공업화를 촉진하기 위해 학교 농공단지와 함평읍 특별농공단지에 유망기업을 적극 유치하도록 하겠다. 그리고 운영을 활성화함으로써 농업과 공업이 조화를 이루는 살기 좋은 고장으로 만들어 나가도록 하겠다.

둘째, 지역개발의 가속적 추진이다.

우리 군은 입지 여건이 불리하여 개발사업이 활발하게 추진되지 못했기 때문에 상대적으로 낙후성을 면하지 못하였으나 서해안고속도로가 통과하게 되어 있는 등 최근에 와서 개발 여건이 호전되어 가고 있어 대단히 고무적이다.

이러한 상황에서 우리 군에서는 중앙과 도와 긴밀히

협조하여 도로 확·포장, 상하수도 확충, 관광개발 등 각
종 군민 숙원사업이 해결될 수 있도록 최대한 노력할 것
이다.

셋째, 정직한 군민 기풍의 진작이다.

우리가 바라는 올바른 사회, 살기 좋은 고장을 만드는
일은 우리 군민 모두가 각자 맡은 바 위치에서 정직한 가
운데 공중도덕을 지키고 민주적인 행동방식을 실천해 나
갈 때만 가능한 일이다.

우리 군민이 미래지향적인 사고방식을 갖고 모든 문제
를 대화와 타협하는 가운데 민주적인 방식으로 풀어나가
며, 정직과 근면을 바탕으로 성실한 삶을 영위해 나가는
건전한 사회 기풍을 진작할 수 있도록 힘쓰겠다.

우리나라가 선진국이 되기 위해서는 '부의 축적' 못지
않게 정직성을 바탕으로 한 정신·윤리 면의 일대 개혁
이 이루어지지 않으면 안 된다.

넷째, 군민에게 믿음을 주는 공직 풍토 조성이다.

민주시대의 군정이 군민 본위의 행정이 되어야 한다는
것은 너무나 당연한 이치이다. 군정이 주인인 군민을 위
해 헌신적으로 봉사하는 일은 우리들 공무원의 도리이자
의무이다.

그러므로 우리 군에서는 앞으로 모든 가치 판단의 기
준을 군민의 편익 증진에 두고 민원행정을 과감히 쇄신
하는 등 대민 봉사자세를 재정립하여 공무원의 권위주의
적 행태를 불식하고 진정한 공복의 길을 걸어나가도록
하겠다.

○인사 방향을 완전히 쇄신하다

이러한 시책들을 추진하기 위해서는 무엇보다도 적재적소에 인력을 배치하는 인사가 가장 중요하다고 판단하고 인사 쇄신책을 우선적으로 강구하여 시행하기로 하였다.

함평군청의 인사에 관한 사항을 파악해보니 상당한 문제점을 안고 있었다.

아주 오래 전 이야기지만, 시·군 단위에서 공개채용 시험을 관리할 때에 부정이 개입되어 부적절한 직원들이 합격한 적이 있었다. 그런데 문제는 그들의 행정능력이 떨어짐으로써 함평군이 도내에서 행정 수준이 가장 뒤쳐지는 시·군중의 하나가 되어 있다는 점이었다. 또 인사 때만 되면 돈거래가 심해서 '읍·면 직원이 군청에 전입하려면 기백만원이 들어간다'는 소문이 떠돌았다. 인재의 고장인 함평으로서는 차마 들을 수 없는 말들이었다.

인사는 능력과 서열을 존중하고 어떠한 경우에도 외부 압력은 배제하기로 결심했다. 그리고 인사 전후를 막론하고 절대 금품을 받지 않는다는 원칙을 정하고 이를 철저하게 지켜 나갔다.

읍·면 직원이 군으로 전입할 때에는 반드시 전입시험을 거치도록 했다. 내가 직접 출제하기도 하고 채점을 하기도 했다.

운전기사와 같은 기능직 직원 한 사람을 채용하는 경우에도 1종 대형면허소지자로 몇 년 경력이 있어야 하는 등 대단히 엄격한 기준을 정하여 거기에 적합한 사람이 아니면 채용될 수 없도록 하였다.

이런 식으로 인사에 객관적인 기준을 철저하게 적용하자, 군수가 인사를 마음대로 못 하니 영이 서지 않는다고 하는 사람이 더러 있었다. 유지들이나 기관에서 인사 청탁을 해도 들어주지 않자, 군청을 비난하는 사람도 생겼다.

그러나 나는 생각이 달랐다. 인사는 일을 잘하기 위한 인사여야 한다. 인사권자를 위한 인사는 안 된다.

군수가 필요한 사람을 임의로 골라 쓰고 읍·면에서 전입시킨다고 해 보자. 비록 바르게 하였다고 하더라도 다른 기관이나 압력단체들의 청탁을 막을 방법이 없다. 결국 훨씬 더 많은 사람들이 청탁의 길을 찾게 될 게 뻔하다. 이는 마치 홍수 때 둑 터진 강의 범람에 비유될 수 있을 것이다.

또 그와 같은 인사에 의해 배치된 직원들이 과연 어떤 행정을 펼칠 것인가도 한번 생각해 보자. 그저 자리 보전에 급급해하고 있을 것이다.

그러나 시험으로 전입하게 되면 상황은 달라진다. 자기 실력으로 이루어진 일이기 때문에 누구에게 돈 갖다 바칠 일도 없고 얼마나 떳떳한가.

내가 군수로 재임하는 첫해에 실시한 전입 시험에 응시한 사람은 인사 요인이 많이 생긴 탓에 전원 군에 전입되었다. 따라서 시험은 순위고사 기능 정도에 불과했다. 하지만 처음부터 시험에 자신 없는 사람은 응시를 포기했을 터이므로 실력 없는 많은 사람이 배제되는 훌륭한 기능을 했을 것이라고 자부한다.

5급 별정직으로 되어 있는 면장 인사의 경우에는 군수

가 마음대로 하지 못했다. 군수는 그저 여당의 국회의원
이나 지구당 위원장이 추천하는 사람을 기계적으로 임용
하는 나쁜 관례가 통용되고 있었다.

그러다 보니 자질과 능력을 갖추지 못한 사람이 면장
에 임용됨으로써 행정 수행능력과 추진력이 미흡하여 행
정에 대한 주민의 신뢰가 떨어지는 경우가 많이 발생했
다. 또 그렇게 임용된 면장들은 위원장 개인에 대한 과잉
충성으로 군수의 지시를 제대로 이행하지 않았다. 이는
기강 확립에도 커다란 저해 요인으로 작용하는 병폐요,
잘못된 관행이었다.

그때 마침 해보 면장과 엄다 면장이 공석이 됨에 따라
이를 충원해야 했다. 위원장 측에서는 전례를 들어 이번
에도 자기가 선정한 사람을 임용해 달라고 요구했다.

나는 전임자의 행정 수행능력 미흡 등의 사유를 들어
이를 거절했다. 군청 계장급 중에서 그 면 출신을 추천한
다면 그 사람을 임용하겠다고 맞섰다.

위원장은 두 곳 중에서 엄다면의 경우는 군수의 요구
를 수용하겠으나, 해보면 만은 전임자의 예에 따라 비공
무원 출신 중에서 자기가 천거하는 사람으로 임용해 달
라고 거듭 요구해왔다. 그의 요구는 너무도 집요하고 강
력했다. 때로는 자기 사무실로 불러 목소리를 높이기도
했다. 그래도 들어주지 않자 계속 다른 사람을 시켜 끈질
기게 요구하는 것이었다.

몇 개월 동안 신경전을 벌이며 힘겨루기가 이어졌다.
그래도 나는 내 주장을 굽히지 않았다. 두 면장의 공백이
길어지자 하는 수 없이 위원장은 내 주장을 수용했다.

그래서 결국 해보면은 군청 새마을계장을, 엄다면은 경리계장을 면장으로 임용했다. 두 사람 다 능력과 인품을 갖춘 사람들로서 면의 행정을 훌륭히 수행했다고 평가하고 싶다.

반면 이런 일들로 인해 나는 위원장과의 사이가 극도로 악화되었다. 군수가 위원장을 도와주지 않는다고 불평하고 다닌다는 소리를 자주 듣게 되었다.

내가 군수로 재직하고 있는 동안 사회과, 부녀과, 도시과 등이 신설됨에 따라 비교적 인사 요인이 많았다. 그래서 승진·전보 등의 혜택을 입은 직원들이 상당수 있었으나 아직도 오랫동안의 인사 적체로 인해 유능한 직원들이 눌러앉아 있는 경우가 숱했다.

마침 도청에서 전입시험이 있게 되었다. 나는 이 기회를 잘 활용해야겠다고 생각했다. 나는 직원들에게 적극적으로 참여하도록 하였다. 특히 행정계 차석으로 근무하면서 군수의 축·고사를 쓰는 등 과외 일까지 훌륭히 수행하는 정 아무개 주사보에게 강력히 권유했다. 그는 계장 보직을 받기까지 아직도 몇 년은 더 기다려야 하는 여건이었다. 하지만 도청 직원 전입시험에 합격하여 도청 직원이 되면 실력도 특출하므로 보다 빨리 진급할 수 있을 것이었다.

나는 도청 과장을 역임하면서 여러 차례 도청 직원 전입시험 문제를 출제하고 채점해 본 경험이 있었다. 거기에다 도청 기능직의 일반직 특채시험 등에 대비하여 응시 직원들을 대상으로 특채시험 과목을 강의한 경험도 있었다. 나는 직원들에게 직접 전입시험 요령 등을 강의했다.

도청 전입시험에 여직원 한 사람과 기술직 한 사람 등 모두 세 사람이 합격했다. 그러나 막상 합격 가능성이 가장 높다고 믿었던 정 주사보는 불합격되고 말았다. 잘 믿어지지 않아 도청 고시계에 떨어진 사유를 알아보았다. 상식과 논문 두 과목 중 논문은 전체에서 2등을 차지할 정도로 탁월한 실력이었다. 문제는 상식에 있었다. 도정 구호, 도정 시책, 도의 주요 통계 등이 출제되었는데, 내가 9급 시험준비용 일반상식을 공부하도록 한 것이 완전히 빗나갔기 때문이었다. 나는 그에게 몹시 미안했다.

하지만 그가 지금은 사무관이 되어 면장으로서 직책을 훌륭히 수행하고 있으니 도청으로 전입하지 않은 게 오히려 더 잘된 일인지도 모르겠다.

○지역 기반 시설 확충에 애쓰다

함평은 도내 재정자립도 순위가 끝에서 둘째 아니면 셋째였다. 재정의 궁핍이 가장 큰 원인이었겠지만 지역 기반 시설이 너무나 취약했다.

상수도는 배관 시설이 된 지 몇 십 년이 지나 있었다. 큰 차가 다니는 곳은 여기저기 누수가 되어 읍 중심 시가지는 늘 질펀하게 젖어 있었다. 또 어떤 곳에서는 큰 관이 터져 많은 물이 쏟아져 나오기도 했다. 이러다 보니 급수가 안 된다는 항의 전화가 군수 관사로 걸려 오곤 했다.

사정이 이 지경에까지 이른 것은 예산을 가시적인 사

업, 즉 눈에 보이는 개발사업 등에만 투자한 데다, 공사 관계 연고를 가진 업자들과 유착된 데도 한 원인이 있지 않나 싶다.

나는 상·하수도 정비에 지역기반 사업의 최우선 순위를 두고 본격적으로 정비사업에 착수했다.

먼저 함평읍의 상수도 정수 시설을 확장하고 비상시에 대비하도록 시내 급수를 위한 배관 시설로 도로 양쪽에 2선을 깔아 놓았다. 더불어 급수지역도 확대했다.

하수도는 원래 일제시대 때 설치된 것을 그때그때 땜질 식으로 정비해 왔기 때문에 여름 장마철만 되면 침수되어 물난리가 났다. 가끔씩 공용터미널 부근의 주택가는 물에 잠기는 피해를 입기도 했다.

홍수 때 하수도가 넘쳐서 집에 물이 차면 안방과 부엌할 것 없이 오물이 둥둥 떠다닌다. 그러다가 물이 빠지고 나면 방의 벽이나 부엌 곳곳에 오물이 다닥다닥 붙어 있는데 아무리 지우려고 해도 잘 지워지지 않는다. 이런 피해를 당해 본 적이 없는 사람은 그 참담한 심정을 잘 헤아릴 수 없을 것이다.

나 또한 어려운 가정 형편으로 동생들과 광주 산수동에서 자취방을 얻어 생활할 때 그런 고통을 겪은 적이 있었기 때문에 이를 심각한 문제로 받아들였다.

바로 이런 사태가 관련 행정기관이 사전 대비를 적절하게 하지 않아서 발생한 일이라고 한다면 주민들은 얼마나 분노에 떨겠는가?

나는 우선 하수구 준설부터 시켰다. 군수가 가지고 있는 재량사업비 2천만원을 들여 꽉 막힌 하수구를 말끔히 치웠다. 다음에는 하수도 기본계획 설계를 위해 용역비 7천만원을 예산에 계상하라고 지시했다. 그러자 당시 예산 주무과장인 기획실장이 쓸데도 많은데 설계용역비로 어떻게 그렇게 큰돈을 쓸 수 있느냐고 이의를 제기해왔다.

나는 하수도의 중요성을 강조한 후, 지금은 용역비가 많이 들어가나 그런 기본계획이 수립되어 있는 시·군에 한해 건설부로부터 하수도 개량사업비를 지원받게 될 수 있다고 알려주었다. 그러고는 장기적으로 볼 때 오히려 그게 더 군에 이익이 된다고 이해시켰다.

내가 도에서 2년 동안 도시과장을 역임하면서 도시 기반 시설로서 상·하수도의 중요성을 깨닫게 된 것이 군정 추진에 있어서도 커다란 도움이 되었다고 생각된다.

○군민의 건강 증진을 위한 시설을 확충하다

군민의 건강 증진을 위해 나는 무엇보다 먼저 등산로를 새로이 개발하였다. 마침 서울올림픽 개최 이후 체육부 주관으로 체육 시설의 확충을 위한 체육공원 설치 등을 추진하고 있는 중이었다. 나는 여기에 그치지 않고 등산로를 새로 만들기로 한 것이다.

우선 군청 바로 뒤에 있는 기산봉 정상의 백제시대 성곽 터에 있는 나무들을 잘라내고 성곽을 따라 길을 내었다. 그러자 아주 훌륭한 등산로가 만들어졌다.

나는 여기에 만족하지 않고 함평읍에서 가장 가까우면서 가장 높은 대동면 고산봉에 2킬로미터 구간의 등산로를 만들었다. 안내도를 세우고 길을 정비하니 이 또한 어디에 내놓아도 손색이 없는 등산 코스가 되었다. 그밖에도 신광, 나산, 해보면 등 지역에도 등산로를 만드는 등 군민을 위한 생활체육 시설을 계속해서 확충해 나갔다.

다음으로, 내가 신경 쓴 것은 식수였다. 함평읍민들이 많이 찾는 기산봉에 식수가 없어 여간 불편하지 않았다. 나는 등산객을 위해 등산로 입구에 있는 주민들의 개인 샘을 활용하고자 했다. 그러나 개인 샘은 이용이 불편하고 등산을 하지 않는 주민들은 이용할 수 없는 문제점이 있었다.

그러자 당시 농지계장이 농업진흥공사의 농업용수 개발용 장비를 이용해서 지하수를 뚫으면 어떻겠느냐고 제안했다. 이를 검토한 결과 우선 시추비로 2천만원만 투자하면 가능해 즉시 공사를 시행하도록 했다. 공사 시행 후 보름여 만에 지하 108미터 지점에서 1일 80톤을 채수할 수 있을 만큼 매장량이 풍부한 양질의 지하수가 개발되었다.

처음 물이 쏟아져 나왔을 때 물맛을 보니 달콤하고 상쾌하여 좋은 물이라는 것을 직감할 수 있었다. 수질 검사 결과도 만족스러웠다.

개발팀이 처음 왔을 때 계속 산으로만 올라가자 걱정을 많이 했다고 한다. 하지만 그것은 기우였다. 지하 50미터가 넘는 지점부터는 계속해서 암반층이 깔려 있었는데, 그 암반층 50미터 지점에서 생수가 터져 나왔던 것이다. 이 지점에서 나오는 생수는 암반수로서 가장 좋은 조건을 갖추었다고 한다.

비단 생수를 공급하는 장소로서 뿐만 아니라 군민의 휴식 공간으로 만들기 위해 나는 관계 직원을 전국의 유명 약수터에 보내어 비교·견학하게 하였다. 그리고 이를 참조하여 우리에게 알맞은 조경과 시설을 만들었다.

이것이 바로 기산봉 약수터이다. 나는 자원의 낭비를 막기 위해 아침저녁 한 시간씩만 생수를 공급하기로 했다.

생수가 공급되자 1일 최대 2천여 명이나 되는 많은 읍민들이 이를 이용하였다. 음식점 등에서는 물을 끓이지 않고 생수를 바로 사용할 수 있었으므로 연료비를 상당히 아낄 수 있어 좋아라 했지만 가스 장사는 손해를 보았다고 툴툴거렸다. 또, 물을 뜨러 가기 위해 사람들이 물통과 손수레를 많이 찾게 되니 그것들을 취급하는 사람들은 호황을 누렸다는 말이 돌기도 했다.

인근 지역인 무안, 영광은 물론 광주나 목포에 나가서 살고 있는 군민들에 의하여 기산봉 약수터의 물맛이 좋다고 알려져 이용하는 사람도 많이 늘어나고 지역도 확대되었다. 심지어는 트럭에 큰 물통을 싣고 와서 받아 가는 사례도 수두룩했다.

그때는 수도물에 대한 불신이 가중되어 있었다. 반면에, 생수에 대해서는 살아 있는 좋은 물이라는 인식이 널리 퍼질 때였다. 그러한 때에 마음놓고 먹을 수 있는 약수가 공급되니 주민들의 반응은 아주 뜨거웠다. 그 중에서도 주부들의 호응도는 정말 대단했다.

주민들 중에서는 기산 약수터 및 산책로 개발과 체육시설에 관한 나의 공적을 칭송하는 표지판을 설치하자고 제안하는 사람들까지 있었다. 내게는 너무 과분한 칭찬이지만, 어쨌든 주민을 위한 내 노력이 많은 주민들로부터 찬사를 받는 행정의 대표적 사례가 되었음은 기분 좋은 일이었다.

함평을 떠난 지 몇 년 후에 당시의 함평군수와 전화 통화할 기회가 있었다. 함평군수는 자기도 시내에 약수를 개발하려고 무척 노력했지만 결국 실패했다고 하면서 아무나 하는 일이 아니라고 내 업적을 높이 평가해 주었다. 속으로 흐뭇했음은 물론이다.

그러나 어느 날인가 도청에서 열리는 시장·군수 회의에 참석하고 돌아왔더니 약수터에서 자동차 사고가 나서 한 사람이 죽었다는 소리가 들려왔다. 난 가슴이 철렁 내려앉았다. 약수를 받아가려다가 사고가 났다면 약수를 개발해서 공급한 나 또한 그 책임을 면할 수 없다고 생각되었기 때문이다.

나는 바로 현장으로 달려갔다. 사정을 알아보니 약수터와는 무관했다. 약수터 부근에 밭을 소유하고 있는 경작자가 자동차를 타고 갔다가 돌아오던 중 급경사 지역에서 브레이크가 파열되는 바람에 차가 집으로 돌진해서 사망했다는 것이었다.

이 사건 이후로 나는 거기에 사람을 배치하여 차량을 통제시키는 한편 주변 정리를 전담토록 하였다.

○깨끗한 공직 풍토 조성을 위해 노력하다

처음 함평군수로 내정되었다는 소식을 들었을 때 나는

군정 방침을 무엇으로 할까 무척 고심했다.

평소 '정직이 최상의 정책이다'를 최우선으로 삼고 살아온 나로서는 우리 고향을 위한 군정 추진에도 정직이라는 덕목을 실천하고자 했다. 또 군민들도 더욱 정직한 군민이 되었으면 하는 바람이었기 때문에 군정 방침 앞부분은 '정직한 군민'으로 쉽게 결정했다. 뒷부분은 많이 생각해 본 결과 역시 군민의 살림이 늘어나는 게 가장 중요한 과제라 여기고 '잘사는 함평'이라고 결정했다.

군수로 부임하자마자 군정간부들에게 군정 방침으로 '정직한 군민, 잘사는 함평'을 제시했다. 별 이의가 없었으므로 나는 이 구호를 군정 방침으로 확정했다.

함평군수로 부임할 당시 함평군 인구는 6만 3천여 명이었고 함평읍 인구는 1만 3천여 명이었다. 함평 읍내에는 군본청 직원이 1백90명, 읍 직원이 40명, 모두 2백30여 명의 군수 산하 직원들이 근무하고 있었다.

군수 산하 직원들을 식구들까지 합치면 가구 당 4인 가족을 기준으로 할 때 9백20명이 되는데 이는 읍 인구 1만 3천명의 7퍼센트였다. 물론 다른 기관의 공무원 가족들까지 포함하면 공무원의 비중은 이보다 훨씬 늘어날 것이다.

통계수치로만 보아도 내 직속 공무원 가족들의 행동, 태도 등이 다른 주민에게 큰 영향을 미치게 될 수 있었다. 까딱 잘못하면 위화감을 조성하여 군정을 펼치는 데에 큰 어려움을 겪을 수도 있었던 것이다.

주민들 대부분은 어려운 생활을 하고 있는데 공무원 가족들이 분수에 맞지 않는 생활을 한다고 가정해보자.

주민들이 무슨 생각을 하겠는가. 특히 명절 같은 때 선물을 들고 왔다갔다하는 것을 보게 되면 이웃주민들은 상대적인 빈곤감을 강하게 느낄 것이다.

그러나 이런 생활을 예방할 수 있는 묘책은 있을 수가 없었다. 나는 단단히 결심했다.

'나 자신이 먼저 깨끗하게 살아가야겠다. 내가 정직의 모범을 보임으로써 직원들이 감화를 받고 따라 올 수 있도록 하자.'

먼저 인사와 관련해서는 워낙 강조한 탓인지 인사가 있기 전에 돈이나 선물을 가져온 사례는 한 건도 없었다. 그런데 인사가 있고 난 다음에는 인삼 한 상자라든가 술 한 병씩을 들고 찾아오는 경우가 더러 있었다.

특히 사무관급 인사에서는 두세 번 돈을 가져온 사례가 있었다. 나는 따끔한 충고와 함께 모두 돌려주었다. 또 큰 공사와 관련해서도 입찰 단계, 중간 성과금수령 단계, 준공 단계로 구분하여 돈과 선물을 가져오기도 했다. 하지만 나는 전혀 받지 않았다.

27억 짜리 군청 청사 공사를 맡았던 D건설회사는 함평읍에 최초로 아파트를 세운 회사인데, 공사가 시작되고 난 다음부터 준공되고 나서까지 커피 한잔 대접받은 적이 없다. 명절 때 떡값 명목으로 두 차례에 걸쳐 돈을 가져왔지만 받지 않았음은 물론이다.

그 회사가 아파트 공사를 할 때였다. 대형 트럭의 통행으로 인근 슬라브 단층집에 여러 군데 균열이 생겼다. 그러자 집주인이 보상금으로 8백만원을 요구했다. 회사는 금액이 너무 많다고 이에 불응했으나, 나는 아파트 사용

승인을 보류시켜 가면서까지 전액 보상하도록 했다.

이처럼 주민 편에 서자, 업자에게 너무 가혹하다는 원망을 듣기도 했지만 나는 전혀 아랑곳하지 않았다.

군청 청사 공사 중에도 나는 1~2개월에 한번씩 부군수 책임 하에 전공정을 점검케 했다. 완벽 시공을 바랐기 때문이다. 업자에게는 전례가 없는 힘든 공사였으리라 생각된다. 하지만 그 결과 지금도 특별한 하자가 없는 튼튼한 군청 건물이 지어졌다.

나는 관청 건물이나 시설물들이 부실 시공된 것을 많이 보아 왔다. 비 올 때 새는 것은 예사고 심심찮게 하자 보수를 해야 했다. 나는 이를 보고 분노를 삭이지 못한 적이 많았다. 이 때문에 내가 책임자로 있는 관청에서 그런 잘못을 저질러서는 안 된다는 점을 나는 뚜렷이 인식하고 있었다.

군청 청사가 다 지어지자, 통상적인 예에 따라 머릿돌에 기공 시기와 '함평군수 정진오'라고 쓰겠다는 말이 들려왔다. 나는 이 제의를 물리치고 '1990년 9월 함평군수'라는 직함만 쓰고 이름은 쓰지 않았다.

나는 내 이름이 돌에 새겨지기보다는 군청 직원이나 군민의 가슴속에 새겨지기를 원했기 때문이다.

명절 때조차 나는 군청 간부들이나 군청 직원들이 주는 의례적인 선물도 받지 않았다.

한번은 누군가가 이름도 적지 않은 채 굴비 한 두름을 관사에 가져다 놓은 적이 있었다. 막막한 노릇이었다. 이것을 행정계에 가져다줄까, 경리계에 가져다줄까 잠시 고민하다가 경리계에 가져다주었다. 굴비는 가격이 비싸서 일반 직원은 구입하기 어려우니 군청에 연고가 있는 업자가 사서 갖다 놓았으리라 판단했던 것이다. 따라서 경리계에 갖다 주면 누가 갖다 놓았는지 추적도 가능하고 반환해줄 수도 있을 것이라고 생각했다.

그 일이 있은 다음부터 업자들의 선물은 없어진 것 같았다. 그러나 관사 후문 앞에 있는 슈퍼에서 가끔 술병 등이 배달되곤 했다. 그래서 그것마저 완전히 금지시켰더니 그런 사례가 싹 사라졌다.

나중에 초등학교 동창 한 명이 그 슈퍼에 물건을 공급하러 왔다가 나를 찾았다. 주인은 나를 보더니, "가끔 양주 한두 병씩 팔아먹는 재미도 없어졌다"며 몹시 아쉽다는 듯 말했다. 나는 웃음으로 이를 받아넘기고 말았다.

어느 명절 때였다. 군수 차를 모는 기사가 "군수님은 받지 않지만 부군수실이나 다른 데는 찾아가는 사람이 많다"고 불평하였다. 나는 웃으면서 다음과 같이 대답했다.

"다른 군의 부군수나 과장들은 의례적인 선물이 들어오는데 하필 정 군수를 만나서 아무 것도 없다고 한다면 내가 미안할 일이다. 그렇지만 그러는 가운데에서도 그들은 조심스러워 할 것이다. 아니, 적어도 자제한다면 그것만으로도 효과는 크다. 깨끗한 공직 풍토 조성을 위해서는 솔선 수범하는 것이 가장 중요하다."

나는 실·과장들이 매일 당번을 정해 군수에게 점심 접대하는 관례도 없애 버렸다. 대부분 중국요릿집에서 자장면 등을 배달시켜 먹거나 때로는 관사에 가서 간단히 밥을 해먹기도 했다.

　나도 도에서 과장직을 수행할 때 점심시간에 돌아가면서 국장 당번을 한 적이 있었다. 이때 나는, '민원인 등과 점심시간을 갖는 것도 업무의 연장인데 이런 시간을 의례적인 상관의 점심 접대에 허비한다는 것은 바람직하지 않다'고 생각했다. 거기에다가 모처럼 당번이 돌아오기 때문에 경쟁적으로 접대하려는 풍토 또한 좋은 모습은 아니었다. 그런 나였던 터라, 점심 접대 같은 의례적인 행사를 쉽게 물리칠 수 있었던 것이다.

　그리고 도청회의나 관내 순시를 위해서는 관용차를 이용했지만 개인적인 볼 일로 나가거나 체력 단련을 위해 등산할 때에는 걸어다녔다. 이웃 영광군 관내에 있는 불갑산을 등산할 때에는 대부분 군내버스 등 대중교통을 이용했다.

　도보나 대중교통을 이용하게 되면 만나는 주민들로부터 많은 정보를 얻을 수 있는 이점도 있다. 민원을 직접 들을 수 있으며 관내를 샅샅이 살필 수도 있었다. 이때가 내게는 아침 달리기 때와 마찬가지로 관내를 순찰하는 가장 중요한 시간이었다.

　이와 같은 만남에서 얻은 정보나 현장 확인 등을 활용해서 나는 주민이 원하는 군정을 펼칠 수 있었다.

　군내버스를 타고 갈 때였다. 승객 중 한 사람이 3백만 원을 들여 신축한 자기 마을의 승강장이 여름 장마로 기초가 무너져내려 그 기능을 완전히 상실했다고 하소연했다. 그 공사를 도급 맡아 시공했던 이장이 서울로 이사를 가버렸기 때문에 어떻게 조치할 길도 없게 되어버렸다는 것이었다.

나는 그 마을뿐만 아니라, 60여 군데의 나머지 승강장도 전부 조사하여 정비하라고 지시했다. 직접 주민을 만나지 않았더라면 잘 알 수 없었던 고충이었다.

아침 달리기를 하면서도 나는 관내의 여러 가지 모습을 살피고는 했다. 날이 밝았는데도 가로등을 아직 끄지는 않았는지, 시가지 청소 상태는 양호한지, 상수도 보호구역에서 물고기를 잡는 사람은 없는지, 농약병이나 쓰레기가 방치되지는 않는지, 목장 등의 분뇨처리 실태는 어떠한지, 각종 안내판 정비 실태 등은 어떠한지 하는 것들을 수시로 파악하고 적절하게 대응할 수 있었다.

고산봉이나 불갑산을 오가는 산행을 하면서도 나는 민원을 청취했다. 어느 해 장마 기간에는 신광면 소재지에서 붕괴 직전의 국도를 발견해서 국도유지관리사무소에 응급 조치하라고 알려 주기도 했다. 그대로 두었더라면 대형 사고를 일으킬 뻔한 아찔한 순간이었다.

○공직 기강 확립을 위해 단호하게 조치하다

어느 일요일 오후 함평읍내 변두리에서 산불이 크게 일어났다. 나는 군청 공무원의 비상 소집에 대한 응소 태도를 직접 점검할 수 있는 기회라 생각하고 약 1시간 동안 군청 현관에서 응소 상황을 지켜보았다. 갑자기 벌어진 일이기 때문에 원거리에 출타 중인 사람들도 있을 테고 아픈 사람이나 기타 피치 못할 사정이 있는 사람들도 있었을 것이다.

그러나 일반 직원이든 간부 공무원이든 간에 성의를

가지고 비상 소집에 응해야겠다는 기본적인 자세는 확립되어 있어야 한다. 만일 부득이한 일이 있어 이에 응하지 못할 경우에는 군청에 연락이라도 해야 한다. 그런데 결과는 대단히 실망스러웠다. 말뿐인 비상 소집이었다.

산불 현장에 가보니 접근 자체가 쉽지 않았다. 거기다가 동원된 인력도 부족하여 두 군데서 난 산불을 진화하는 데 어려움이 적지 않았다. 다행히 함평군에 주둔하고 있는 육군 대대병력이 조직적으로 동원되어 불길을 잡을 수 있었다.

이 사태를 겪고 난 곰곰이 생각해 보았다. 공무원이란 어떤 존재인가? 공무원은 일상적인 업무 처리도 중요하지만 특별한 일이 있거나 비상시에는 출근하여 자기 직분을 다해야 하지 않을까? 그것이 여의치 않을 때에는 즉각 연락을 취할 수 있는 자세가 확립되어 있어야 하지 않을까?

공무원이라면 마땅히 그래야 한다고 판단한 나는 잘못된 점을 바로잡기로 마음먹었다.

월요일에 출근한 다음에도 어제 연락조차 없었던 요직 과장 몇 사람은 아무런 반응이 없었다.

나는 어제 출석하지 않은 사람을 정확히 파악해서 직급에 상관없이 전원을 엄중히 서면으로 경고 조치하라고 지시했다. 내무과장을 포함한 요직 과장을 산불 비상 소집에 응하지 않았다고 해서 서면으로 경고한 군수는 지방행정 역사상 아마 전무후무할 것이라고 생각한다.

보는 이에 따라서는 너무 심하지 않았느냐고 얘기할 수도 있을 것이다. 하지만 누구든지 예외가 될 수 없다는 것이 지금도 변함없는 내 소신이다. 특별한 사유가 있으면 보고하면 된다. 그러나 그렇지 않은 경우라면 반드시 비상 소집에 응해야 한다. 그 점이 공무원과 일반 직장인의 차이점이다.

그 일이 있은 뒤 얼마 안 있어 내무과장은 서둘러 우리 군을 떠나게 되었다. 아쉬운 점이 없지 않았지만 결코 내가 지나쳤다고 생각하지는 않는다.

또 한번은 이런 일도 있었다. 벼 수확기인데 태풍이 지나가는 바람에 많은 벼가 쓰러졌다.

완전히 쓰러진 벼는 어쩔 수 없지만 비스듬히 쓰러진 벼는 바로 세워주면 수확에 거의 지장이 없다고 한다. 농민들도 이런 사실을 잘 알고 있지만 남을 시키자니 인건비가 많이 들고 자기 식구들이 하기에는 너무 벅차므로 방치하는 경우가 많다.

농민들을 독려하고 설득시키는 일이 쉬운 일은 아니지만 농민들의 소득과 직결되는 문제이기 때문에 군청 농산과에서는 앞장서서 지도 감독하지 않으면 안 된다. 하지만 아무리 관내를 돌아다녀 보아도 그런 노력들이 눈에 보이지 않았다. 나는 더 이상 참을 수가 없었다. 쓰러진 벼를 방치한 책임을 물어 군청 농산 과장과 계장을 경고 조치하였다.

이 또한 매우 이례적인 조치였을 것이다. 그러나 책임자가 책임을 지지 않을 때 어떤 조치가 내려지는지를 깨닫게 해준 본보기가 되었다고 믿는다. 다른 간부들과 읍·면 직원들에게 경종을 울리는 사례가 아니었나 싶다.

우리 군이 도의 종합감사를 받을 때의 일이다. 감사를 책임지고 있는 도의 감사계장이 우리 군의 행정계 차석이 자기의 근무성적 평정을 조작하여 상위의 평정을 받았다고 보고하는 게 아닌가. 나는 정말 깜짝 놀랐다. 전 직원의 근무 성적 평정을 다루는 담당 직원이 자기 점수를 인위적으로 높이다니, 이런 사람을 어떻게 믿고 업무를 맡길 수 있단 말인가?

이는 행정적으로도 있을 수 없는 일이었지만 그 자체가 공문서 위·변조 에 해당하는 범죄행위였다. 나는 도의 감사계장에게 경찰에 즉각 고발하겠다고 말했다. 그러나 감사계장은 "다른 군에서도 왕왕 발견되는 사례이다. 자체에서 조용히 끝내지 않고 외부에 알려지면 내부의 치부가 드러나게 되고 군정에도 흠이 된다"고 하면서 고발을 만류하였다.

감사계장의 지적은 타당한 바가 있었다. 그 직원 한 사람의 잘못으로 군 행정 전체가 큰 잘못이 있는 것처럼 평가받게 되는 것은 바람직하지 못했다. 또 내 소속 직원을 사법처리한다는 것은 인정상 너무나 가혹했다. 나는 적절한 조치는 취하되 고발은 하지 않기로 결정했다.

그러나 이 사건은 믿음을 주면 믿음을 받는다는 나의 소신에 깊은 상처를 남긴 중요한 사례였다. 이후 직원들에 대해 더욱 감독을 철저하게 하는 계기가 되었다.

○군민 화합을 위해 노력하다

함평군민은 전통적으로 저항적인 기질이 강하다. 일제 치하에서도 다루기 힘든 고장 중의 하나로 평가한 고장이다.

그런데 1차 산업 취업 인구가 73퍼센트이고 2차 산업 인구는 2퍼센트에 불과할 만큼 대단히 취약한 경제 인구 구조를 가지고 있다. 그 뿐 아니라, 군청이 소재하고 있는 함평읍의 위치가 군내 경제력의 중심지가 되지 못함에 따라 상가 등이 활성화되지 못하고 있었다. 그러니 자연히 주민들도 어려운 생활을 하게 되고 어렵다 보니 주민간의 갈등과 반목 또한 적지 않았다.

특히 사거리와 윗동네의 반목과 질시는 상당히 뿌리깊었던 것 같았다. 그러다 보니 군청 직원들 또한 읍내의 분위기에서 자유롭지 못하고 거기에 휘말리는 경향이 있었다. 오전에 군청 간부회의에서 군수가 지시한 사항이 오후에는 읍내 다방가에 퍼져 시비가 오가기도 했다.

두 지역 사람들 중 군수가 한 지역 사람들과 가까이 지내게 되면 다른 편에서는 '적의 친구는 적'이 되니, 군의 정보나 군정이 악의적으로 재생산되어 유포되는 일이 많았다.

나는 이 두 지역 사람들 모두에게 똑같이 처신하기로 결심했다. 경원시할 필요는 없지만 특별히 가깝게 지내는 것을 경계한 것이다. 군수가 우리편이냐 남의 편이냐 하는 말을 듣지 않도록 각별히 조심하며 행동했다.

그런 노력 덕분인지 아니면 몇 분 어르신들이 돌아가시거나 활동이 자유스럽지 못했기 때문인지 정확한 연유는 알 수 없으나 하여튼 시간이 지날수록 서로 비난하는 사례가 적어졌다. 내가 재임하는 동안에는 적어도 군정과 관련해서 불만의 목소리를 거의 들어 본 적이 없을 정도로 읍내 분위기가 많이 바뀌었다.

○농민회 임원과 꾸준한 대화를 나누다

함평군 농민회는 원래 1972년에 창립되었다. 1976년
에서 1978년까지 함평 고구마 재배농민 피해 보상 운동
을 전개해서 널리 알려졌다.

그간의 진행과정을 잠깐 살펴보자.

1976년산 고구마 수매자금 1백20억원을 지원받은 농
협중앙회는 이 자금을 당초 목적대로 사용하지 않고 80
억원을 주식회사 보해 등 7개 주정회사에 대출해주었다.
그러고는 고구마 생산농가 수매자금으로 지원한 것처럼
장부를 조작했다. 당초 각 읍·면 단위 농협은 1976년
산 고구마는 농협을 통해 계통 출하할 것이라고 선전하
며 농협수매가로 1킬로그램들이 1포에 1,317원을 제시
했다.

그러나 각 단위 농협들은 당초 약정한 물량을 수매하
지 않고 방치함으로써 7천3백여 고구마 생산농가는 1포
당 3백~8백원의 헐값에 방매할 수밖에 없었다. 그나마
팔지 못한 고구마는 야적된 채 썩어가고 있는 형편이었
다.

이에 함평군의 가톨릭 농민회 회원들이 진상 규명 및
피해 보상운동에 착수하였다. 1976년 11월 17일에는
농민회 대표가 모여 함평군 고구마 피해 보상 대책 위원
회를 발족시켰다. 1977년 4월 22일에는 광주시 계림동
천주교회에서 함평 고구마 사건 규탄기도회를 개최하였

다. 1978년 4월 24일에는 광주 북동 성당에서 함평 고
구마 사건 규탄 '농민의 기도회'를 개최하고 농성에 들어
갔다. 8일간의 농성이 이어지자 농협은 피해 농가에게 3
백9만원씩을 직접 보상하겠다고 제의했다. 이로써 함평
고구마 피해 농가 보상운동은 성공리에 마무리되었다.

그 후로도 함평군 농민회는 1979년 노풍 피해보상운
동, 1987년 농·축산물 수입저지 함평 농민대회, 1989
년 수세 폐지운동을 지속적으로 전개함으로써 명실공히
한국 농민운동의 주도자적인 역할을 해오고 있었다.

1990년 3월 강력한 농민운동 추진을 위해 가톨릭 농
민회, 기독교 농민회, 농우회 등이 모여 함평군 농민회의
조직을 재정비하였고 회장으로는 노금노 전 군 의원이
취임해서 활동하고 있었다.

함평군은 전형적인 농업군으로서 식량 증산에 많은 기
여를 해왔으나, 농업이 사양길에 접어들면서 가난을 면
치 못하는 군이 되어 버렸다. 한때 농가소득 증대에 크게
공헌한 기적의 쌀 통일벼가 천덕꾸러기로 전락한 것과
마찬가지 신세가 되었다고나 할까.

UR 협상 등을 이유로 농·수산물이 수입 개방되고 정
부는 수매량 감축 정책을 밀어붙이자 농민들의 불만은
아주 팽배해 있는 상태였다. 정부에서 수매하고 남는 11
만 7천여 가마를 전량 수매해주도록 요구하는 농민회 주
관 시위가 그치지 않고 벌어졌다.

우리 군에서도 일반 군민과 조합 인사를 대상으로 통
일벼 사주기 운동을 전개하고 통일벼 소비 촉진책을 추
진해서 상당한 실적을 거두었으나 아직도 많은 통일벼가

소비처를 찾지 못하고 있었다.

가끔씩 함평군 농민회에서는 군청 앞마당에다 통일벼를 야적해 놓고 가버리기도 했다. 때로는 볏가마를 싸놓고 불을 지르려 하면서 농민들을 자극하기도 했다.

나는 정말 남의 일 같지 않았다. 당장 우리 어머니 경우만 해도 함평군 나산면에서 4천 평의 논농사를 짓고 있지 않는가. 수확이 많이 나는 통일벼를 심어서 수매하지 못하면 처분할 수 없어 애타하는 어머니의 모습을 나는 많이 보아 왔던 터였다. 이 문제는 바로 내 가족의 문제였던 것이다. 영세 농민들의 속타는 심정이 눈에 선하게 밟혀왔다.

그렇다고 해서 딱히 해결할 방법도 없었으나 이 난감한 문제를 이대로 보고 있을 수만은 없었다. 나는 당시 노금노 회장을 비롯한 농민회 간부들과 여러 대책을 논의했으나 특별한 묘책이 없었다.

하지만 나는 자주 만나서 같이 고민하고 소득을 위한 다른 대안은 없는지 연구해 보기로 했다. 우선 농민회 간부들의 집을 개별 방문했다. 그들이 어떻게 살고 있는지, 수매하고 남는 벼는 얼마나 되는지, 다른 소득사업은 무엇인지, 또 다른 대안은 없는지 알아보았다.

많은 집을 찾지는 못했지만 양돈하는 회원, 양어를 하는 회원 등을 만날 수 있었다. 나는 군에서 도움이 되는 방법을 현장에서 제시하기도 하고 나중에 해결이 가능한 것은 시간을 두고 풀어가도록 했다.

그런 과정에서 내 진솔한 마음이 농민회에 전달된 모양이었다. 나를 그냥 관료가 아니라, 서로 어려움을 같이 나눌 수 있는 선배, 동향인으로 인식하기 시작했다. 나 또한 개인적인 만남을 통해 현장의 어려움을 체험하고 대화를 계속함에 따라 처음에 그들을 대할 때 느꼈던 투쟁가의 모습보다는 인간적인 모습을 더 담아두게 되었다.

우리는 이제 우격다짐 식으로 목적을 달성하려는 대립된 관계가 아니라, 서로 대화하고 협조하는 관계로 변모되어 갔던 것이다.

가끔 회원들은 농민회 도지부에서 활동 실적이 없다고 질책받는 경우까지 있다고 하소연하기도 했다.

이렇게 관계가 돈독해지자 나중에는 우리 군에서 거의 시위가 사라졌다. 이러한 우리 지역의 농민회 동향과 군정 동향 등은 국정원 보고를 거쳐 노태우 대통령이 주재한 국무회의에까지 보고되었다. 당시 이상연 내무부장관은 나에게 직접 전화를 걸어 격려해 주기도 했다.

노태우 대통령이 광주·전남을 방문하여 광주를 순시할 때에도 우리 군의 사례가 화제에 올랐다. 당시 정해창 비서실장, 송언종 체신부 장관, 최영철 정무장관, 백형조 도지사 등이 도지사실에서 추곡수매 등과 관련해 이야기를 나누면서 우리 군이 다시 한번 화제가 되었다고 한다.

당시 내무부 회의에 참석하고 돌아온 강 아무개 부지사는 시장·군수회의가 시작되기 전에, 나에게 "중앙에 가보니 함평군수가 화제가 되어 있더라. 오늘 회의에서 사례를 발표하라"고 요청했다. 나는 "해야 할 일을 했고 하지 않아야 할 일을 하지 않았을 뿐입니다"라고 대답하며 부지사의 요청을 완곡히 거절했다.

○군의원들과 협조하여 군정을 펼치다

6·29선언 이후 헌법 개정과 함께 지방자치법도 개정되어 1991년에 지방의회가 구성되었다. 30년만에 지방자치가 부활된 것이다. 1991년 3월 26일 군 의회 선거가, 6월 20일에는 광역지방자치단체 의원 선거가 각각 실시되었다.

지방 자치단체장이 아직 임명직이므로 완전 자치라기에는 미흡한 측면도 있었다. 하지만, 군의회의 예산권, 감사권 등을 통해 주민의 행정이 펼쳐지게 된다는 점만 가지고도 큰 의미가 있었다.

지금까지의 행정은 주어진 행정목표를 보다 신속하고 능률적으로 달성하는데 중점을 두고 추진해왔다. 그러나 자치행정은 달라져야 한다. 의회를 중심으로 해서 주민의 편의와 이익을 최우선시하는 행정으로 탈바꿈하지 않으면 안 된다. 따라서 무엇보다 우선 주민의 뜻을 살펴서 정책을 개발하고 시책을 추진하는 데 혼신의 힘을 다하기로 했다.

우리 군의원은 모두 9개 면에서 한 명씩 선출되었다. 도의원도 2명 있었으나 군정 추진과 직접 관여되는 바가 없어 큰 관심을 갖지 않았다.

군의회는 1991년 4월 15일 출범했다. 군의회의 축사에서 나는 다음과 같이 말했다.

"정직하고 성실한 군수로 사심 없이 우리 지역의 발전과 진정한 주민 자치 행정을 실현하는 데 기여하기 위해 열과 성을 다할 각오이다. 군정을 수행함에 있어서 나 개인이나 어느 특정 부류의 이익을 위해 그 누구에게도 강요하는 일은 결코 없을 것이다.

그러나 우리 군민의 이익을 위해 도움이 되는 일이라면 어떠한 불이익을 감수하더라도 떳떳하고 분명하게 군민과 의원 여러분께 협조를 요청할 것이다.”

축사에서 밝힌 대로 나는 군의원들을 정직하고 솔직하게 대하면서 군정에 협조해 달라고 요청했다. 한편으로 나는 군의원이 대표하는 모든 면에 예산과 혜택이 균등하게 배분되도록 잘 챙겼다.

그 결과 군의원들과의 마찰이나 갈등은 거의 없었다. 나는 틈틈이 군의원들에게 자기 출신 지역의 숙원 사업을 알아보고 그것의 해결을 위하여 군수가 쓸 수 있는 재량사업비로 예산을 배정해주었다. 그러자 군의원들은 재량 사업비를 계속 추가로 계상함으로써 도에서 심사받을 때보다 예산안을 훨씬 더 융통성 있게 쓸 수 있게 해주었다.

군의회가 열리게 되는 경우에도 군의원들은 개회 인사를 하고 나면 내가 다른 일을 볼 수 있도록 시간을 할애해 주었다. 하지만 나는 그대로 자리를 지키고는 했다. 군의 과장들이 예산이 수반되거나 정책적 판단이 요구되는 사안에 대하여 책임 있는 답변을 할 수 없을 때도 많았기 때문이다.

군정 추진에도 군의원들이 적극 호응해 줌으로써 큰 힘이 되었다. 기산봉 개발, 고산봉 등산로 개발 현장을 군청 간부들과 함께 답사한 군의원들은 “참 잘한 일이다”라며 격려를 아끼지 않았다. 내가 더욱 힘있게 군정을 추진할 수 있었음은 물론이다.

○재임기간 중 힘들었던 일들을 소개한다

군수로 재임하면서 좋은 일도 많았지만 힘든 일도 적지 않았다. 그 중에서 기억나는 일 몇 가지를 적어 둔다.

군수로 부임하고 몇 개월 지나지 않아 군청에 도둑이 들었다. 도둑은 군수실, 재무과 사무실 등을 털어 금전 등을 훔쳐갔다.

그때는 서경원 전 의원의 의원직 상실로 보궐선거가 얼마 남지 않은 시점이었다. 그래서 그런지 여권 후보를 위해 쓸 선거자금을 훔치기 위해서였다느니 중대한 선거 관련 비밀서류를 노렸다느니 하는 등 루머가 난무했다. 나는 군수실에서 없어진 돈의 출처가 어디냐는 등 온갖 악소문에 시달려야 했다.

그러더니 결국 우리 군청에 도둑 든 사실이 중앙지에 크게 실렸다. 내무부 장관으로부터 경위 조사를 하고 기관장을 문책하라는 지시가 도지사에게 떨어졌다. 나는 이로 인해 경고 처분을 받게 되었다.

물론 군청 경계가 허술했던 책임을 면할 수는 없다. 하지만 군이 변명하자면 건물이 너무 낡은 측면도 있다. 1954년도에 지어진 건물을 계속 개·보수하면서 사용해 왔으나 36년이 지난 터라 너무 낡아 보안장치 등이 제대로 작동되지 않았던 것이다. 어쨌든 나는 기관의 장으로서 책임을 통감하였다.

특수절도 사건이기 때문에 도경에서 수사요원들이 파견되어 조사하였다. 수사관들은 조사하면서 혹시 친척 중에 사업으로 어려움에 처해 있는 사람이 없느냐고 물었다. 나는 거의 5일 동안 뜬눈으로 밤을 지새면서 고민했다. 경제적으로 어려운 친척을 둔 사람이 아니면 경험할 수 없는 일이라 생각된다.

나중에 들으니 지능이 좀 모자란 근처 불량배의 소행이었다고 한다.

또 이런 일도 있었다.

그때만 해도 임명직 군수는 여당에 잘못 보이면 자리를 지키기가 어려웠다. 나 자신이 여당의 앞잡이라는 소리는 듣고 싶지 않았지만 비협조적이라고 비난하는 소리를 감수하기도 어려웠다. 특히 영광·함평 지구 여당 위원장이 영광 출신이다 보니 영광군수와 비교하는 소리를 자주 듣게 되었다.

그래서 나도 가능한 범위에서 여권에 도움되는 일이 없나 찾게 되었다. 마침 해보면에서 후보자 합동연설회가 열리게 되어 있었다. 나는 얼굴이라도 보이려고 연설이 시작되기 전에 운동장을 한바퀴 돌았다. 막 나오려고 하는데 그때 당시 야당 후보자를 중앙당 차원에서 지원 나온 고교 동창이 나를 불렀다. 어찌된 영문인가 물었더니 중앙당 중진 인사가 나를 찾는다는 것이다.

이런 난처한 일이 있나? 여당의 눈밖에 나지 않으려고 왔는데 이런 변이 있는가 싶었다. 야당 중진 인사와 만나면 내 입장은 어떻게 될 것인가 생각하니 안 만나는 게 나을 것 같았다. 나는 손사래를 치고 그 자리를 물러나 버렸다.

그 중앙당 중진 인사와 나의 인연은 사실 가볍지 않았다. 내가 대학입시에 실패한 재수생 시절부터 홍릉의 한 하숙집에서 같이 생활했으며 한때는 한방에서 같이 지내

기도 했던 것이다. 그 분은 내가 존경하는 선배였을 뿐만
아니라, 내가 아주 절친하게 지내고 있는 친구의 형님이
기도 했다.

하지만 만남의 자리가 마땅치 않았다. 박석무 전 의원
이나 임형택 성균관대학교 교수도 야당 후보와 친분이
있어 지원하기 위해 왔다가 군수 관사로 전화해서 만나
저녁을 같이 한 적이 있는데, 이와 같은 방법으로 나와
연락했더라면 하는 아쉬움이 많이 남았다.

물론 내 용기가 부족한 탓도 없지 않았다. 눈치 보지
않고 만나거나 따로 만나자는 연락을 할 수도 있었기 때
문이다.

내무부에 전입되고 난 다음 국회에 갈 일이 있어 두 차
례 의원 사무실로 찾아뵈었으나 공교롭게도 그때마다 보
좌관 등과 바쁜 시간을 보내고 있어 사과드릴 기회를 갖
지 못했다. 이 자리에서나마 사과의 말씀 올린다.

도청 기획관으로 있을 때부터 잘 알고 지내던 도청 출
입 지방지 기자가 어느 날 관사로 전화를 걸어왔다. 학교
농공단지에 취재 차 나와 있는데 휴업중인 공장에서 유
사 종교단체가 불법적인 행위를 벌여 문제가 생겼다는
것이었다. 나는 별일 아니겠지 생각하고 지역경제 과장
으로 하여금 경위를 알아보도록 지시한 뒤 곧 잊고 말았
다.

그런데 그 다음날이었다. 그 기자가 취재한 내용이 신
문 사회면에 크게 실려 보도되었다. 내용은 현재 5가구
20여 명이 농공단지에 위장으로 입주하여 집단으로 머
물면서 유사 종교 행위를 벌이고 있다는 것이었다. 농공

단지를 관리하고 있는 함평군에서 강제 철거 등 적절한 조치를 취하지 않음으로써 피해자가 발생하게 되었다는 게 큰 문제점이라고 덧붙였다.

이 사건 또한 군 관계 부서에서 점검하고 감독을 철저히 하였더라면 일어날 수 없었을 것이라 생각하니 피해자에 대해서 뿐만 아니라 군민들에게 군정의 책임을 맡고 있는 사람으로서 송구스런 마음을 금할 수 없었다. 이일을 계기로 하여 책임자의 위치에서 흘리기 쉬운 아주 사소한 것들까지도 점검하지 않으면 안 된다는 철칙을 배웠다.

이 사건이 터지고 나서 며칠 후 관내 목포지청에 이임 인사차 들렀을 때였다. 이 사건을 조사하던 담당 검사가 훌륭한 군수를 잘 보좌하지 못한 책임이 크다고 담당 과장을 질책했다. 내 책임도 크다고 여긴 나는 관대히 처리해 달라고 간곡히 부탁했다. 하지만 사건 처리 결과를 보지 못한 채 함평군을 떠나고 말았다.

○마침내 서울행을 결심하다

나는 1992년 초에 내무부 전출이 내정되어 있었다. 그러나, 우리 군이 보궐선거 기간 중이었으므로 기관장을 바꿀 수 없다고 하여 내 인사 발령은 유보되고 있었다.

서울 생활의 두려움 때문에 나는 서울행을 그렇게도 마다하였지만 이번에는 사정이 달랐다. 기초 단체장을 직선제로 하게 되면 부기관장을 해야 하는데 나는 그 직책이 별로 마음에 내키지 않았다. 도의 간부가 되는 경우도 마땅치 않았다. 도지사가 선거직으로 바뀜에 따라 이리저리 휩쓸릴 가능성이 많았기 때문이다.

그래서 나는 이왕에 간부를 할 바에는 중앙에 가서 하기로 마음을 정했다. 문제는 서울에서 살 집을 어떻게 마련하는가 하는 것이었다.

그때 마침 처가에서 전세를 내주고 있는 아파트가 한 채 있는 게 떠올랐다. 나는 염치 불구하고 장인어른을 찾아뵈었다.

"서울로 올라갈 기회가 생겼는데 집 문제가 해결되지 않습니다. 살고 있는 집을 당장 팔기도 어렵고 가진 돈이라고 해야 3천만원 밖에 없습니다. 이 돈을 전세금으로 드릴 테니 아파트에 살게 해주십시오."

그러자 장인어른은 흔쾌히 승낙했다. 이로써 나의 서울행은 결정되었다. 그런데 얼마 후 다른 일이 갑자기 생겨 그 아파트로는 가지 못했다. 대신에 장인어른이 전세금 중 부족한 돈을 대주기로 해서 걱정 없이 계획대로 추진하게 되었다.

○내무부 지방행정연수원 기획과장으로 전보되다

4월 22일자로 나는 내무부 지방행정연수원 기획과장으로 전보되었다. 발령장을 받은 나는 유관기관에 인사를 다녔다.

국정원 전남 분실을 방문하자 한 고위 간부가, "그간 지역 안정과 군민 화합을 위해 청렴한 자세로 열심히 일해주어 고맙다"며 내 업적을 치하하고 격려해 주었다. 기무사 광주지구대를 찾았을 때에도 마찬가지였다. 간부들이 나의 평소 행정을 잘 파악하고 있었다면서 군정 추진 성과를 높이 평가하고 환대해 주어서 참으로 감사할 따름이었다.

함평군 관내 어르신들과 기관·단체장들에게 인사를 드린 다음 군청 직원들과 헤어지는 시간을 갖게 되었다.

이임식장에는 많은 고향 선배 어르신들과 기관장들이 참석해 주었다. 그때 내 심정을 그대로 전달하고자 이임사 전문을 여기에 싣는다.

이임사

존경하는 6만 군민 여러분! 바쁘신 중에도 자리를 함께 해주신 기관·단체장, 지역 유지 여러분! 그리고 선·후배, 동료 공무원 여러분!

저는 금번 정부 인사 발령에 의해 정들었던 내 고향 함평을 떠나게 되었습니다.

20여 년간의 공직생활 중 함평군수 재임 1년 8개월이라는 기간이 길다면 길고 짧다면 짧은 기간이었지만, 고향 출신으로서 고향의 발전과 지역의 화합·안정을 위하여 일했다는 것을 제 자신의 큰 영광으로 생각하며 그 기억은 제 인생에 있어서 오랫동안 남을 것입니다.

그 동안 저로서는, 우리 지역 소득 수준의 열악과 지역 개발의 후진성을 극복하고, 민주화 시대에 있어서 공직자와 군민의 정직하고 건전한 기풍 조성을 위하여, 이러한 문제를 군정의 주요 목표로 삼고 나름대로 힘닿는 데까지 최선의 노력을 다해왔습니다.

특히 공직 풍토가 지역 사회에 미치는 영향이 심대함을 깨닫고 공직사회의 기강 확립과 사기 앙양을 위해서는 인사 운영에 있어서 서열과 능력이 아닌 배경과 힘에 의지하는 일부 잘못된 관행을 철저히 배격함으로써 공정성을 확보하는 데 주력해왔습니다.

따라서 많은 소외된 공직자들이 승진되고 영전되어 누구든지 열심히 일하고 주민의 칭송을 받는다면 공직사회에서 발전을 보장받을 수 있다는 기대심리가 높아져 직원들의 사기가 고양되었습니다. 그러한 것이 밑바탕이 되어 공직자들이 정직하고, 겸허하고, 성실한 자세로 봉사함으로써 군민으로부터 믿음과 존경을 받는 사례가 크게 늘어났다고 생각합니다.

그리고 농민단체 등 각계각층과 격의 없고 진솔한 마음으로 공동 관심사에 대하여 꾸밈없이 대화하고, 협의하고, 때로는 위로하고, 입장을 이해하고 공감함으로써 과거처럼 행정에 대하여 무조건 불신하는 행태에서 벗어나 군정에 대한 이해와 협조의 폭을 넓혔다고 봅니다. 이런 것들이 우리 지역의 안정에 크게 기여한 점은 제가 여기를 떠나더라도 보람을 느낄 수 있는 결실이 아니었던가 회고해보며 또한 주민을 위한 행정의 요체를 터득할 수 있었다고 판단합니다.

군민의 건강 증진을 위하여 등산로 및 체육시설을 대대적으로 확충하였으며 특히 함평읍 기산봉의 약수터는 많은 군민의 호응을 받고 널리 이용되는 점을 고려한다면 오늘의 행정이 주민을 위하여 무엇을 해야 할 것인가

고심할 때 하나의 좋은 사례가 아닌가 생각하며 긍지와 자부심을 느끼기도 합니다.

　그러나 이러한 일들이 성공적으로 이루어질 수 있었던 것은 첫째는 이 자리에 계신 동료 공무원들께서 성심성의껏 저를 도와서 일해 주신 결과이고, 나아가서는 군민들께서 군정 목표에 대해서 공감하고 호응·동참해서 지도와 성원을 아끼지 않으신 결과라 믿고 이 기회에 충심으로 감사를 드리고자 합니다.

　그러나 한편으로 아쉬움도 많았습니다. 무엇보다도 우리 지역은 농업을 주업으로 하고 있어 소득이나 개발 면에서 낙후성을 탈피하지 못하고 있는 것이 사실입니다.

　특히 농·수산물 수입 개방으로 인하여 많은 어려움을 겪고 있는 농촌의 현안문제 해결을 위해 여러분과 함께 걱정하고, 고심과 인내로써 대처해 왔으나 획기적으로 달라진 것이 없었다는 것은 참으로 안타까운 일이 아닐 수 없습니다.

　그러나 이와 같은 농촌의 활력을 찾기 위해서 우리가 노력을 기울여야 할 방향은 분명히 드러났습니다. 또 이의 해결을 위해 농·어촌 발전종합대책 수립추진, 수입 대응 작목 육성, 상업·수출 농으로의 전환, 농공단지 조성 등 중앙정부나 각종 지방 자치단체에서 많은 노력을 해오고 있음은 다행스러운 일이라 생각됩니다.

　또한 지역개발에 있어서도 도시계획 정비, 상·하수도 정비, 도로의 개설 등 부분적으로는 상당한 성과를 거두었으나 한정된 재정사정 등으로 인하여 의욕을 보였던 것만큼 실적을 거두지 못한 것도 아쉬움으로 남습니다.

　그러나 서해안고속도로 개설, 영산강 3·4단계 개발사업 추진 등으로 개발여건이 점차 호전되어가고 있으며, 광주·목포·나주 등 인근 도시의 배후지역으로서 발전될 수 있는 잠재력이 풍부하여, 머지 않은 장래에 서해안시대를 선도해 나가고 후발의 이점을 최대한 살릴 수 있는 축복받는 땅으로 부각될 것으로 확신합니다.

　군민의 아낌없는 성원과 동료 직원 여러분의 노력에도 불구하고 많은 아쉬움과 미흡했던 점을 남기고 떠나게 된 것은 제가 덕이 없고 능력이 부족한 소치라 여겨 대단히 송구스럽게 생각하고 있습니다.

　역사는 흘러가지만 그 흐르는 역사의 물줄기를 바로잡고 또 새로운 과제를 설정해서 해결해 나가고자 하는 노력과 의지가 그 시대를 살아가는 인간들의 힘과 역량이었다고 하는 역사의 교훈을 우리는 다시 한번 돌이켜보고 앞에서 말씀드린 농·어촌 문제, 우리 지역의 개발문제 등 현안들을 해결하는데 최선의 노력을 기울여 주실 것으로 믿고 있습니다.

　저는 재임 중에 "내가 떠난 후에 평가받겠다는 각오로 정직하고 성실하게 일하겠다"는 말씀을 자주 드린 바 있습니다. 얼마나 정직하고 겸허하게 봉사한 고향 출신 군수로 군민 여러분과 직원 여러분의 기억 속에 남게 될지는 의문입니다.

　다만 분명한 것은 최대한 사심을 자제하고 지역 발전과 군민의 복지 증진을 위하여 일해 왔다고 말씀드리고 싶습니다.

　저는 평소에 부와 직위만 가지고 인간을 평가하는 것

은 매우 잘못된 것이라고 생각해 왔습니다.

비록 가난하고 직위가 낮더라도 오직 성실하고 정직하게 살려고 노력하는 자세, 보다 큰 뜻과 높은 이상을 가지고 매사에 임하는 태도가 더 중요합니다. 더군다나 우리 공직자들은 겸허한 자세로 정직하고, 청렴하고, 친절하게 봉사하는 것이 공인으로서의 바른 삶이 아닌가 생각해왔고 또 그렇게 실천하려고 노력해 왔습니다.

이제 고향에서 제 인생에 있어서 가장 값지고 보람찬 공직 생활을 마치고 몸은 떠나지만, 부덕한 이 사람이 군정을 수행하는 동안 남다른 애정과 관심을 가지고 저를 지도·편달해 주시고 성원해주신 모든 분들의 은덕은 영원히 잊지 않을 것입니다. 마음은 항상 여러분 곁에 남아 있을 것이며 타지에 가서 일하더라도, 고향 발전을 위하여 보탬이 되도록 열과 성을 다할 생각입니다.

그동안 많은 수고를 해주신 부군수님을 비롯한 동료직원 여러분께 거듭 감사를 드리며 같이 근무하는 과정에서 상호간에 조금이라도 아쉽고 서운한 점이 있었다면 너그러이 이해하여 관용을 베풀어주시길 바라며 인연 맺었던 좋은 인간관계가 오랫동안 지속되기를 부탁드립니다.

끝으로 끊임없이 성원을 보내주신 군민 여러분과 자리를 함께 하신 기관·단체장님, 그리고 동료 공무원 여러분의 가정에 항상 건강과 행운이 충만하시기를 바라며, 여러분 개인의 발전과 더불어 내 고향 함평의 번영이 계속되기를 간절히 기원해마지 않습니다. 그 동안 여러분들 정말 감사했습니다.

1992년 4월 22일 정진오

7. 내무부 지방행정연수원 기획과장 시절

1992년 4월 22일 함평에서 이임식을 마친 다음 바로 내무부 지방행정연수원 기획과장으로 부임하였다. 대개의 경우 그 부처에 처음 전입하는 공무원은 가장 한직인 교육원 근무나 파견 근무부터 하는 것이 인사 관행으로 되어 있다. 따라서 나는 전남도청 지방공무원교육원에서 3년을 근무한 적이 있음에도 불구하고 또 다시 교육기관에서 근무하지 않으면 안 되었다.

○큰아들의 전학 문제로 고민하다

전셋집 마련을 위한 돈은 준비되었지만 아들 둘이 중학교 3학년과 2학년에 재학하고 있는 게 문제였다. 특히 3학년인 큰아들이 서울에 있는 중학교에 전학하였다가 고등학교에 입학하는 것은 번거롭게 여겨졌다. 그래서 중학교 3학년말쯤 전학해서 바로 고등학교에 입학시키는 게 좋겠다고 생각하고 이사도 그때 하기로 했다. 나는 광

주 집에서 내무부 지방행정연수원이 있는 수원까지 주말
이면 왔다갔다했다.

그런데 아내가 뭔가 미심쩍은지 입학 관계를 확실히
알아보라고 서둘렀다. 아내 말대로 서울에 있는 중학교
에 알아보았더니 중학교 3학년 학생은 1학기가 끝나고
나서는 전학이 안 된다는 게 아닌가.

가끔 아내가 언제 이사갈 것이냐고 물을 때마다 학기
말쯤 이사해야 큰아들의 경우 바로 고등학교에 입학할
수 있다고 큰 소리를 쳐왔는데 참으로 낭패였다. 전학이
안 되니 일단 광주에서 고등학교에 입학했다가 서울의
고등학교로 전학을 가는 길밖에 다른 방도가 없었다.

번거로움을 피한다는 게 더 번거롭게 되었다. 괜히 이
사만 늦어지고 나는 쓸데없이 주말마다 생고생을 한 셈
이었다.

내 괴로움을 직원들에게 털어놓았더니 방법이 있긴 있
었다. 외국어고등학교는 지역 제한 없이 전국 어느 지역
에서나 응시할 수 있다는 것이었다.

그러나 세 가지 문제점이 있었다. 하나는, 큰아들은 대
학교 진학 시 이과를 선택하겠다고 하므로 인문계인 외
국어고등학교에 들어가게 되면 이과 이수과목인 수학,
과학 등의 과목을 별도로 공부해야 한다는 점이다. 또 하
나는, 내신제가 적용되는데 전국에서 선발된 학생 가운
데에서 상위의 내신 성적을 받는다는 게 결코 쉽지 않을
것 같았다. 다른 하나는, 제일 큰 걱정거리였는데, 현재
재학 중인 학교에서는 우수한 성적을 거두고 있지만 막
상 합격할 수 있느냐 하는 점이었다.

그러나 그 다음해까지 기다렸다가 고등학교에 입학하고 다시 전학하는 것보다는 바로 입학할 수 있는 외국어고등학교 진학을 선택할 수밖에 없었다. 다행스럽게도 정릉에 있는 대일 외국어고등학교 영어과에 지원한 큰아들이 합격함으로써 번거로움은 피할 수 있었다. 하지만 이과 수학과목 보충과 내신 성적 문제 등은 두고두고 골칫거리가 되었다. 중학교에 다니는 둘째 아들은 2학년이었기 때문에 별 문제가 없었다.

마침 대일 외국어고등학교에 통학하기 좋은 위치인 길음동에 새로 생긴 아파트가 있었다. 전세 계약을 한 뒤 바로 이사했다. 마침내 서울 생활이 시작된 것이다.

○해외연수를 다녀오다

내무부 지방행정연수원 기획과는 업무계획을 작성하고 교육계획을 수립하며 교육생들을 위한 각종 교재를 발간하거나 구입하여 배부하는 게 주된 업무이다. 또 장기 교육생이나 외국어 교육생들을 위한 해외연수 업무도 주관한다.

다른 업무는 특별히 문제될 것이 없었으나 해외연수 업무는 계획 입안 단계에서부터 꼼꼼히 챙겨야 했으며 어떤 때는 지도관으로 직접 프로그램에 참여하여 해외연수를 다녀오기도 했다.

교육생들이 하루라도 더 해외에 체류하려고 하고, 더 많은 현장이나 관광 명소를 둘러보기 원했기 때문에 여행계획을 세울 때 여행기간을 최대한 늘려 잡았다. 또 많

은 것을 보고 배울 수 있도록 스케줄을 빡빡하게 잡아두
었다.

그러나 막상 해외연수가 시작되면 장시간 비행기에 시
달리고 낮과 밤이 뒤바뀌게 되어 피곤하기 때문인지 첫
날 오후부터 벌써 불평이 나오기 시작한다. 대부분은 나
가서 구경하는 데 몇 사람은 아예 버스에서 내리지도 않
기 일쑤이다. 이런 사람들은 끝까지 단체 행동에 협조하
지 않아 통솔자에게 애를 먹인다.

연수가 끝날 때쯤에는 향수병을 이기지 못하는 사람이
늘어난다. 음식이 맞지 않아 연수 2~3일을 남겨두고 조
기에 귀국하자는 사람도 있었다. 왜 연수를 왔는지 도무
지 관심이 없는 것 같아서 참으로 한심했다.

연수생 대부분은 그때 당시 여행경비 한도액인 3천달
러 정도만 환전했으나 그렇지 않은 사람도 몇 있었다. 이
들은 많은 외화를 가지고 다니면서 귀금속 등을 닥치는
대로 사들였다. 때로는 카드 한도액을 다 쓰고도 모자라
다른 사람에게 빌려서까지 물건을 사는 한심한 작태를
보여 주었다. 그리고 귀국할 때쯤 되면 세관 통과 걱정으
로 좌불안석이었다.

물론 사치스런 민간인들에 비할 만큼은 아니었다. 연
수생 대다수는 검소하게 연수를 다녀왔다. 다들 실제 그
렇게 할 수밖에 없는 형편이었다.

○산을 자주 찾아 심신을 단련하다
연수원 생활은 비교적 여유로웠다. 업무에 쫓기거나

휴일까지도 출근해야하는 바쁜 일은 없기 때문에 나는 틈만 나면 산을 찾았다.

연수원장의 취향에 따라 다르기는 했지만, 특히 산행을 좋아하는 임 아무개 원장 재직 시에는 지리산, 치악산, 천마산, 백운산, 운악산, 명지산, 지리산, 월출산, 월악산 등 1천 미터가 넘거나 이름 있는 산들을 찾아다니며 심신을 단련했다. 또 기획과 직원들과 함께 무주리조트와 덕유산 등을 찾아 화합과 친목을 다지기도 했다.

나는 속보 등산에 익숙해 있었기 때문에 젊은 직원들을 제치고 선두에서 사람들을 이끌었다. 6개월간 합숙훈련 중인 6급 직원들과 제주 한라산을 등산할 때에도 가장 먼저 백록담에 도착했고, 돌아올 때에도 예정시간보다 2시간 먼저 내려왔다. 버스 기사가 믿어지지 않는 듯한 표정으로 나를 바라보았다.

연수원생활 중에 얻은 내 별명은 '무공해'였다. 행색이 촌사람 같다는 뜻도 없지 않았지만 오염되지 않은 깨끗한 공무원이라는 뜻일 것이다. 나는 즐거운 마음으로 그 별명을 받아들였다.

○아내의 투병 생활로 고통을 겪다

내무부 지방연수원 생활도 1년이 넘어가고 이제 막 서울 생활에 적응하려던 1993년 10월 초순 어느 날, 갑자기 아내에게 문제가 생겼다.

아내는 원래 몸이 약한 편인데다가 서울 생활에 적응하려다 보니 피곤해서인지 많이 야위었다. 둘째 아들은

"어머니가 너무 작아진다"고 말하곤 했다.

그러던 어느 날 저녁 무렵이었다. 아내가 밥을 차려주어서 먹고 있는데 갑자기 아내가 드러누우면서 머리가 아프다고 호소했다. 머리를 만져보니 열이 많이 올라 있었다. 아내는 머리가 몹시 아프니 어서 혈압 내리는 약을 사다달라고 했다.

혈압 강하제는 그냥 먹는 약이 아니라고 알고 있었으므로 그 연유를 물어보았다. 몇 달 전에 고려대학교 의료원 안암병원에서 공무원 가족 신체 검사를 했는데 그때 혈압이 높다고 했기 때문이라는 것이었다.

나는 아내가 집에서 그냥 약만 먹어서는 안 되겠다고 판단하고 인근에 있는 강북 모 병원이라는 개인병원으로 데리고 갔다. 병원 측에서는 CT 촬영을 하고 혈압을 재보더니 혈압이 높으니 우선 혈압약을 먹으라고 권했다.

아내는 집에 돌아와서도 상태가 좋아지는 것 같지가 않았다. 다음날 아침 일찍 그 병원에 갔더니 이번에는 원장이 진찰하면서 물리 치료를 받으라고 하는 게 아닌가.

나는 물리치료실로 가다가 아무래도 안되겠다 싶어 지난번 공무원 가족 신체 검사를 했던 고려대학교 의료원 안암병원 응급실을 찾았다.

여러 가지 증상을 살펴보던 의사는 이틀 후로 MRI 촬영을 예약해 놓았다. 결과가 나오면 다시 보자는 것이다. 할 수 없이 우리는 밤늦은 시각에 집으로 돌아왔다.

그 뒤로 아내 혼자 MRI 촬영을 하였다. 나는 아내에게 촬영 중 담당기사가 이상 유무를 말하지 않았는가 물었다. 그랬더니 이상이 없는 것은 아니라는 말만 들었다는 것이었다.

　마음이 찜찜했지만 큰 이상이 있었으면 바로 입원 조치하라고 했을 것인데 그렇지 않은 것을 보니 중병은 아닌 모양이라고 여기고 다소 안심했다. 그러나 아내는 계속 머리가 아프고 가끔씩 토할 것 같다고 호소했다. 불안한 마음이 없지 않았지만 검사에서 별다른 이상이 나오지 않았으므로 그냥 지켜보는 수밖에 다른 방도가 없었다.

　신경이 예민한 나는 끙끙 앓는 아내 옆에서는 잠이 잘 오지 않아 거실에서 잠을 자고 있었다. 새벽 무렵이었다. 아내가 벼락같은 소리를 내질렀다. 깜짝 놀라 가보니, 머리에 큰 충격을 받았는지 계속 토하고 곧 숨이 넘어갈 것 같은 상태였다.

　119에 전화를 하려던 나는 문득 '응급구조단 126 안내'를 기억해 냈다. 거기에는 무슨 특별한 기구 등이 구비되어 있는 줄 알고 126에 전화를 걸었다. 그런데 그것이 얼마나 큰 실수였는지 나중에야 깨달았다.

　전화만 하면 아파트까지 찾아와 환자를 싣고 가려니 기대했으나 126 쪽에서는 환자를 업고 아파트 밑에까지 내려오라고 하는 게 아닌가. 조금 황당했다. 응급 환자를 이렇게 움직여도 괜찮은가 싶은 생각이 들어 119구급대를 부를까 했지만 너무 늦은 것 같아 지시에 따르기로 했다.

　고등학교 1학년인 큰아들은 집에 남겨둔 채, 겨우 아내를 들쳐업고 내려왔다. 둘째 아들과 같이 아파트 입구에서 기다리다가 126구급차를 타고 고려대병원에 도착했다.

아내를 내리고 나자 126구급차 대원이 오더니 차비를 달라고 했다. 119구조대는 돈을 받지 않는다고 들었는데 보사부에서 지원한다고 하는 응급구조단에서 돈을 받는단 말인가? 다급한 상황에서도 몹시 못마땅했다. 나중에 안 사실인데 그들은 그 돈을 경비로 쓴다는 것이었다.

사실 돈은 줄 수도 있었다. 사람이 위급한 상황인데 돈이 문제랴? 문제는 그들의 기본 자세와 태도였다. 119구조대는 2인 1조의 구조대원들이 아파트든 단독주택이든 환자를 직접 찾아와 수송하는 체제를 갖추고 있다. 하지만 그들은 전혀 그렇지 못했다. 응급 처치도 잘 모르는 가족에게 환자를 아래까지 데리고 오라는 게 어디 말이나 되는 짓인가 말이다. 나는 속은 듯한 기분으로 마음이 매우 불쾌하였다.

응급실에 도착하자마자 MRI 촬영을 요구했으나 의사는 전에 찍은 사진이 있으니 괜찮다고 했다. 다급한 마음이 든 나는 뇌출혈이 아닐까 싶어 그때의 상태와 오늘은 다르니 다시 촬영하자고 요구했다.

의사도 내 말을 듣더니 동의해서 다시 촬영했다. 촬영 중에 나는 담당 기사에게 뇌출혈이 있는가 하고 물었더니 없다고 했다. 나는 그나마 다행이라며 속으로 안도했다. 하지만 아내는 여전히 토악질을 계속했다.

너무도 견디기 어려운 것 같아 보였다. 저러다 곧 숨이 넘어가는 것 아닌가 하는 걱정에 몹시 불안했다. 링거와 뇌압강하 주사제를 맞으면서 토악질은 멎었지만 두통은 계속되었다.

둘째 날에는 중학교 3학년인 둘째 아들도 학교에 보냈
다. 시골에서 올라온 제수씨와 교대로 아내를 돌보았다.
병명은 '뇌동맥류'로서 속칭 '뇌꽈리'라고 불리는 것이었
다. 40대에 흔히 발병하는데, 뇌혈관의 자주막이 엷어진
틈으로 혈관이 튀어나와 생기는 병이다. 터지면 뇌출혈
로 사망하거나 뇌신경과 뇌조직을 손상시켜서 전신 혹은
반신을 못쓰게 만드는 대단히 불행하고 위험한 병이다.

입원한지 며칠만에 아내는 뇌혈관 조형 촬영을 했다.
사타구니 동맥에 미세한 관을 투입하여 그것을 뇌동맥에
접근시킨 다음 혈액과 구별할 수 있는 조형제를 분사해
가면서 뇌혈관 막힘 등을 촬영하는 것이었다. 이 촬영은
수술할 수 있느냐, 없느냐를 판단하는 중요한 자료가 되
었다. 따라서 아내의 앞날이 어떻게 될지 결정되는 고빗
길이었다. 나는 시골에서 올라온 여동생과 함께 촬영장
밖에서 초조한 마음으로 기다렸다.

한 시간쯤 걸린 촬영을 끝내고 나온 신경과 의사에게
결과를 물어 보았더니 환부가 깊이 박혔다는 것이다. 나
는 순간 깊은 절망감에 빠져 버렸다. 뇌 속 깊이 있는 경
우에는 손을 쓸 수 없다고 들었기 때문이다.

촬영을 끝낸 아내를 보니 동맥 뚫은 자리에 지혈을 위
해 모래주머니를 올려놓고 있었으나 핏자국 등이 선명했
다. 이렇게 해봐야 더 이상 손을 쓸 수도 없을 터인데 생
각하자 가슴이 너무 아팠다.

아내를 병실로 옮겨 놓고 집에 가서 두 아이를 보자 너
무도 안쓰러웠다. 엄마도 어려운데 최악의 상황에 충격
을 받아 나도 쓰러질 것만 같은 불안감이 들었기 때문이

다. 자칫 나까지 가버리면 어떡하지 하는 생각으로 내가
가지고 있던 저금통장을 꺼내놓았다. 얼마 되지 않는 돈
이지만 사이좋게 나누어 가지라고 유언 아닌 유언을 읊
조렸다.

무거운 발걸음으로 병원에 도착했더니 병실을 신경외
과로 옮기라고 했다. 신경외과 병실로 찾아간 나는 의사
에게, "낮에 뇌혈관 조영 촬영에 참여했던 신경과 선생님
은 환부가 뇌 속 깊이 박혀 있다고 했다. 수술이 가능하
냐"고 물었더니, "환부가 조금 깊은 곳에 있으나 수술에
는 별 지장이 없다"는 게 아닌가? '죽음의 절망'에서 '환
생의 희망'으로 바뀌는 순간이었다. 나는 정말 기쁜 마음
을 무어라 표현하기 어려웠다.

한참 뒤에 수술을 담당했던 의사로부터 들어서 안 사
실인데, 뇌동맥류가 파열되면 약 3분의 1은 병원에 도착
하기 전에 뇌출혈로 사망하고 병원에 와서도 3분의 1 정
도는 수술 등이 불가능하여 사망한다고 한다. 나머지 3
분의 1만이 생존이 가능한 셈이다.

다만 살아나기만 하면 다른 뇌수술에 비해 후유증이
비교적 적다는 것이었다. 아내의 경우에도 부작용이 거
의 없이 완전히 회복되었다. 아내는 지금 조금도 지장 없
이 잘 생활하고 있다.

○곤경에 처해서야 사람을 알아본다

서울 길음동으로 이사온 지 얼마 되지 않았기 때문에
고려대병원이 가까운지 서울대병원이 가까운지 몰랐던

나는 먼저 알게 된 고려대병원에 아내를 입원시켰다. 그 바람에 2개월의 입원 기간 동안 자가용이 없는 나로서는 병원에 왔다갔다하면서 많은 어려움을 겪었다.

병원까지 직접 가는 버스는 없었다. 지하철은 한 정거장인 돈암동까지 타고 가서 거기서 다시 고려대병원까지 가는 마을 버스를 타거나 30분 이상 걸어야 했다. 택시를 탄다고 하더라도 그때 당시 미아리고개 확장공사로 차가 막히는 바람에 기사들의 투덜거림을 들어야 했고 시간도 적잖게 걸렸다.

알고 보니 서울대학교 부속병원까지는 지하철 세 정거장에, 걸어서 10분밖에 안 걸리는 거리였다. 집에서 출발한 지 30분이면 병실까지 도착할 수 있었다.

그러면 되는 것을 한 시간 이상 시달리고 게다가 여러 가지 교통수단을 이용하지 않으면 안 되었으니 지리를 몰랐던 것이 두고두고 후회되었다.

아내가 갑자기 입원하게 되자 서울로 직장을 옮긴 것도 후회가 되었다. 광주에는 대학병원에 근무하는 의사 친구도 있고 친척들이 많이 살고 있기 때문에 어려움도 훨씬 덜할 것이었다. 그런데 하필 이런 때에 올라와서 이 고생을 하는가 싶었다. 거기다가 아내를 잃을지도 모른다고 생각하니 기가 막혔다.

몹시 다급해진 나는 조금이라도 도움을 받고자 서울에서 개업하고 있는 의사 친구와 고려대학교에 교수로 있는 고교 동창에게도 연락했지만 아내가 퇴원할 때까지 아무런 응답이 없었다. 나는 이후로 그들을 더 이상 친구로 여기지 않고 있다. 그들과는 만나지도 않고 연락도 하지 않고 지낸다.

학교 다닐 때 우리는 상당히 가깝게 지냈다. 졸업 후에
도 가끔 만나 술도 같이 마시곤 해서 내 딴으로는 친하다
고 생각했는데 자기들은 그렇게 생각하지 않았던 모양이
다. 그렇지 않으면 바쁜 서울 생활 중에 깜박 잊고 지내
다가 시간이 흘러 버렸는지도 모르겠다.

어쨌든 간에 가장 어려운 때에 도움을 요청했지만 아
무런 반응도 없는 사람들을 구태여 친구라고 할 필요가
없을 것 같다. 그런 생각은 지금까지도 전혀 변함이 없
다.

얼마전 의사인 친구가 경제적으로 어려워져 자기 병원
을 처분하고 시골에서 월급쟁이 원장으로 근무하고 있다
는 소식을 들었다. 연락 한번 해서 대포라도 한잔하면서
위로하고 싶은 마음 간절하나 아직까지 실행하지 못하고
있다.

8. 내무부 법무담당관 시절

연수원 생활 2년여가 끝나자, 내무부 법무담당관으로
자리를 옮기게 되었다.

내무부 법무담당관의 업무는 국무회의와 차관회의 안
건 처리, 타 부처 법령 협의, 법령 심사 관리, 소송 업무
와 행정심판 등의 처리다. 그 중에서도 가장 중요한 업무
는 국무회의와 차관회의에 상정되는 안건의 처리다.

안건은 대부분 법률안과 시행령안의 제정·개정, 그리
고 폐지와 관련된 사항들이다. 내무부 각 실·과에서 법
령을 제정 또는 개정하려고 하는 경우에는 각 부처와 사
전 협의를 해야 하며 차관회의와 국무회의에 상정해서
통과시켜야 한다. 차관회의와 국무회의에 내무부가 제안
한 법령안이 상정되면 차관과 장관이 제안자의 입장에서
보고하고 통과되도록 해야 하기 때문에 그 내용을 파악
하고 숙지할 수 있도록 자료를 만들고 설명을 하는 일이
법무담당관의 중요한 역할이다. 이에 대비하기 위해 법
령을 입안한 실·과의 사무관이나 담당자를 불러 입법의

배경·취지, 그리고 내용을 철저히 파악해야 한다.

타 부처가 제안하여 차관회의와 국무회의에 상정되는 안건에 대해서도 관련되는 실·과에 넘겨 검토케 해야 한다. 그리고 그 의견을 받아서 차관과 장관에게 설명함으로써 장·차관이 회의에서 우리 부의 의견을 개진할 수 있게 해야 하는 일 또한 법무담당관의 몫이다.

국무회의와 차관회의는 일주일에 한번씩 열리게 되니 장·차관의 일정 등을 잘 살펴야 하고 타 부처에서 회의가 임박하여 법령을 배부해 오는 경우에는 관계 실·과의 검토를 거칠 시간 여유가 없기 때문에 임기응변으로 설명해야 할 때도 있다.

장·차관에게 설명하는 과정에서 잘 모르는 내용이 있을 때는 그 업무를 담당하는 과장이나 사무관을 불러 대답하도록 하는 경우도 종종 있었다. 하지만 나는 어지간하면 내가 충분히 파악해서 설명함으로써 번거로움을 피하고자 했다. 법무담당관으로서의 임무를 소홀히 한다는 인상을 주지 않도록 각별히 노력한 것이다.

이전에는 장·차관에게 안건을 보고할 때 해당 과장들이 줄줄이 법무담당관을 따라 들어갔다. 어떤 때는 다소 도움되는 경우도 있었지만, 대부분 오랫동안 기다리다가 대화 한 번 나눌 기회조차 없이 돌아가야 했다. 그런 일을 내가 과감히 혼자 떠맡게 되자 사람들은 좋은 반응을 보여주었다.

230

○실세 장관을 보좌하다

그때 차관은 실무에 밝은 분이었지만, 최 아무개 장관은 그렇지 못했으므로 세부사항에 대해서는 설명하지 않고 줄거리만 보고했다. 본인도 깊이 있게 파악하려고 하는 것 같지 않았다. 아마 그분을 상대로 국무회의에서 따지고 내용을 물을 만한 용기 있는 국무위원도 없었을 것이다.

국민의 정부에 들어와서는 민주화 인사에 대한 의미가 많이 퇴색되었지만 그때만 해도 특별한 평가를 받았다. 오랜 기간 동안 군사독재로 인한 권위주의적 정부가 계속된 데 따른 반작용이었을 것이다.

당시 민주화 세력에 대한 애정은 특별했고 민주화 인사들은 돋보였다. 언행에 잘못이 있어도 큰 허물로 여기지 않고 덮어주려는 경향이 강했다.

실세 장관이라 힘이 있으니 타 부처에 대해 내무부가 갖는 위상도 많이 달랐다. 내무부와 협의가 안 되면 타 부처가 업무를 추진하는 데 많은 어려움을 겪었다.

당연히 직원들에 대해서도 대단한 권위를 가지게 되었다. 힘없는 장관은 경찰 장악이 힘들었으나 최 장관은 달랐다. 따라서 모든 일이 일사불란하게 처리되었다.

그러나 한편 아쉬움도 적지 않았다. 기관의 장은 정책을 추진해 나가는 방향과 원칙을 제시해야 하는데 이에 미치지 못했던 것이다.

최 장관과 관련해서 잊을 수 없는 일이 있다. 63빌딩에 있는 모 중국음식점에서 당정회의가 열렸을 때이다. 최 장관은 어느 여당 국회의원과 심한 말싸움을 벌였다.

그 와중에 그 국회의원이 "실세라고 보이는 것이 없느냐"라고 따졌다. 그러자 최 장관은 "실세는 무슨 실세, 권력은 허무한 것이다"라고 응수했다.

그 말대로 최 장관은 뇌졸중으로 쓰러진 후 거의 바깥 활동을 못하고 있다. 또 세상 사람들로부터도 까맣게 잊혀진 것을 보면 권력의 허무함뿐만 아니라, 인생의 허무함마저 절실히 깨닫게 된다.

국민의 정부가 임기 말에 가까워지면서 이른바 실세가 감옥에 들어가고 대통령의 아들들이 구속되어 재판받고 있는 것을 보게 된다. 한치 앞을 내다보지 못하고 잠깐 지나가는 권력의 미각에 취해 저지른 못된 짓들을 생각하니 안타까운 마음을 금할 수 없다.

○승진 검증에는 시험제가 낫다고 주장하다

법령안에 대한 협의 과정에서 겪은 이야기들이 생각난다. 그 중에서도 당시 경찰청에서 제안한 경위 승진 임용 방법의 변경에 관한 사항이 우선 떠오른다.

그때까지는 경사가 경위로 승진 임용되는 경우 반드시 시험을 거쳐야 했다. 그런데 경위 승진 예정사의 반은 심사제로 할 수 있도록 하는 경찰공무원승진임용규정 개정안이 제안되었다. 그때 일반직 공무원에 대해서도 공무원 임용령을 개정하여 승진시험제 대신에 심사승진 제도를 도입할 수 있도록 개정하자는 안이 관계 부처인 총무처에서 발의되어 차관회의에서 논의되었다.

경사가 시험을 거치지 않고 경위로 승진될 수 있는 심

사승진제의 도입이나, 일반직 공무원이 시험 없이 사무관으로 승진 임용될 수 있는 심사승진제의 도입을 반대하는 논리는 동일하다. 나는 심사제에 반대하는 이유를 아래와 같이 주장했다.

첫째, 관리직인 사무관의 경우에는 관리자로의 자질 함양이 요구되기 때문에 기본 소양 과목과 법률 기초과목, 그리고 행정학 등 행정관리학 지식이 필수적이다.

둘째, 주관식 시험을 거침으로써 학문적 지식뿐만 아니라, 문장력, 기획력, 창의력 등의 검증을 받아야 한다.

셋째, 시험승진제가 객관성·타당성 면에서 가장 완벽하며 정실 인사를 배제할 수 있다.

넷째, 부적격자를 도태시킬 수 있는 가장 확실한 방법이다.

따라서 시험제 대신에 심사제를 병용하자는 경찰청의 경찰공무원승진임용규정 개정안에 대하여 나는 반대하는 입장이었다. 하지만, 내 뜻을 관철시킬 수는 없었다. 국무회의에서 행정법학자인 박윤흔 당시 환경부장관이 그 안에 반대하여 한번 보류시켰으나 끝내 시험제를 지키는 데는 실패했다.

지방에서 공무원 생활을 할 때 나는 오랫동안 6급으로 재직하여 사무관 승진 대상자가 되었음에도 시험에 합격할 능력이 없어 아예 사무관이 되기를 포기한 사람들을 많이 보았다. 그런데 시험제가 아니라면 이야기는 달라진다. 그 사람들은 모두 심사제로 하면 승진에 제약이 없기 때문에 사무관이 될 수 있는 사람들이다.

내가 국민고충처리위원회 국장으로 근무할 때 겪은 일

이다. 행정자치부에서 파견된 5급 직원이 한나라당 국회
의원들을 상대로 아·태 평화재단 후원회 가입 안내문을
복사, 일괄 우송하여 망신을 당한 일이 있다.

　알고 보니 뚜렷한 정치적 목적은 없었다. 그저 평소 지
병인 정신이상 증세가 악화되어서 한 짓이었다. 그 직원
은 이미 주사로 있을 때부터 그런 증세를 보였다고 한다.
그러나 소속 국에서 주사 고참이었기 때문에 사무관 승
진 대상자로 추천되었다. 그런 사실을 알고 있었음에도
국에서 추천하였다는 이유로 인사 부서에서는 승진시켰
다는 것이다. 만일 시험제가 존속되었다면 사무관 임용
이 불가능했을 사람이었다. 이런 유형의 사례가 어디 이
것뿐이겠는가. 수도 없이 많을 것이다.

　시험 만능주의를 경계하지만 부적격자를 배제시키는
데는 시험 이상 더 좋은 방법이 없다고 생각한다.

　지금은 법무부의 공안직이나 기상청 그리고 해경에서
시험제가 유지되고 있다. 경찰청과 서울시청만이 시험제
를 심사제와 병행하여 실시하고 있으나 내년부터는 모든
지방자치단체에서 시험제가 심사제와 병행하여 실시토록
되어 있다. 그간의 무분별한 심사제에 대한 반성으로 바
람직한 방향이라 판단된다.

○감사원법 개정 요구를 물리치다

　감사원법을 개정할 때에 벌어진 일이다. 감사원은 감
사원법을 개정하여 '감사원은 각 부처의 감사관이 직무
수행에 부적합하다고 판단하는 경우에 그 교체 임용을

요구할 수 있고, 각 부처의 장은 특별한 이유를 제시하지 않는 한 이에 응하여야 한다'는 규정을 신설하여 권한을 강화하고, 대전 등 전국 거점도시 3개소에 지방사무소를 설치하자는 안을 제출했다.

이 안에 대해서 나는 완강히 반대하였다. 그 이유를 들면 다음과 같다.

감사원이 부처 감사관의 교체를 요구할 수 있는 권한을 인정하자는 것은 검찰이 검찰청법에서 사법경찰관리의 범죄수사 지휘를 위해 부당한 행위를 하는 사법경찰관리의 교체 요구권을 부여한 것에 그 타당성을 두고 있는 것 같았다. 소추권을 가진 국가기관인 검사가 사법경찰관리를 지휘하여 수사 목적을 달성하고자 할 때 이에 부적절하다고 판단된 사법경찰관리의 교체 임용을 요구할 수 있는 권한은 수사의 지휘권 확립을 위해 필요할지도 모른다. 하지만 이 경우하고 감사와는 근본적으로 성격이 다르다.

감사원이 행정부로부터 독립적인 권한을 가진다는 것은 인정한다고 하더라도 행정부의 감사기관이 감사원의 지휘를 받아서는 안 된다. 또 각 부처 장의 인사권도 훼손해서는 안 되기 때문에 교체 임용 요구권을 인정해서는 안 된다고 하는 내 주장은 쉽게 받아들여졌다.

하지만 3개소에 지방사무소를 설치하려는 안에 대해서는 자기들이 판단하여 조치할 사항이라는 이유를 들어 반대할 이유가 없다는 게 윗사람들의 입장이었다.

나는 이에 대해 왜 그렇게 하면 안 되는지를 자세히 설명했다.

내무부는 각 지방자치단체의 상급단체로서 감사기관의 역할을 실질적으로 수행한다. 감사원에서도 마찬가지로 감사활동을 펴고 있다. 그런데 또 감사원의 지방사무소가 설치되면 각종 광역 자치단체와 기초자치단체는 힘들 수밖에 없다. 감사기관은 필요한 최소 기능을 수행해야 한다. 다다익선 식의 감사기관 증설은 지방자치단체의 기능을 위축하게 마련이다.

이처럼 강력하게 주장하여 나는 결국 내 뜻을 관철시켰다.

1998년 9월 1일 감사원의 지방기구로 대전사무소가 설치되었으나, 감사관 교체 요구권은 끝내 반영되지 않은 것으로 알고 있다.

○상사로부터 아낌없는 사랑을 받다

기획관리실장은 국장급 공무원 대신에 기획담당관, 법무담당관, 행정관리담당관 등 3명의 과장급 공무원의 보좌를 받는다.

법무담당관으로 부임한 이후 두 번째로 맞이한 이 아무개 실장은 처음에는 나에 대해 그렇게 따뜻하게 대해 주는 것 같지 않았다. 나는 본부가 처음이어서 그러려니 하고 근무하고 있었다.

시일이 지나면서 보니 그는 정직하고 침착하면서도 따뜻한 인간애를 느낄 수 있는 사람이었다. 나는 업무에 진력하는 한편, 매사에 최선을 다해 예의를 갖추었다.

그러던 어느 날이었다. 건교부에 근무하고 있는 동기

생 국장이 전화를 걸어 이 실장이 나를 높이 평가하더라
는 말을 전했다. 나는 깜짝 놀랐다. 이 실장이 나를 그렇
게 평가하고 있을 줄 전혀 예측하지 못했기 때문이다.

기획관리실장이 불우이웃돕기 현지방문을 할 때라든지
을지연습 근무를 할 때는 내가 수행하거나 보좌하도록
차출되곤 했다. 언젠가 직원들과 회식하는 자리에서였
다. 이 실장은 나에 대해 세 가지 사유를 들며 칭찬을 아
끼지 않았다.

첫째는 술을 잘 마신다는 것이었다. 그때만 해도 술을
마시기 시작하면 끝을 볼 때까지 마셨기 때문으로 생각
된다. 지금은 완전히 금주해서 술은 입에도 대지 않고 있
다.

둘째는 체력 관리를 잘하여 하체가 온통 근육으로 발
달되어 있다는 것이었다. 매일 아침 조깅과 등산으로 단
련된 나의 모습을 을지연습이 끝난 후 목욕탕에서 본 모
양이었다.

셋째는 일을 잘한다는 것이었다.

이제까지 공직생활하면서 상사로부터 이렇게 조목조목
열거하는 칭찬을 들어보기는 그때가 처음이었다. 나는
더욱 더 깊은 신뢰와 존경심으로 그분을 대했다.

이 실장은 정말 나에 대해 깊은 애정을 갖고 있었다.
어느 날인가는 나를 부르더니 얼마 안 있으면 다른 데로
가는데 내 신상이 걱정스럽다고 하는 게 아닌가.

나는 그때, "이제까지 나는 어디에 가고 싶다, 무슨 보
직을 맡고 싶다고 인사권자나 보좌하는 분들에게 말씀드
린 적이 없습니다. 자기 분수도 모르고 덤비다가 비웃음

을 살까 두려워서입니다"라고 말씀드렸다.

그 말에 크게 공감한 듯 이 실장은 고개를 끄덕였다. 그러면서 인사담당 부서장을 만나 이야기했더니 예정해 놓은 자리가 있는 것 같더라고 말했다.

그 후 얼마 지나지 않아 이 실장은 인천직할시장으로 발령받아 떠났다. 나는 인천까지 이 실장을 모셔다드렸다.

하지만, 나는 이제껏 퇴직하고 계시는 그 분에게 연락도 제대로 하지 못했다. 그저 고마운 마음만을 갖고 지내고 있다.

다 내 성의가 부족한 탓이다. 술이라도 한잔 대접해야 하는데 금주해야 하는 내 건강 문제와, 좀더 좋은 모습으로 뵙게 되기를 기다리다가 늦어졌음을 핑계로 삼는다.

9. 내무부 공기업과장 시절

1994년 10월 6일 법무담당관에서 공기업과장으로 자리를 옮겼다. 공기업과장으로 부임하자 직원들은 나를 반기는 기색이 역력했다. 내 평판이 괜찮았으므로 그들로부터 환영받은 것 아닌가 싶다. 그러나 한편으로는, 떠날 때도 직원들로부터 이런 평가를 받을 수 있을까 미리 걱정되기도 했다.

○지방 공기업의 운영실태를 파악하다

공기업과는 지방 공기업의 법령과 제도의 연구·개선 및 지방 공기업의 운영지원, 지방 공기업 경영 성과와 경영 진단 및 경영 개선, 지방 자치단체의 공영 개발 및 경영 수익사업에 관한 지도, 지방세 외 수입의 발굴·육성 지도에 관한 업무를 처리한다. 또 지방 자치단체의 공유 재산 및 물품 관리 지도와 지방 공기업 예산 편성 지침 수립 및 결산·회계 제도의 운영 지도 등 주로 공기업에 관한 업무를 담당한다.

공기업과에서 다루고 있는 지방 공기업은 지방 자치단체가 주민의 복리증진을 목적으로 경영하는 기업이다.

지방 자치단체가 행하는 일반 행정은 일반적인 공공수요를 충족시키기 위해 제공되는데, 서비스의 성격이 비경쟁적(非競爭的)이다. 지방 자치단체는 이러한 서비스를 주민의 조세에 의존해서 공급한다.

이에 반해 지방 공기업 운영 행위는 대가를 받고 주민에게 재화와 서비스를 제공하는 비권력적인 활동이다. 재화나 서비스의 대가인 요금 수입에 의해 유지되는 것을 원칙으로 한다. 즉 상·하수도, 지하철, 병원 등의 서비스를 제공하고 그에 따른 반대 급부를 통해 지역 주민의 욕구를 해결하고자 하는 기업활동인 것이다.

우리나라 지방 공기업의 운영 실태를 살펴보면, 직접 경영방식인 지방 직영기업은 지방 자치단체의 국 또는 과의 조직형태로 운영되며 상수도 사업과 공영개발사업 등 대부분이 여기에 속한다. 간접경영방식으로 운영되는 지방공사·공단의 사업 내용은 의료원, 도선, 지하철, 시설관리, 시장, 주차장 등이 있다. 그 외에 민·관 공동출자 사업 분야가 있다.

본격적인 지방화 시대를 맞아 자치단체별로 경영행정과 재정자립도 향상에 대해서 많은 관심을 기울이고, 지역주민의 행정서비스 향상 욕구도 늘어나 지방공기업은 확대되고 증가하는 추세에 있다.

따라서 나는 지방자치단체에서 지방공사·공단 설립을 위한 허가신청서가 접수되는 경우에 법적 요건을 엄격하게 해석하기보다는 가급적 긍정적인 방향으로 검토하도록 유도해서 지방공기업을 확대하도록 했다. 그러나 공사·공단의 직원 정원을 늘리거나 임금이 많이 지급되는 이사들을 늘리는 것은 몹시 엄격하게 제한했다.

행정의 경직성에서 해방시켜 주고 비용과 이익을 고려하는 기업경영 방식을 더욱 적극적으로 활용하기 위해서는 지방공기업을 늘리는 것이 우선되어야 할 것이다. 하지만 궁극적으로 가야 할 길은 완전 민영화라고 나는 믿는다. 관청 기업이나 공사, 공단의 경쟁력이 민간 기업에 비해 너무 취약하기 때문이다.

그리고 그런 분야에는 회계학이나 경영학에 대한 전문적인 식견을 가진 직원의 배치가 시급함을 체험했다. 열정이나 노력만 가지고 사업체를 운영할 수 없는 노릇이다. 나는 이런 면에서 과도기적인 형태를 반드시 거쳐야 하는가 하는 점에 많은 의문을 갖고 있다.

○지방자치단체의 업무 이관을 막아내다

지방자치단체는 1977년부터 국세청에서 국유 잡종재산관리 업무를 이관받아 처리해 왔다. 그런데 1995년 조달청이 이의를 제기하고 나섰다. 조달청은 지방자치단체가 국유 잡종재산을 처분 위주로 관리하므로 보존 위주의 관리를 위해서는 지방자치단체로부터 업무 이관을 받아야 한다고 행정쇄신위원회에 기획과제 형태로 요구했던 것이다. 그 업무의 대부분을 지방자치단체에 이양하게 되어 조직을 축소하고 인력을 감축해야 할 상황에 이르게 되었기 때문으로 판단되었다.

국유 잡종재산은 토지와 건물, 공작물, 임목죽 등인데, 이들 재산의 매각이나 대부료 수입의 30퍼센트는 지방자치단체에 귀속시키고 있었다. 지방자치단체로 보면, 재원으로 활용하고 있는 중요한 수입원이었다.

이와 같은 업무이관 요구에 대해 지방자치단체의 의견 등을 참작해서 검토한 결과 이관할 수 없음이 타당하다는 결론이 나왔다. 나는 왜 이관되어서는 안 되는가 하는 내용을 행정쇄신위원회와 재경원에 통보했다.

첫째, 국유 잡종재산 관리부서의 잦은 변동으로 혼란을 야기한다는 점이었다. 국유재산은 일제시대에는 조선총독부에서 관리했고, 해방 후에는 미국의 군정청, 1950년대에는 관재청 그리고 1960년대에는 국세청에서 관리하다가 1977년부터 지방자치단체로 이관했다. 그런데 이제 다시 재경원 소속 국가기관인 조달청으로 환원시키는 것은 부당하다는 것이었다.

둘째, 업무처리 단계가 늘어나게 되어 업무가 번잡스럽고 주민들의 불편을 초래한다는 점이었다. 국유 잡종재산관리 업무체계는 현행 재경원→시·도→시·군·구의 3단계로 되어 있으나, 앞으로 재경원→조달청→조달지청→시·군·구로 한 단계가 늘어나게 되어 업무 처리가 지연될 게 뻔했다. 민원 불편이 예상되었다.

시·군·구 직원은 재경부와 조달청이라는 2개의 국가기관을 상대해야 하고, 주민들은 시·도 단위에서 해결할 수 있는 사항을 조달청까지 가야 하므로 너무나 불편했다.

셋째, 조달청에 업무를 이관한다면 시·도 광역지방자치단체의 종합행정 기능을 살릴 수 없어 별도로 시·도와 협의하는 창구를 마련해야 했다.

시·도의 각종 사업부서는 도시계획 사업, 공원, 하천, 도로, 택지개발, 도시재개발, 재건축, 상수도 업무를 시행할 때 당해 지역에 국유지가 있을 경우 취득 등에 관해 수시로 국유재산 담당 부서와 협의해야 하기 때문이다

넷째, 지방자치단체가 처분 위주로 재산을 관리하기 때문에 조달청으로 업무를 이관해야 한다고 요구하는 것은 억지 주장이다.

국유재산의 처분은 국가정책에 의해 결정된 방침에 따라 이루어지는 일로써 지방자치단체장의 책임은 아니다. 그 동안의 처분 정책을 보면 일제 식민지 시대부터 점유하고 있던 소작농에게 불하를 촉진하고, 국가경제개발계획의 중요 재원확보 수단으로 활용하기 위해 1980년까지 적극적으로 시행되었다. 국책사업의 토지는 국공유재산을 우선 충당토록 한 각종 개발 관련 특별법에서 유래한 것이다.

국유재산 처분은 재경원에서 매년 작성한 국유재산 관리계획에 의거, 처분이 승인된 재산에 한해 처분할 수 있을 뿐이다. 지방자치단체가 임의로 처분할 수 없도록 되어 있는 것이다.

75퍼센트 이상이 재경원의 승인을 받고 처분되고 있으며 재경원의 지침에 의거, 지방자치 단체가 처분하고 있는 재산은 1992년 25퍼센트, 1993년 17퍼센트, 1994년 25퍼센트에 지나지 않는다.

따라서 국유재산의 처분에 대해 지방자치단체의 책임으로 돌리는 것은 모순이다.

다섯째, 국가 업무를 지자체에 위임하는 국가정책 방향에도 역행된다.

시·도의 국유 잡종재산 관리 업무만을 조달청에 위임하는 것은 실익이 없으므로 조달지청에서 시·군 업무를 점진적으로 흡수하려 할 것이다. 이는 많은 민원들이 시·군·구의 업무와 연계되어 있는 지금의 현실에서 주민에게 시간, 비용, 불편을 가중시키는 결과를 초래할 것이다.

행정쇄신위원회 회의가 열리게 되자, 나는 담당계장과 참석하여 이관의 부당성을 조목조목 설명했다. 재경원 출신 국무조정실장도 쉽게 결론을 내지 못했다. 국무조정실장은 재경원에서 내무부와 다시 협의하라고 지시를 내렸다.

재경원 담당국장이 주재하는 회의에 참석한 나는 전라남도 도청에서 국유재산 담당계장을 할 때 3개월에 걸쳐 국유재산찾기운동을 벌여 1만7천3백59필지, 8백만평을 색출하여 국유화 조치를 한 사실을 설명했다. 지방자치단체에서 국유 잡종재산을 방치하고 처분 위주로 관리하고 있다는 주장을 반박하기 위해서였다. 그러자 마침내 재경원 국유재산과장도 이관 주장을 접었다.

이 사안은 1998년 1월 6일 국민의 정부가 들어서게 되면서 대통령업무 인수위원회에 보고되어 다시 검토되었다. 하지만 인수위원회에서도 현행대로 유지되는 것으로 결론이 났다.

○뇌물 받은 직원 때문에 고초를 겪다

어느 날 점심시간이 끝날 무렵이었다. 갑자기 총리실 산하 사정팀 직원 몇 명이 우리 과의 사무실을 수색하기 시작했다. 경위를 알아보니 상수도 관계 업무를 담당하는 직원이 2개 시·군의 공무원으로부터 돈과 특산물을 받았다가 적발되었다는 것이다.

사무실을 수색하는 것은 그 사건과 관련되는 증거를 확보하고 추가로 다른 지역에서도 같은 방법으로 돈 등을 받은 기록 등이 있는지 여부를 확인하기 위해서인 것 같았다. 또 계장이나 과장에게 상납한 기록들이 적힌 비밀장부 같은 게 혹 있지 않을까 싶어서일지도 몰랐다.

총리실에서는 비위 적발 사실을 즉각 우리 부에 정식으로 통보했다. 그 날은 내무부 차관이 새로 부임하는 날이었는데, 차관의 전직이 바로 청와대 사정비서관이었기 때문에 더욱 난감한 일이 되고 말았다.

그 직원은 돈과 특산물을 받는 현장에서 적발되었기 때문에 달리 변명할 길이 없었다. 뇌물을 건넨 사유는 상수도 예산을 지방에 배정할 때 고려해 달라는 것과 직원들의 해외여행시에 자기들이 포함되도록 해달라는 것 등이었다.

그 사건은 명절 직전에 총리실에서 정부 중앙청사 내에서 적발한 유일한 수뢰 사건이었기 때문에 그 직원의 감독 책임을 맡고 있는 과장으로서 나는 얼굴을 들고 다닐 수가 없었다. 차관보와 행정국장은 그런 나의 앞날에 대해 걱정을 많이 했다고 한다.

뇌물 사건을 적발하면 자체 징계 등으로 끝내지 않고

반드시 검찰에 고발하도록 지침이 강화된 후에 발생한 첫 사건이었기 때문이었다.

그 지침은 새로 부임한 차관이 청와대의 비서관으로 재직할 때에 확정되었다. 하지만 막상 부하 직원을 사법 처리하기에는 인간적으로 쉽지 않았던 모양이다. 검찰까지는 가지 않고 자체 징계하기로 하고 그 사건은 마무리되었다.

물론 그 직원은 사표를 내고 그만두었다. 그러나 사건이 그것으로 종료된 것은 아니었다. 그 직원을 1차적으로 감독하는 공기업계장의 책임을 엄중히 물어야 한다는 얘기가 나왔다. 시도에 방출하자는 의견을 비롯해서 여러 방안이 논의되다가 결국 임시기구인 자치기획단 계장으로 전보되었다.

과장에 대해서도 책임을 물어야 한다는 견해도 나왔다. 하지만 평소 '무공해'라고 불릴 정도로 깨끗하고 바르게 공직생활을 해 왔다는 점이 차관에게 보고됨으로써 과장 징계는 하지 않기로 했다고 한다.

나는 그 직원을 원망하는 한편으로 아직 나이도 젊은 그 직원의 앞날이 걱정되기도 했다. 담당계장의 좌천성 인사에 대해서도 몹시 가슴 아팠다.

전화위복이라고 할까? 이 사건이 나에게 나쁘게 작용한 것만은 아니다. 차관이 나의 신상에 대해 상세히 알게 됨으로써 깊은 관심을 가지고 챙겨주는 계기가 되었기 때문이다.

그 차관은 감사담당관 자리가 공석이 되었을 때 나를 그 자리로 보내는 인사안에 결재까지 해주었다고 한다.

그러나 마지막 장관 결재 단계에서 인사안이 바뀌고 말
았다. 그 자리에는 장관의 동향 사람이 갔다.

○지리산 종주 등산을 하다

그런 일이 있자 몹시 실망스러웠다. 자꾸만 불만이 쌓
여 갔다. 나는 내 마음을 달래기 위해 지리산을 등반하기
로 했다.

1995년 4월 3일은 토요일이었고 4월 4일은 일요일,
4월 5일은 식목일이었으므로 4월 3일 하루만 연가를 내
면 4월 3일부터 4월 5일까지 3일 동안 지리산 종주 등
산을 할 수 있었다.

먼저 등산이 가능한지 구례군청에 알아보았다. 등산하
는 데 특별한 어려움은 없을 날씨라는 것이었다. 오전 9
시 서울역에서 전라선 새마을호를 탄 나는 12시 30분
구례구역에서 내려 화엄사까지는 버스를 타고 갔다.

화엄사에서 점심을 먹고 노고단까지 7킬로미터 구간을
올랐다. 산행 도중에 넘어져 접질린 손목이 부어오르며
아파 왔다. 오랜만에 하는 험한 코스의 산행이라 그런지
두 번이나 장딴지에 경련이 일어났다. 잠시 주무른 다음
산행을 계속했다. 3시간에 걸친 등산 끝에 노고단 산장
에 도착하여 저녁을 먹고 일찍 잠자리에 들었다.

지리산 노고단은 고도가 1천5백미터라 매우 추웠다.
노고단에서 천왕봉까지는 25.5킬로미터, 다시 중산리
자연 학습원까지는 5.4킬로미터, 합이 31킬로미터를 걸
어야 했다.

꽃샘추위로 한파가 몰아치던 새벽 3시에 일어나 밥을 지어먹고 점심을 준비하여 5시에 출발하였다. 아직 캄캄한 밤중인데 손전등까지 방전된 상태였다.12킬로미터쯤 걸어가자 코피가 쏟아졌다. 천왕봉까지 딱 중간지점인 형제봉 근처에서 하동 쪽으로 내려갈까 생각했지만 어렵게 결정한 산행이라 강행하기로 했다.

지리산 종주 등산은 이번까지 네 번째였다. 다른 때는 해도 길고 기후 조건도 좋은 여름이나 가을이었다. 하지만 이번에는 너무 달랐다. 계절은 비록 봄이었으나 지리산 고지는 한겨울이었으며 해도 짧고 등산로가 얼어붙어서 한 걸음 한 걸음이 몹시 위태로웠다. 일부 구간에서는 발을 조금만 잘못 디디면 끝이 보이지 않는 낭떠러지로 떨어질지 모른다는 두려움도 엄습했다. 산행하는 내내 공황감에서 벗어나기 어려웠던 힘든 산행길이었다.

출발한 지 장장 15시간이 걸려서 목적지인 산청군 시전면 중산리에 도착했다. 밤이 이슥한 8시 30분이 넘은 시각이었다. 법계사 부근에 있는 로터리산장에서 택시회사에 전화를 하여 자연 학습원에 대기하고 있던 택시를 타고 가까운 모텔로 향했다.

나말고 다른 등산객이 또 있느냐고 택시기사가 나에게 물었다. 천왕봉 근처 통천문에서 3명의 등산객을 보았을 뿐 그 외에는 아무도 보지 못했다고 말했다. 택시기사는 여기에서는 6월이 되어야 등산을 간다고 하면서 나이 든 사람이 너무 위험한 것 아닌가 하는 표정을 지었다.

그렇다. 나도 너무 지치고 힘들었다. 숙소에서 자다가 숨이 넘어가고 말지도 모른다는 두려움이 밀려올 정도였다. 병원 응급실 같은 곳에서 잠을 자면 안심이 될 것 같았으나 실행에 옮길 수는 없는 일이었다.

그 다음날인 4월 4일, 아침에 눈을 떠보니 다행히 별 이상은 없었다. 아침 식사를 마친 다음 시외버스를 타고 진주역에 가서 새마을호 열차로 상경했다.

하루만에 지리산 종주 등산을 마쳤기 때문에 휴일인 4월 5일에도 또다시 등산을 가기로 했다. 의정부 회룡사에서 시작하여 우이동에 있는 그린파크 호텔까지 도봉산을 오른 뒤, 다시 도선사에서부터 백운대를 거쳐 구기동 매표소까지 북한산을 등산했다. 모두 7시간에 걸친 산행을 마쳤다.

3일 간에 걸친 지리산 종주 등산도 힘든데, 나는 그 기간에 지리산과 도봉산, 북한산을 등산했으니 스스로 생각해도 대견하게 느껴졌다.

인사에 따른 불만을 해소하기 위해 열심히 산행하고 돌아오자 좋은 소식이 나를 기다리고 있었다. 복수직급이 신설되어 내가 5명의 부이사관 승진 대상자에 끼게 되었다는 것이다.

부이사관이 되기 위해서는 서기관에서 5년 이상 재직해야 하는데 그런 요건을 갖춘 과장은 전부 5명이었다. 당시 총무처에서 내무부에 배정된 복수직 부이사관도 5명이었으므로 부이사관이 되는 것은 거의 확실해 보였다.

그런데 의외의 복병이 도사리고 있었다. 당시 총무처와 재경원 등에서 이의를 제기한 것이다.

사실 복수직급제도를 도입한 것은 승진 적체 현상을

해소하기 위해서였다. 그런데, 총무처는 서기관 재직기간이 15~16년이 넘는 사람도 승진을 못하고 있었고 재경원도 이와 비슷한 상황이었다. 사정이 이런데도 내무부에서 승진 소요 연수가 겨우 넘는 사람들 모두에게 혜택을 준다는 것은 부처간의 불균형을 초래할 것이라는 게 그 요지였다.

따라서 당초 배정 인원은 5명이었으나 7년 서기관 경력자 한 명과 배정인원의 20퍼센트인 1명을 추가하여 2명으로 배정 인원을 조정해 버렸다.

그렇게 되면 전입 고참 등 서열을 중요시하는 내무부에서 그 두 사람 안에 들어간다는 것은 대단히 어려운 일이었다.

순간적이나마 승진한다는 기쁨에 젖었던 나는 곧 낙담하지 않을 수 없었다. 집에 돌아온 나는 아내에게 "승진이 안 될 것 같다"고 말하고는 우울한 저녁을 보냈다.

○병마와 싸우는 가운데 부이사관으로 승진하다

그 다음날인 4월 14일 아침이었다. 잠자리에서 일어나는데 너무 어지러웠다. 발걸음을 뗄 수조차 없어서 한동안 주저앉아 있었다. 왼쪽 발에 마비가 왔다. 발을 좀 주무르고 나자 마비감이 해소되어 다시 걸을 수 있었다.

마침 그 날은 내무부 직원들이 영종도 국제공항공사 현장을 답방하는 날이었다. 내가 인솔책임자였기 때문에 힘들었지만 끝까지 내 소임을 다하였다.

그러나 그 날 이후 내 몸은 어딘지 모르게 불편했다.

무언가 예전 같지 않고 마치 고압선에라도 감전된 것처럼 왼쪽 머리 부분부터 왼쪽 다리까지 부자연스러웠다. 또 가슴도 답답한데다가 온몸에 기력도 떨어졌다. 밤에는 잠도 잘 오지 않았을 뿐더러 식욕도 감퇴해서 육체적, 정신적으로 허물어지는 느낌이 들었다.

경찰병원에서 MRI 촬영을 하고 진단도 받았으나, 특별한 이상이 없다는 것이었다. 하지만 계속 몸에 이상이 있다는 게 느껴지고 예전 같지가 않았기 때문에 서울대학교 부속병원 신경과 이 아무개 교수로부터 진찰을 받았다. 그 결과 MRI상 뇌경색 초기증상이라는 것이었다. 그러면서 아스피린을 먹어야 병의 진전을 예방할 수 있다며 아스피린을 처방해 주었다.

뇌경색이라는 진단을 받게 되자 원래 예민한 몸이라 그런지 약을 먹어도 차도가 있는 것 같지가 않았다. 식욕은 점점 더 떨어지고 뜬눈으로 밤을 새는 경우도 허다했다.

그런데 그때 한국일보에서 일주일에 한번씩 연재되는 안현필 씨의 글이 눈에 띄었다. 주요내용은 단식하면 낫지 않는 병이 없다는 것이었다.

맞아, 이거다 싶었다. 낫지 않는 병이 없고 중병일수록 더 오래 단식을 해야 한다고? 나는 바로 15일 단식계획을 세우고 단식에 들어갔으나 장출혈로 중간에 그만두고 말았다.

그후 다시 단식을 시도해 3일간 꼬박 9끼니를 굶었다. 그러자 어느 정도 단식에 자신감이 생겨서 24시간 단식을 한 주 걸러서 한 번씩 4~5차례 더 실시했다. 그러나

사무실에서 근무하면서 단식을 하자니 어지럽고 체중이
급속히 감소하여 몸을 가누기 어려울 때가 많았다.

처음 단식할 때는 잠시 효과가 있는 것같이 느껴졌으
나 시간이 지나면서 다시 몸이 자유롭지 못했다.

이번에는 중국약을 써보기로 했다. 북경 주재 한국대
사관에 근무하는 건설부 조 아무개 국장의 소개로 중의
학원에서 진찰을 받았다.

거기에서는 내 증상을 중풍전조증으로 진단하고 한약
을 한 달치 처방해 주었다. 지어온 한약을 다 먹고 한 달
간 더 먹은 후 다시 북경 중의학원을 방문하니 이제 완전
히 나았다는 것이었다. 중풍전조증이 그렇게 쉽게 나을
병인가 싶었지만, 그 중의학원 부총장격인 한의사가 한
말이니 믿지 않을 도리가 없었다.

그렇듯 어려운 상황에서 헤매고 있을 때 반가운 소식
이 전해졌다. 서기관 재직 기간이 7년인 총무과장과 내
가 부이사관 승진 대상자로 확정되었던 것이다. 반면에
승진 대상자에서 탈락된 행정과장은 불만이 많았다고 한
다.

인사 주무국장인 행정국장이나 차관보는 행정과장을
추천하였으나, 차관이 자기 주장을 굽히지 않아 내가 승
진 대상자로 선정되었다는 후문이다.

전라남도에서 근무할 때인 1990년 1월 승진되고 난
지 5년여 만인 1995년 5월 1일자로 나는 부이사관으로
승진되었다. 나에게 이런 행운이 찾아오리라고는 미처
생각지 못하고 있었던 터라 몹시 기뻤다.

차관에게 고맙다고 했더니 "왜 그렇게 늦었느냐?"고 물

었다. "힘있는 사람에게 청탁하지 않고 가만히 있어서 그런 것 같다"고 솔직히 대답했다. 차관도 예측한 대로라는 듯 고개를 끄덕였다.

아침 일찍 출근하여 밤늦게까지 근무하는 등 중책을 수행하는 행정과장을 승진에서 제외시킨 데 대해서 정통 내무관료 출신이 아닌 차관은 상당한 압력을 받았다고 한다. 회의에 참석하고 돌아온 국장이 간부회의 석상에서 차관이 "외부인사들 중에 정 과장을 승진시킨 것은 잘한 일이라고 칭찬한 사람이 많다"고 말하더라고 전해주었다. 이는 아마도 행정과장의 반발을 의식한 발언이었지 않나 싶다.

그 후 얼마 안 있어 차관은 국회의원 출마를 위해 그만두었다. 이임식이 끝나고 간부들과 악수를 나누면서 특별히 나에게 건강에 유의하라고 애정을 보여주었으나, 죄송하게도 아직까지 만나 뵙지 못하고 있다.

부이사관 과장으로 있는 나는 바늘방석에 앉은 기분이었다. 왜냐하면 다른 과장들이 부이사관이 되기 위해 내가 떠나기를 바랐기 때문이다. 인사 부서에서 국제화재단으로 파견가면 어떻겠느냐고 제의했으나 나는 이를 과감히 거절했다. 떠밀려서 떠나기도 싫었지만 오직 승진에만 관심이 많은 공직풍토를 수용할 수 없었기 때문이다.

연말이 다가오자 인사 부서에서는 계속 버티는 나를 중앙공무원 교육 대상자로 내정해 버렸다. 이제 더 이상 내 주장만을 고집할 수 없었다. 그래서 나는 이왕에 교육을 받을 바에는 차라리 국방대학원 교육을 받고 싶다고

요청했다. 그런 내 뜻이 이루어져 결국 나는 국방대학원
안보과정 교육 대상자로 확정되었다.

10. 국방대학원 안보과정 교육과 한직 시절

1996년 1월 5일부터 국방대학원 안보과정에 입교하여 교육을 받았다.

일반공무원과 현역 군인이 한데 어울려 교육을 받음으로써 친교를 도모하는 데 큰 도움이 되었다. 국방이나 정치, 경제, 국제정치, 정보화 교육 등에서도 많은 공부를 하게 되었다.

하지만, 10여 년 후배들인 현역 군인들과의 연령 차이를 해소하는 게 쉬운 일은 아니었다. 또 건강 악화로 술을 마시지 않아야 했는데 술자리가 많았던 것도 견디기 쉽지 않았다.

그러나 교육기간 중 얻은 것도 많다. 컴퓨터에 입문한 것도 그렇지만 특히 단전호흡에 대한 강의를 듣고 국선도 단전호흡을 만난 것은 일생 일대의 행운이었다. 단전호흡으로 나는 건강 회복의 새로운 계기를 마련하게 되었던 것이다.

국방대학원 교육을 받지 않았더라면 국선도 단전호흡

을 만나지 못했을지도 모른다. 이런 생각이 들 때마다 나는 '순리에 따르는 것이 좋다'는 인생의 교훈을 되새기게 되었다. 물리치지 않고 교육을 받아들임으로써 나는 생명을 다시 얻는 기회를 만나게 되었던 것이다. 국선도 단전호흡 수련기는 앞장에 적어두었다.

국방대학원을 수료한 나는 1997년 2월 6일부터 한국조세연구원에서 파견근무를 하게 되었다.

한국조세연구원은 원래 재무부에서 설립한 국책 연구기관이었으나 설립 당시부터 관련부처인 재경원, 국세청, 관세청, 행자부, 감사원에서 1∼2명씩 국·과장급 공무원이 파견근무를 하고 있었다.

내무부는 지방세를 관장하기 때문에 업무적으로 관련은 있지만 파견 나간 직원의 경우 별로 할 일이 없었다. 지방자치단체에 연구원들이 자료 협조를 요청할 때 이를 거들거나 현지 출장시 안내역을 담당하고 협조하는 것 등이 주요 업무였다.

○거창사건등처리지원단으로 발령을 받다

한국조세연구원에서 2년 6개월 째 파견 근무 생활을 하다가 1999년 8월 27일 거창사건등처리지원단장으로 발령을 받았다.

거창사건등처리지원단은 총리실 소속으로 되어 있으나 실질적으로는 행정자치부 장관의 업무지시를 받았다. 직원도 전원 행정자치부에서 파견 나와 근무하고 있었다.

발령을 받고 사무실에 가보니 과장급 서기관 한 사람

과 행정사무관 한 사람 그리고 일반직원 네 사람 등 직원
이 모두 7명이었다.

맨 처음에는 사전에 말 한마디 없이 인사 조치한 것에
대해 불만스러웠다. 더군다나 이런 소규모 조직의 책임
자로 발령한 것을 즐거운 마음으로 받아들일 수 없었다.

거창사건등처리지원단은 '거창사건 등 관련자의 명예
회복에 관한 특별조치법'에 의거해서 만들어졌다. 거창사
건 등에서 공비토벌을 이유로 국군 병력이 작전을 수행
하다가 희생된 주민과 그 유족의 명예 회복을 위해 국무
총리를 위원장으로 하는 거창사건 등 관련자 명예회복심
의위원회를 설치하도록 했다. 그런데 호적 등재 수탁자
의 호적 등재와 합동묘역관리사업을 추진하기 위해서는
심의위원회에 간사조직이 필요했던 것이다.

거창 양민 학살과 산청·함양 양민 학살사건은 조금 복
잡하고 미묘한 양상을 띠고 있었다.

거창 양민 학살사건은 국군 11사단 9연대 병력에 의해
거창군 신원면에서 공비토벌작전 수행 중 저질러졌다.
그러나 사건 발생 직후 그때 희생된 사람들의 피해에 대
해서 국회에서 논의가 이루어지고 가해자가 재판에 회부
되어 확정 판결을 받게 되었다.

반면에 산청군과 함양군에서 저질러진 사건은 그렇지
못했다. 산청과 함양에서도 같은 연대병력에 의해 거의
같은 시기에 비슷한 규모의 피해를 입었지만, 거창사건
처럼 부각되지 못했기 때문에 국민의 관심을 끌지 못했
던 것이다.

문민정부 시절인 1995년 입법 조치할 당시, 세 지역

에서 일어난 사건을 한데 묶어 '거창사건 등 관련자의 명
예회복에 관한 특별조치법'을 제정한 것도 이러한 사정을
반영했다고 볼 수 있을 것이다.

거창사건 희생자 유족회에서는 활발히 움직였다. 국비
1백억원을 지원받는 것을 전제로 합동 위령 사업을 추진
하고 있었다.

○유족회와 원만한 관계를 지속하기 위해 노력하다

한편, 산청유족회에서도 거창과는 별도의 합동위령사
업을 추진하기로 했다. 하지만 거창사건등처리지원단 직
원들의 비협조적이고 비우호적인 태도로 분노를 터뜨리
고 있었다.

나는 이와 같은 사실을 부임하고 며칠 안 되어 찾아온
산청·함양유족회 대표와 간부들의 입을 통해 알게 되었
다.

그들은 행정자치부 장관과 차관을 차례로 방문해서 거
창사건등처리지원단 직원들의 잘못된 직무 자세를 지적
하고, 예산 조치 사항 등에 대해 정밀감사를 요구하는 한
편 처벌해 줄 것도 강력히 요청했다고 한다. 이런 기관은
차라리 없애는 게 낫다는 말도 했다고 전했다.

나는 전임자들이 산청·함양유족회 임원들에게 어떠한
부당한 행위를 했는지 정확히 알 수 없었다. 하지만 무슨
이유든 간에 그들을 분노케 만들었다는 것은 잘못이라고
판단했다. 나는 그들의 분노를 해소하는 게 무엇보다도
급선무라고 믿고 많은 대화를 나누었다.

　자주 만나면서 나는 그들의 감정이 상한 이유를 알게 되었다. 그들을 가장 기분 나쁘게 만든 것은 거창유족회와 비교하면서 산청·함양유족회 임원들을 폄하했다는 것이었다.

　거기에다가 유족회에 예산을 지원하면서 지방자치단체나 일반지원단체에 보조금을 지급할 때와 같이 나쁜 행태를 보였다는 점도 또 다른 이유가 되었다. "지원을 끊겠다", "보조금을 반납 조치하겠다"는 등 행정 편의적이고 고압적인 언사 등을 내뱉었던 것이다.

　나는 전임자들과 완전히 다르게 그들을 대했다. 억울하게 부모형제와 처자식을 잃고 한 맺힌 삶을 살아온 사람들 아닌가. 그들을 모질게 대하는 것은 절대 있을 수 없는 일이었다. 나는 역지사지(易地思之)하는 마음으로 그들과 대화하고 요구를 들었다.

　이들과 비교할 수는 없겠지만 나 자신도 한직을 전전하며 많은 설움을 겪은 터였다. 이들도 나처럼 버림받고 소외된 사람들로 여겨졌다. 나는 더욱 잘해야겠다는 생각으로 온갖 정성을 다했다.

　처음 몇 번 만났을 때만 해도 그들은 아직 분노를 삭이지 못하고 있었다. 하지만 만남이 계속되면서 내 진솔한 마음이 전해지자 태도가 바뀌었다.

　분노에서 우호적인 관계로 바뀌는 데 채 2개월이 안 걸렸다. 그때까지 내 행정 경험상 그렇게 빠른 효과를 얻어 본 적은 없었다.

　내가 산청 현지에라도 방문하게 되면 그들은 지극히 정성스럽게 음식을 마련하고 대접하려 했다. 격의 없는 대화 속에 우리는 서로의 애로사항을 토로하며 해결책을 모색하는 시간을 갖곤 했다.

이제 그들과 우리 거창사건등처리지원단 직원들과는 아무런 허물없는 관계가 되었다.

물론 그렇다고 해서 거창유족회와의 관계를 소홀히 한 것은 아니다. 거창 현지에도 자주 방문하여 깊이 있는 대화를 나누는 등 가까운 관계를 계속 유지하고 있었다.

광주 망월동 묘지 견학 시에도 거창유족회, 산청·함양유족회 그리고 경상남도 담당계장 등과 함께 시찰하고 마음을 터놓고 이야기하는 시간을 갖게 되었다. 이 자리에서도 경상남도 담당계장 등에게 나는 신신당부했다.

"유족회 요구사항, 예를 들면 예산 지원을 요구할 경우 대뜸 '예산 지원이 어렵다'고 말하지 말라. 유족회에서 너무 어려워서 지원을 요청한 것인데 바로 거절하면 거부감이 생길 것이다. 그러니 어떤 요구를 받을 경우 우선 그 해결을 위해 여러 가지 방안을 모색해 보라. 그래도 안 되는 경우 '이제까지 이렇게 노력했는데도 이런 사정 때문에 안 된다'고 하거나 '다음에 또 노력하겠다'는 식으로 성의를 다해 답변하라. 절대 건성으로 대답하지 말라."

나는 예산 요구가 아닌 사항, 이를테면 '도시사가 추도사를 해달라', '국토이용 계획 변경을 협조해 달라' 하는 것 등에 대해서도 똑같은 자세가 요구된다고 누누이 강조했다.

나는 직장 내에서도 상하급 직원간에 같은 원리가 적용됨을 설명하곤 했다. 부하 직원에게 작업 지시를 했는데 해보지도 않고 '안 되겠습니다', '어렵습니다'라고 답변 하는 경우에는 좋은 평가를 받지 못한다. 상사라고 해도 마찬가지다. 부하 직원으로부터 건의를 받았을 때 '노력 해 보겠다', "'검토해 보겠다' 대신에 '안 되겠다', '어렵다', '불가능하다'라고 쉽게 답변해 버리면 좋은 상사가 될 수 없다.

'거창유족회'와 '산청·함양유족회' 대표들에게도 나는 강조했다. 우리들은 마치 내 일처럼 유족회를 위해 일하 겠으니 우리 사무실을 여러분의 서울 사무실로 생각하고 언제든지 들러서 업무 협의를 하자고. 업무가 없을 경우 에도 그냥 지나치지 말고 반드시 들러 달라고 말했다.

그들은 대단히 흡족해했다. 이후 그들과 우리 사이에 의견 대립이나 갈등은 거의 해소되었다.

그런데 두 유족회 다 많은 사업비를 들여 규모를 늘리 고 시설을 확장하는 데에 지나치게 관심이 많았다. 나는 국가예산의 한계, 시설관리의 문제점 등을 들어서 지나 친 시설에 대해서는 자제를 요청했다.

그러나 이러한 사항들도 우리 지원단이 단독으로 결정 할 사항은 아니었으므로 기획예산처나 경상남도, 거창 군, 산청군, 그리고 이에 관심을 많이 가지고 있는 정치 권 인사들과 계속 협의해서 좋은 방향을 모색하자고 제 안하곤 했다.

○유족회의 요구사항들을 슬기롭게 처리하다

1999년 9월 30일 AP통신에 의해 6·25 전쟁 초기

충북 영동군 황간면에서 미군이 벌인 피난민 학살 사건이 보도되자, 그 유가족들이 피해보상을 요구해왔다. 그러자, 거창유족회에서도 자기들의 피해보상을 강력히 요구했다. 나는 그들에게 이렇게 설득했다.

"좋은 기회다. 미군에 의한 피해보상의 기준과 금액이 결정되면 그대로 적용할 수는 없다고 하더라도 우리 한국군에 의한 피해 보상에 참고는 될 것이다. 정부도 보상하지 않고 위령사업 만으로 끝낼 수는 없을 것이니 기다려 달라."

이에 대해서 거창유족회 측에서는 별다른 이의를 달지 않았다.

또 한번 어려움을 겪게 된 것은 2000년 1월 12일 '제주 4·3사건 진상규명및 희생자명예회복에 관한 특별법'이 공포되었을 때였다. 이번에도 거창유족회 임원들이 사무실에 들러 항의했다.

거창사건 등 관련자의 명예회복에 관한 특별조치법 제8조(재정지원 등)는 "정부는 유족의 합동묘역 관리사업이 추진되는 경우에는 그 비용의 일부를 지원할 수 있다"라고 규정하는 데 그치고 있다. 그러나 4·3사건 진상규명및 희생자명예회복에 관한 특별법 제8조는 위령사업을 구체화하여 첫째 위령묘역 조성, 둘째 위령탑 건립, 셋째 4·3 사료관 건립, 넷째 위령공원 조성, 다섯째 기타 위령관련 사업 등을 적시하고 있다. 그뿐만 아니라, '비용을 예산의 범위 내에서 지원할 수 있다'라고 규정하고 있는데, 거창사건 등의 법에서는 '일부 지원'이 가능하도록 한 반면에 제주 4·3 사건법에서는 '전액 지원'이 가능하도록 차별화했다는 것이었다.

이에 대해 나는 제주 4·3사건 관련법은 입법기술적으로 더욱 정교하게 규정되었을 뿐 사안의 성격상 법적 효과는 거의 같다고 설명함으로써 이해시켰다.

거창유족회나 산청·함양유족회의 대표, 임원들과의 반목이나 갈등은 완전히 해소되었다.

그러나 거창유족회에서는 사업규모의 확대와 예산증액을 끈질기게 요구했다. 나와 직원들은 총리실, 기획예산처 등과 협의하여 결정된 사안이기 때문에 일단 이를 수용하되 시간을 두고 해결하자고 설득했으나 잘 듣지 않았다. 그들은 계속 정치권 인사 등과 접촉하면서 이의를 제기하고 있었다.

우리 지원단 직원들이야 유족회 안이 관철된다면 반대할 이유가 전혀 없었다. 하지만 여러 가지 여건을 감안할 때 너무 서두르는 것 같아서 그게 몹시 안타까웠다.

물론 실무적으로 볼 때 속앓이를 하지 않은 것은 아니다. 얼마 전에 확정된 사업예산을 해당 군에 통보했는데, 이에 관계없이 유족회에서 임의로 용역발주 단계에서 사업비를 늘렸다고 한다면 책임 문제가 발생하게 되기 때문이다.

내가 지원단을 떠나온 후에 기획예산처와 합의하여 거창사건 합동묘역 조성사업에는 175억원, 산청·함양사건에는 124억원의 국비를 지원하기로 결정되었다.

이런 와중에서도 산청·함양사건 유족회에서는 사업비 증액 문제를 거론하지 않았다. 오직 우리 지원단에서 적절하게 해주기만을 바라고 있었다. 우리를 얼마나 신뢰

하고 있는지 극명하게 보여주는 한가지 사례가 아닌가
싶다. 특히 내 부임 초기에 지원단에 대해서 표출한 적개
심과 분노를 고려한다면 엄청난 변화가 아닐 수 없다.

　거창사건 합동묘역 조성사업은 기본설계 용역에 국비
30억원을 들여 거의 완료되는 단계이고, 산청·함양 합
동묘역 조성사업은 기본설계 용역이 한창 진행 중일 때
인 2000년 2월 3일 나는 국민고충처리위원회 조사1국
장으로 자리를 옮기게 되었다.

11. 국민고충처리위원회 조사1국장 시절

발령을 받기 전날 지원단에 근무하는 직원 하나가 내가 국민고충처리위원회 국장으로 전보될 것이라고 귀띔해 주었다.

처음에는 매우 당황하였다. 며칠 전에, 행자부 간부로부터 지방행정연수원 부장으로 내정되었다는 말을 들었던 데다, 거기가 무슨 일을 하는 기관인지 그리고 왜 행자부에서 그 기관으로 옮겨야 하는지 그 까닭을 전혀 몰랐기 때문이다.

지원단 발령 때도 그렇고, 그 이전에도 내 인사와 관련하여 나는 관계하는 간부들로부터 아무런 언질을 받지 못했다. 내 의사를 묻는 경우도 없었다. 나 또한 그런 곳에 기웃거리지 않았으므로 인사가 다 이루어지고 나서야 나는 내 근무처를 알게 되었다. 내 의사가 반영될 기회는 원천적으로 봉쇄되어 있는 셈이었다.

그래서 이번 발령에 대해서도 별다른 감정이 있는 것은 아니었다. 하지만, 무슨 기관인지도 모르는데 발령을

낸다는 것은 너무나 일방적인 행태가 아닌가 하는 생각
까지 지울 수는 없었다. 속이 부글부글 끓었다.

하지만, 그 자리가 이사관이 될 수도 있다는 점에 나는
만족하기로 했다.

○국민고충처리위원회의 업무는 이렇다

국민고충처리위원회는 민원사무 처리에 관한 법률 제
14조에 의하여 국무총리 소속으로 설치된 기관이다.

1994년 민주행정 구현을 위한 제도 개혁의 일환으로
설치된 행정 옴부즈맨(ombudsman)이다. 행정기관의
위법·부당한 처분이나 잘못된 제도·정책 등으로 인해
침해된 국민의 권리와 불편·불만 사항을 제3자적인 독
립된 입장에서 간이·신속하게 구제·처리하기 위해 만
들어졌다.

위원회는 소송 등에 비해 신청 요건이 간단하고 비용
이 들지 않으며, 처리지연 등의 소극적인 행정 행위까지
도 관할 대상으로 하고 있다. 위원회의 사무 처리를 위해
1996년 정부합동 민원실을 국민고충처리위원회로 확대
개편했다.

위원회의 업무는 다음과 같다.

첫째 고충 민원을 간이·신속하게 조사·처리하여 행
정기관의 처분 등이 위법·부당하거나 잘못되었다고 판
단할 때 시정조치를 권고한다.

둘째, 고충 민원의 처리과정에서 관련행정 제도 및 운
영의 개선이 필요하다고 판단되는 경우, 이에 대한 권고

또는 의견 표명을 함으로써 민원의 재발 방지를 위한 예방적 기능을 수행한다.

셋째, 법령, 제도, 절차, 처리기관 등 민원사항에 관한 문의 등에 대하여 그 내용과 절차 등을 안내 또는 상담한다.

국민고충처리위원회는 80여 명의 자체 직원과 27개 부처에서 파견된 90여명의 직원이 합동으로 근무하는 특수한 조직이다.

조사1국장인 나는 주로 조사1국에서 접수된 각종 민원에 대해 조사하여 위원회의 심의에 회부할 사항인지, 아니면 단순히 절차 등을 안내할 것인지, 혹은 해당 부처로 이송하거나 원래의 처분이 정당하게 이루어졌음을 통보할 것인지 등을 분류하는 역할을 맡는다.

조사심의 대상으로 결정되면 조사관이 심도 있게 조사한다. 조사 방법은 서면 조사와 현지 조사를 병행하고 전문위원의 검토를 거쳐 위원회의 심의에 회부하며 거기에서 권고 또는 의견 표명을 하기로 결정하면 관계 행정기관에 이를 통보한다.

이때 대부분의 행정기관이 위원회의 결정을 존중하여 이를 수용한다. 그러나 일부 행정기관에서는 예산, 지침, 행정의 일관성 등을 이유로 이를 수용하지 않고 있는데 이를 강제할 수는 없다.

민원사무처리에 관한 법률 제35조 제1항은 '…정당한 사유가 있는 경우를 제외하고는 이를 존중하여야 한다'라고 규정하여 위원회의 결정에 대해 권고적 효력 밖에 인정하지 않고 있기 때문이다.

분류작업을 하면서 나는 건설회사 대표, 건물주, 사용자 등이 제출한 민원보다는 전세 세입자, 근로자, 영세민, 생활보호 대상자 등 소외된 계층의 민원에 대해 더욱 깊은 관심을 가졌다. 그리고 철저히 조사해서 처리하도록 지시했다.

그 중에서 기억에 남는 부산교도소에서 올라온 한 가지 사례를 소개한다.

민원인은 살인 혐의로 무기형을 선고받고 재소 중이었는데, 자기 부인과 두 딸이 경제적 어려움에 처해 있으니 선처해 달라고 호소하는 내용이었다. 이 민원에 대해서 담당 조사관은 해당구청의 자료를 제출받아 그 검토 결과를 민원인에게 안내하는 '조사 안내'로 분류하겠다며 결재를 요청해왔다.

나는 사안이 너무 딱하고 측은하여 심도 있는 조사 처리가 필요하다는 처리 지침을 병기하고 '조사 심의'로 변경 분류하여 결재하였다. 그리고 깊이 있게 처리하라고 구두로 지시했다. 그 결과 민원인이 만족할 만한 조치가 이루어진 수범 사례로 위원회에서 발간한 사례집에 수록되었다. 그 내용을 여기에 그대로 실어 둔다.

교도소에서 들려온 어느 무기수의 호소

김명섭 조사관 (보건복지부 파견)

민원인: 이민수 (가명,남,35세), 부산교도소
민원 내용:
무기징역을 선고받고 교도소에서 생활하고 있는 민원인은 3
년 전 변호사 비용으로 전세보증금까지 모두 사용하여 남은
가족들의 생활이 너무 어려워 그들의 생계만이라도 이을 수
있도록 도움을 요청하는 편지를 보내왔다.

교도소에서 보내온 한 통의 가슴 아픈 편지

운명의 1998년 11월은, 갑자기 불어닥친 IMF 경제 한
파가 우리 사회를 강타하며 곳곳에서 실업자를 양산시키고
죄 없는 가장들을 거리로 내몰아 "서울역 지하도 노숙"이라
는 새로운 사회풍속도를 만든 지도 벌써 두 번째 겨울을 맞
이하는 시절이었습니다.

이민수 씨는 일찍이 부모를 여의고 젊은 시절 자동차 기
술을 배워 취직도 하고 이제는 결혼한 지 7년이 된 어엿한
한 가정의 가장이었습니다. 그는 몇 푼 안 되는 기름때가 묻
은 봉급으로 근근히 생활하면서도 어렵게 일궈온 가정의 소
중함과 사랑하는 아내와 쌍둥이 두 딸을 생각하면서 행복을
느끼며 열심히 일하고 있었습니다.

그러나 어려운 경제 여건 탓인지 그가 다니던 회사는 매
출이 줄어들고 자금이 돌지 않아 벌써 몇 개월째 종업원 임
금을 지급하지 못하고 있었습니다. 그러던 중, 공장에서 뜻
하지 아니한 말다툼이 살인으로 이어졌고 이로 인해 무기징
역을 선고받아 기약 없는 무기수 신세로 3년째 어려운 수감
생활을 하고 있는 자신의 기구한 사연을 위원회에 보내왔습

니다.

"1998년 11월 수감된 후 오갈 데 없는 7살 된 쌍둥이 두 딸과 처는 현재 이혼한 여동생의 전 남편이 얻어 놓은 전세집에 얹혀 살고 있습니다. 제가 구속된 당시에는 제 처와 두 딸은 여동생이 살고 있는 경남 양산시 물금면 인근 무허가 건물의 셋방에서 살고 있었지요.

그러나 저희 처는 남편을 구하려고 전세보증금을 빼서 변호사 선임비로 써버린 뒤 오갈 데 없는 신세가 되었고 인근에 살고 있던 여동생도 남편과 이혼하고 행방을 감춰 버리게 되자 이혼한 저희 여동생 전 남편이 우리 가족을 불쌍히 여겨 대책이 생길 때까지 방.한 칸을 얻어 주었다고 들었습니다.

언제까지 우리 가족들이 그 곳에서 살게 될지, 아니면 언제 쫓겨나게 될지 두려움이 생겨나 괴롭기 짝이 없으며 아무 힘이 되어 주지 못하는 가장인 저를 얼마나 원망하며 살아가게 될지 앞이 캄캄하였습니다.

제 아내는 두 딸을 데리고 공사판이나 식당의 온갖 잡일을 해 가면서 살아가는데 얼마나 생활이 어려웠던지 얼마 전에 보내온 편지에는 차비가 없어 면회를 오지 못했다고 적혀 있어 한없이 눈물을 흘렸답니다.

아무쪼록 죽지 않으려고 몸부림치고 있는 죄 없는 제 가족들을 불쌍히 여기셔서 제발 도와주십시오."

참으로 가슴 아픈 사연이었습니다.

도와줄 방법을 찾아내겠다는 마음으로

죄는 미워도 인간은 미워할 수 없다는 말이 새삼 머리 속에 떠올랐고 애절한 무기수의 호소는 마음을 무겁게 하면서 눈물을 자아내게 하였습니다. 그의 가족을 도와줄 수 있는 방법을 찾아보겠다는 마음으로 편지 속에 적혀 있는 사연들을 조사하게 되었습니다.

해당 기관에서 조사할 당시 그의 처는 다방에서 주방일을 하면서 월 60만원 정도의 수입이 있었고, 2000년 10월부터는 거주지 동사무소로부터 월 6만6천원의 생계비를 지원받고 있는 것으로 확인되었습니다.

그러나 그들의 생활 실태를 재조사할 것을 해당기관에 의뢰한 결과 이번에는 그의 쌍둥이 딸 한 명이 소아성 천식을 앓아 병원을 전전하고 있으며, 그의 처는 오래 전에 다방의 주방일도 하지 못하고 시장에서 남의 일을 시간제로 도와주면서 월 20만원 정도의 수입으로 근근히 두 딸을 부양하며 어렵게 생활하고 있는 것을 알게 되었습니다.

애절한 그의 편지 내용을 거주지 동사무소에 알려주면서 국민의 기초생활보장 차원에서 혜택을 줄 수 없는지를 협의하고, 그들 가족을 도와 줄 수 있는 가능한 방법을 함께 찾아보자고 설득하였습니다.

가족의 생계비 상향지급 및 의료보호 책정

우여곡절 끝에 2001년 1월부터 그의 가족은 매달 생계비로 당초 6만6천원에서 45만원으로 상향조정되어 지원받게 되었습니다. 뿐만 아니라 쌍둥이 두 딸이 성장할 때까지 의료보호(1종)세대로 지정하여 보호받을 수 있게 되었습니다.

어려운 가정 형편 때문에 가족을 버리고 가출해 버리는 어느 주부의 이야기나 어린 자식을 고아원에 맡겨두고 찾아오지 아니한다는 어느 실직 부모의 이야기를 얼마 전 TV를 통해 본 적이 있었습니다. 이러한 슬픈 소식들이 이 사회를 우울하게 하고 있지만, 그는 사랑하는 가족을 위해 자신이 할 수 있는 마지막 방법으로 애절한 가족사랑을 호소하고 있었습니다.

그의 아내는 두 딸과 함께 가족을 사랑하는 남편을 기억하며 오늘의 어려움을 극복하고 열심히 살아갈 것으로 믿습니다.

민원인 이민수 씨! 언제인지 기약할 수는 없지만 다시금 건강한 모습으로 가족의 품에 돌아갈 수 있는 그 날을 위해 희망을 저버리지 마십시오. 사랑하는 가족들은 당신을 기다리고 있기 때문입니다

○고충 민원 사례집을 발간하다

2000년 10월 위원회가 창설된 이래 대표적인 고충 민원처리 수범 사례를 한데 모아 체험수기집을 발간하기로 결정했다.

맨 처음에는 조사관 별로 사례를 2~3건씩 제출토록 했다. 그 결과 내용은 좋지만 표현 기법이 서툴러서 정리하기 어렵거나, 내용이 그다지 좋지 않은 사례 등은 제외시켜 가면서 우선 1백여 건을 1차로 채택하고 계속 손질해 나갔다.

다음에는 이 1백여 건을 담당자에게 배부하여 다시 손질을 시켰다. 점차 문장이 다듬어지고 표현 등이 보완되기는 했지만 아직도 앞뒤가 연결이 안 되는 경우도 많고 분야별로 배분도 적정치 않았다. 그래서 중복된 사례나 서툰 표현이 많은 사례 등을 제외시켜 거의 절반으로 줄

여 버렸다.

이번에는 각 과장들에게 이를 나누어주고 표현과 내용의 정확성을 다시 한번 확인하고 오자(誤字), 탈자(脫字)를 잡아서 개별적으로 나에게 심사받도록 하였다. 조사1국 소관 사항은 각 과장들로부터 나에게 개별 보고해서 심사받도록 하였고 조사2국 소관 사항은 조사관리과장이 나에게 일괄 보고함으로써 심사를 마쳤다.

이렇게 하여 채택된 사례에 대해서도 교정을 보는 단계에서 조사총괄과 직원들과 몇 차례의 검토를 거쳤다.

말이 교정이지 문장이 잘못되었거나 용어가 틀린 것, 또 내용 자체가 잘못된 것 등은 과감히 재정리하였다.

이 작업을 위해 직원들과 나는 한 자리에 모여 앉았다. 한 직원이 사례를 처음부터 낭독하고 이를 들은 다른 직원들이 이의가 없으면 통과시켰으나, 한 사람이라도 다른 견해가 있으면 모든 사람의 견해가 일치할 때까지 정정하고 바꾸는 작업을 계속해 나갔다.

이와 같은 작업은 첫 페이지부터 마지막 페이지까지 계속되었으며 이를 위해 우리는 상당 기간 동안 거의 밤을 지새웠다.

직원들과의 합동작업은 힘들었지만 보람된 일이었다. 특별히 글솜씨가 있는 사람들은 없었지만 7~8명이 머리를 맞대어 반복해서 수정해 나가게 되자 글이 많이 다듬어졌으며 어색한 부분도 많이 고쳐졌다.

맨 마지막에는 대졸 학력을 가진 공익근무요원으로 하여금 최종 교정을 보도록 했는데, 2~3개의 오자를 발견하는 것에 그쳤다. 나는 인쇄에 들어가도 좋다고 지시했다.

이렇게 해서 그동안 직원들이 고충 민원을 처리하는 과정에서 느꼈던 감동과 보람을 모은 사례집이 세상에 나오게 되었다. 제목을 『아픔도 보람도 국민과 함께』라고 붙인 이 고충 민원 처리 체험 수기집은 2천 부가 발간되었다. 3월 9일 책 발간기념회를 가진 다음 각급 행정기관과 공공단체 등에 무료로 배부했다.

이 수기집에서는 민원을 국민의 입장에서 검토하고 해결의 실마리를 풀어 가는 과정을 소상히 소개하고 있다. 따라서 민원 업무를 담당하고 있는 공무원뿐만 아니라 일반 국민들도 많은 관심을 보여 구입 문의가 잇따랐다.

우리는 각급 행정기관을 상대로 수요 조사를 벌여 6천 권을 추가로 발간, 배포했다. 한 권당 가격은 3천5백원이었다.

행정기관에서 발간, 배포한 책이 반응이 좋아 재쇄를 찍어 유료로 배부한 것은 행정간행물 사상 거의 유례가 없는 성과가 아닌가 자부하고 싶다.

○등산회 활성화를 위해 노력하다

국민고충처리위원회는 조직의 특성상 동호인 활동을 하기 어렵다. 그나마 유일하게 남아 있는 등산회도 유명무실했다. 나는 이 등산회를 활성화시키기 위해 고문직을 맡았다. 그런 다음 우리 국 소속 과장급 간부를 산악회 회장으로 선출하여 계속 관심을 갖고 지원함으로써 많은 직원들이 산악회 회원으로 참여하게 되었다.

등산회는 설악산 대청봉, 지리산 반야봉, 사패산, 북한산 등을 부지런히 찾아다니면서 심신을 단련하고 친목과 사기 앙양에 힘썼다.

작은 조직이었지만 설악산, 지리산을 찾을 때에도 30명 이상의 직원들이 참여함으로써 적지 않은 성과를 거두었다.

2000년 중앙행정기관 등산대회에서 우리는 6위에 그쳤다. 그래서 2001년 중앙행정기관 등산대회에서는 더 좋은 성적을 내기 위해 봄 시산제 때부터 예비선수를 선발하여 개별 연습과 집단 연습을 병행했다.

대회 일주일 전인 2001년 4월 7일에는 시합 때의 코스를 사전답사 할 겸 연습을 위해 산행을 나갔다.

연습이었지만 시합 때와 같이 거의 달리다시피 해서 기록을 재보기로 하였다.

이북5도청에서 출발하여 대남문, 대성문을 거쳐 보국문 직전까지는 순조로웠다. 그러나 보국문 근처에서 한 여직원이 갑자기 부들부들 떨더니 그만 실신해 버렸다.

나는 눈앞이 캄캄했다. 일행 중 세 사람의 남자 직원이 그 여직원을 돌보았다. 나는 급히 119로 연락해서 응급구조를 요청했으나 구조대원들이 도착해서 직접 확인하고 나서야 헬기를 불렀다. 헬기는 이내 도착했지만 기다리고 있는 우리들 심정으로는 왜 이렇게 지체되나 싶어 불안하기 짝이 없었다.

한참 있다가 중앙병원에 후송되었다는 소식이 들려왔다. 우리는 남은 직원들과 함께 병문안을 갔다.

그 여직원은 일단 회복되었다. 그러나 나는 한동안 충

격이 가시지 않아 잠을 설치기도 했다.

등산대회를 위해 연습하다가 젊은 두 아이의 엄마가 생명을 잃었거나 불구가 되었다고 가정해 보자. 얼마나 불행한 일인가? 최상급자로서 나도 그 책임을 면하기 어려웠을 것이다. 하지만 다행스럽게도 그 여직원은 곧 완전히 회복되었다.

일주일 후인 2001년 4월 14일에 실시된 등산대회에는 그 여직원 대신에 다른 고참 여직원을 선발해서 참가했다. 열심히 한 덕분에 우리는 마침내 입상했고 트로피와 상금 20만원을 받았다. 우리는 병원 치료비에 보태 쓰라고 상금 전액을 그 여직원에게 주었다.

그때 참가한 기관은 모두 마흔 두 군데였다. 조직의 규모는 작지만 우리는 보건복지부, 법무부에 이어 3위를 차지하는 성과를 올렸다. 직원의 절반 이상이 파견 직원들로 구성된 위원회의 단합과 우리의 체력을 당당히 알리고자 행정자치부 홈페이지 '열린 마당'에 우리는 다음과 같은 글을 올렸다.

중앙행정기관 등산대회에 참가하고 나서

지난 4월 14일(토)에 북한산에서 개최된 '중앙행정기관 등산대회' 행사가 용의주도하게 진행되었습니다. 화창한 봄 날씨에 42개 기관의 참가 선수들이 저마다의 소속기관을 대표하여 최선을 다함으로써 개인적인 건강 증진과 상호간의 친교를 다지는 커다란 성과를 거두었다고 생각합니다.

우리 국민고충처리위원회는 80여 명의 자체 소속 직원과 90여 명의 각 부처 파견공무원들이 일하는 작은 규모의 조

직이지만 참가선수들이 혼신의 노력을 다한 결과 이북 5도
청에서 출발하여 대남문, 보국문을 거쳐 정릉 북한산 공원
관리사무소까지 약 6킬로미터의 구간을 1시간 20분에 주파
하여 3위 입상의 영예를 안게 되었습니다.

이는 이 대회 참가선수로 선발된 직원들 중 많은 직원들
이 체력 단련을 위하여 매일 아침 달리기를 하기도 하고, 모
래주머니를 차고 지구력을 기르기도 하였으며, 체력단련실
에서 러닝머신을 몇 시간씩 타면서 땀을 흘리고 애쓴 노력
의 결과라고 생각합니다.

앞으로 이 대회가 계속 발전하기를 바라면서 몇 가지 제
안을 하고자 합니다.

첫째, 시상 범위를 확대하고 상금을 올렸으면 합니다. 시
상은 1,2,3등과 장려상으로 한정할 것이 아니라 참가기관이
40개 기관이 넘는다는 점을 감안하여 10여 개 기관이 수상
할 수 있도록 1등부터 5등까지 시상을 하고 나머지는 장려
상, 행운상 등 그 범위를 확대하였으면 합니다. 상금도 지금
의 1등 50만원, 2등 30만원, 3등 20만원에서 1등 100만
원, 2등 70만원, 3등 50만원 등으로 인상하였으면 합니다.

둘째, 참가자 선발기준 가운데 현행 3급 이상 1명을 국장
급 이상 1명으로 변경하여야 한다고 생각합니다. 현재 여직
원 두 사람 이상을 의무적으로 포함시키도록 하고 있는 것
은 단순히 등산을 제일 잘하는 사람들끼리 만의 시합이 아
니라, 팀워크와 조화의 변수가 되게 하는 데 큰 뜻이 있다고
봅니다. 따라서 3급 이상 1명도 젊은 3급 과장급보다는 나
이 든 국장급이 의무적으로 참여토록 함이 참여의 폭도 넓
히고 그것이 또한 변수가 되어 흥미와 관심을 제고시킬 수
있으리라고 생각합니다. 이번 대회에서도 우리보다 앞선

1,2위 팀이 국장급이 참여하였다면 순위가 바뀌었을 가능성
이 적지 않았다고 생각됩니다.

끝으로 이번 대회를 성공적으로 마무리하여 주신 감사원
과 행정자치부 관계관의 노고에 감사드립니다.

위와 같은 공적들이 인정되고 정년이 얼마 남지 않는
점이 참작되어 나는 2001년 11월 중순경 위원회에 배정
된 우수공무원으로 선정되어 종무식에서 홍조근정훈장을
받았다.

그러나 행자부 간부로부터 공직에서 물러나는 것을 전
제로 취업 제안을 받은 게 있었기 때문에 훈장을 받은 기
쁨보다는 불안감이 더 컸다.

제3부
명예 퇴직 관련 이야기

1. 공무원의 정년은 장식물인가

2001년 11월 2일 행정자치부 차관보의 부름을 받았다. 나는 전철을 타고 가면서 무엇 때문에 나를 불렀을까 곰곰이 생각해 보았다.

차관보는 인사 실무 책임자이므로 인사 관련 사항이라고는 생각되었으나 도무지 감이 잡히지 않았다. 단순한 전보 사항인지, 혹은 승진 사항인지, 아니면 그대로 있으면 나중에 기회를 마련해 보겠다는 약속을 하기 위함인지 갈피를 잡을 수 없었다.

그러나 막상 만나서 들어보니 전혀 그게 아니었다. 행정자치부 산하에 있는 지방재정공제회 상임이사의 임기가 만료되어서 차관과 상의한 결과 나를 지목했다는 것이다. 차관보는 나에게 나이도 많고 다른 승진할 기회도 없으니 그 자리로 가는 게 어떻겠느냐는 의사를 타진해 왔던 것이다.

처음 이 말을 듣는 순간 나는 얼마나 충격이 컸는지 모른다. 내가 기대한 유임, 전보, 승진 그 어느 것도 아닌

조기 퇴직을 전제로 한 취업알선이었으니 말이다.

나이가 들어감에 따라 가끔씩 명예 퇴직을 요구하면 어떻게 할까 하고 고민한 적은 있지만, 막상 공직을 그만 두어야 한다고 생각하니 일순간에 복잡한 상념들이 머리 속을 스쳐 지나갔다. 나는 자포자기의 심정에서 선뜻 그렇게 하겠노라고 대답했다. 사무실에 돌아온 다음, 도대체 그 직장은 무슨 일을 하는가 알아보기 위해 인터넷에 들어가서 홈페이지를 열어보았다.

기구 및 조직, 사업현황 등이 나와 있었는데, 간사가 행자부 재정경제과장이고 운영이사가 지방재정경제국장으로 되어 있었다. 행자부 국·과장의 종속적인 지위에서 일하는 자리라는 판단이 섰다. 아무리 생각해 보아도 나에게는 적성이 맞지 않을 것 같았다.

이런 생각을 지체없이 차관보에게 알리려고 하였으나 다음날인 11월 3일은 일요일이라 오전 중에는 통화가 안 되었다. 산행을 끝낸 다음 오후에 다시 전화를 걸었다. 비서와 통화는 되었으나 직접 통화할 수는 없었다.

부득이 휴대전화 가게에 가서 팩스를 이용해서 어제의 결정을 번복하는 서신을 보냈다.

요지는, '업무 내용을 인터넷 등으로 알아보니 적성에 안 맞을 것 같다. 특별한 기회가 주어지지 않는다면 공직 생활을 하는 데까지 하다가 그만두겠다. 더 이상 관청 관련 일을 보고 싶지 않다. 공직에 잘 적응하지 못한 사람이 관련 기관 일을 성공적으로 수행할 자신이 없다'는 내용이었다.

그 다음날인 11월 4일 차관보가 전화를 걸었다. "관례대로 하면 명예 퇴직을 시행해야 한다. 구 내무부 출신 중에 1943년 생으로 명예 퇴직 대상이다. 하지만 마련 된 자리에 취업하면 대안이 되지 않겠느냐는 생각에서 배려한 것"이라는 내용이었다.

나는 그 전날 팩스로 보낸 내용을 반복하고 "퇴직하고 생활이 어렵더라도 굽실거리는 자리는 원치 않는다"라고 양해를 구하고 마무리를 지었다.

"관료생활을 어떻게 하면 멋지게 마무리할까?"가 나의 당면과제인 것 같이 생각되었다.

정년까지 일한다고 해도 2년 2개월 여 밖에 남지 않았 다. 관례인 점을 들어 연말에 명예 퇴직을 강요하는 경우 에는 곤혹스러움을 면치 못할 것 같았다.

큰아들은 대학원을 졸업하면 결혼부터 시켜야 할 것이 고, 둘째는 내년에 제대하면 2학년 2학기부터 공부를 계 속해야 할 것인데, 아득하기만 했다.

조금만 어렵다면 구차스럽게 남아 있겠다고 발버둥치 는 추태를 부리고 싶지 않았다. 하지만 상당한 어려움이 예상되고 있어 고민하지 않을 수 없었다.

IMF로 공무원 연령이 1년 단축되었음에도 정년 훨씬 전에 명예 퇴직을 강요하는 공직 풍토에 나는 개탄을 금 할 수가 없었다.

주어진 일을 충실히 하고 정직하게 업무를 처리하며 살아가는 대다수 공무원들은 사실 넉넉하지 못하다. 짧 고 굵게 산다는 비뚤어진 생각으로 부정과 결탁하고 적 당히 보신하며 처세에 능한 공무원들은 축재한 재산으로 퇴직 후의 생활이 별 어려움이 없을지도 모르겠다. 하지만 그렇지 않은 대부분의 공무원들은 사는데 적잖은 어려움을 겪고 있다. 따라서 적어도 법에서 보장하는 정년은 지켜져야 하고 어떠한 이유로도 본인의 의사에 반한 퇴직이 있어서는 안 된다.

이에 대하여 어떤 사람은, "당신도 선배 공무원들의 조기 퇴직으로 혜택을 입었으니 후배들에게 기회를 주기 위해서라도 관례를 따름이 마땅하다"고 말할지도 모른다. 그러나 나는 다른 견해를 가지고 있다. "대부분의 어려운 공무원들과 마찬가지로 승진 못지 않게 정년까지 근무하는 것도 나에게는 대단히 중요한 일이다. 이제까지 공직생활을 승진 지상주의로 해오지 않았다"라고 자신 있게 말할 수 있기 때문이다.

다른 직원들을 승진시키거나 좋은 자리로 전보시키기 위해서 장·차관들이 나이 든 직원들에게 퇴직하라고 유형, 무형의 압력을 넣으면서 강요하는 것은 불법적이고 부도덕한 일이라 생각된다.

하물며 행정자치부가 아닌가? 행정자치부는 공무원의 신분과 정년을 보장하는 보루가 되어야 하지 않겠는가?

2. 승진은 못 시킬망정 나가라고 하다니

12월 20일경에는 행정고시 동기인 문 아무개 의문사 진상위원회 상임위원으로부터 전화가 걸려왔다.

그는 행정자치부의 방침으로 1943년 생 공무원을 명예퇴직시키기로 되어 있는 마당에 국민고충처리위원회만 예외를 인정하는 것은 불가능한 일이라고 했다. 또 산하단체 취업을 마다하고 명예퇴직을 거부하는 것은 이롭지 못한 처사라는 게 차관보의 생각이라고도 말했다.

그 며칠 뒤 행정자치부 지방행정국장이 내 사무실을 찾았다. 앞에 거론된 지방재정공제회의 상임이사 자리는 다른 사람이 가기로 되었다면서 "혹시 다른 직장을 알선해 준다면 명예퇴직할 의사가 있느냐"고 내 의사를 물어왔다.

나는 내 입장을 단호하게 피력했다.

"나같이 투명하게 공직생활을 한 사람도 흔치 않을 것이다. 그런 사람을 영전시켜 주고 상을 주지는 못할망정 후배들에게 길을 열어준다는 명목으로 정년 2년 전에 명

예퇴직을 강요하는 것은 받아들일 수 없다. 만일 신분상
에 불이익 처분이 가해진다면 즉각 행정소송 등 자구적
인 조치를 취하겠다."

나는 바로 직장 상사인 사무처장에게 자초지종을 보고
했다. 입장이 곤란하지 않도록 위원회가 적절한 조치를
취한다면 나는 나대로 대응하겠다고 말했다.

사무처장은 계속 명예퇴직을 강요해야 하는지에 대해
서 의문을 표하면서 우리 위원회에서는 관여하지 않을
것이며 행정자치부가 직접 처리하도록 하겠다고 대꾸했
다.

12월 26일 오전 11시가 조금 넘어서 행정자치부 차관
이 점심을 같이 하자는 연락을 해왔다.

내 명예퇴직 문제 때문이구나 직감하고 만남을 거부할
까 하는 생각도 해보았지만 예의가 아닐 것 같아 점심에
는 응하기로 하였다. 점심 장소는 인사동에 있는 한식집
으로 정했다.

시간이 되어서 약속 장소에 나갔으나 차관은 약속이
바뀌었다고 하면서 나오지 않았다. 몹시 불쾌한 마음으
로 간단히 점심식사를 마치고 사무실에 들어서자마자 차
관한테서 또 전화가 왔다. 비서의 잘못으로 차질이 생겼
으니 미안하게 생각한다고 하면서 "바로 만날 수 없겠느
냐"고 했다. 나는 "지방행정국장이 했던 이야기 같으면
만날 필요가 없겠다"라고 대답했다. 차관은 "꼭 그것만은
아니고 개인적으로 전해 주고 싶은 이야기가 있다"는 것
이었다. 나는 세종문화회관 커피숍에서 만나자고 약속을
정했다.

　　차관은 만나자마자 대뜸 이렇게 말했다.

　　"차관보가 사무처장과 협의하고 전하는 바에 의하면, 국민고충처리위원회 위원장이 동향 사람이기도 하니 정 국장 문제는 자신한테 맡겨 주라고 할 것으로 기대했다. 그렇게 되면 정 국장 문제 때문에 난처하지 않았을 터인데 의외로 위원장이 행자부 방침에 따르겠다고 했으니 대기 명령이 불가피하다."

　　그러면서 이런 말도 덧붙였다.

　　"국방대학원 시절에 보면 정 국장은 매사에 소홀함이 없으며, 전라남도의 지방과장 재직 시에도 업무를 훌륭히 수행했다는 것을 다른 사람들에게 이야기하곤 한다."

　　나는 고맙다고 말하고, 내 입장은 조금도 변함이 없음을 분명히 한 뒤 좀더 잡담을 나누다가 헤어졌다.

　　나는 위원장이 나에게 소극적인 입장을 취했다는 점이 몹시 아쉬웠다. '내가 그 동안 별로 인정을 받지 못한 게 아닌가' 하는 생각과 함께 '나 대신 조직을 선택한 모양이구나' 하는 생각이 들었다. 한편으로 이해가 되면서도 서운한 감정이 밀려들었다.

　　어떻든 직접 만나서 들어볼 생각으로 위원장을 찾았다. 간략하게 경위를 말했더니 내 말이 끝나기도 전에 위원장은 노발대발했다.

　　"결코 내가 그런 말을 한 적이 없다. 있을 수 없는 일이다. 어제도 차관을 만났는데 그런 말이 전혀 없었다. 명예퇴직은 안 된다. 잘하고 있는 사람을 왜 흔드느냐? 앞으로 이런 일이 있으면 즉시 나에게 연락하라."

　　그렇다면 누가 중간에서 기관장과 상의도 없이 자기들

멋대로 결정해서 자기들의 생각을 전달했다는 말이 된
다.

12월 31일 종무식 직전에 사무처장을 다시 만난 나는
내가 들은 차관과 위원장의 말들을 전하고 따졌다.

사무처장의 말은 또 많이 달랐다.

"행자부 기획관리실장의 연락을 받고 행자부 방침을 위
원장에게 알렸다. 위원장이 알았다고 하신 말씀을 다시
행자부차관보에게 전달한 것은 사실이나 정 국장 문제에
대한 선택권을 주고받은 것은 아니었다."

차관의 말과 달리 행자부의 뜻을 위원장에게 전달하고
위원장의 반응을 전한 것이었을 뿐, 적극적인 의사 표시
와는 거리가 있다는 게 사무처장 답변의 요지였다. 나는
다시 한번 "명예퇴직을 받아들이지 않을 것이며 대기와
같은 불이익 조치가 내려진다면 행정소송 등의 대응도
불사하겠다"고 분명히 한 다음 마무리지었다.

사실 차관보와 차관은 모두 동향 후배들이었다. 하지
만 나는 평소 그들에게 구차스럽게 아쉬운 소리 같은 것
은 하지 않았다. 그런데 도와주지는 못할망정 어려운 처
지에 있는 고향 선배의 축출에 앞장서다니, 나는 분노를
금할 수가 없었다.

나는 작년 말에 우수 공무원으로 선정되어 홍조근정훈
장을 받았다. 몇 달 동안 심혈을 기울여 고충 민원 사례
집도 발간했다. 그 책에 대한 반응이 좋아서 6천 권을 추
가로 찍어서 유료로 배포했는데 이는 행정간행물 역사상
흔치 않은 일이었다. 나는 이 작업에 대해 큰 공을 세웠
다고 자부하고 있다. 또한 2001년 4월 14일 중앙부처

등산대회에 나가서는 42개 부처 중 당당히 3위로 입상하여 우리 위원회의 단합과 체력을 과시하는 데 최선임자로 참가해서 견인차 역할을 했다. 이런 사람을 어떻게 대기 명령이 불가피하다고 한단 말인가?

이는 대통령께서 중앙부처 국·과장 인사에서 능력·개혁성·청렴성을 우선적으로 하겠다고 하신 말씀에도 위반되는 처사라고 생각했다.

나는 모든 일을 획일적으로 처리하려는 구 내무부식 발상을 과감히 떨쳐버리고 사법부의 판단까지 가지 않은 채 정상적으로 일이 처리되기를 진심으로 바랐다.

3. '신분 유지' 통보를 받다

2002년 2월 18일 월요일로 기억된다. 출근하자마자 차관보로부터 전화가 왔다고 하여 받아보니 신분 유지로 결정되었다는 것이었다.

나는 조금은 안도했다. 신분 유지 통보에 안도해야 하는 나 자신의 처지가 처량하게 느껴졌다. 하지만 명예퇴직을 하고 마음에 들지 않는 관변단체에서 연명하는 것보다는 정년까지 근무하는 게 낫다고 생각하고 있었기 때문에 그것으로 위안을 삼았다. 비록 늦었지만 인사권자가 현명한 판단을 했다고 생각했다.

나와 같이 근무하는 과장들과 다른 간부 공무원들에게도 행자부 고위간부로부터 자리 유지 통보를 받았다고 말했다. 위원장에게도 같은 취지로 말했다.

그러나 나는 '신분 유지'가 '자리 유지'를 뜻하는 게 아니라는 것을 한참 뒤에야 알게 되었다. 보직 유지가 아니라면 무엇 때문에 신분 유지라는 어려운 용어를 사용했단 말인가? 나는 도무지 이해할 수 없었다. 확실하게 대기한다고 했어야 혼란이 없었을 것이다.

2월 21일 목요일이었다. 퇴근해서 집에 있는데 저녁 7시경에 총무과장으로부터 전화가 걸려왔다.

행자부에서 대기하라고 하여 기다리고 있었더니, 「공석인 사무처장에는 김 아무개 소청심사위원, 조사1국장에는 하 아무개 조사2국장, 조사2국장에는 행자부 김 아무개 총무과장, 조사1국장은 대기」라는 인사협의(안)가 팩스로 전송되어 왔다는 것이다.

처음 듣는 순간에는 몹시 황당했다. 하지만, 이내 4명의 행자부 소속 직원들을 명예퇴직시키면서 나에게만 예외를 적용할 수는 없겠다는 생각이 들었다. 나는 총무과장에게 우리 위원장이 동의하지 않을 것이기 때문에 부득이 예외를 인정하기 위한 요식 행위일지도 모른다고 말했다.

그러나 2일 전에 우리 위원장은 차관, 차관보와 다른 일로 만난 적이 있었다. 그때 혹시 위원장이 내 보직해임에 동의했을 가능성이 있었으므로 위원장에게 그런 사실이 있었느냐고 전화로 물어보았다. 그러나 결코 그런 사실이 없고, 오히려 그들에게 "정 국장이 계속 근무할 수 있게 되어 흡족해 하더라"고 했더니 그들도 그에 대해서 별 반응이 없었다고 말하는 것이었다.

"그러면 그렇지. 내 생각이 맞겠지"여기고 이튿날 출근해 보니 직장내 분위기가 확 달라져 있었다.

내 자리로 내정된 사람은 이미 그 내용을 알고 있었던 것 같았다. 인사 부서 직원들도 인사협의(안)를 기정 사실로 받아들이지 않을 수 없다는 입장을 취하고 있었다.

이 일을 어찌한단 말인가? 1급이나 그 이상의 직위로 승진하기는커녕 그저 이름이나 유지하고 있는 이 자리에서마저도 쫓겨난단 말인가? 그렇다면 나는 어떻게 얼굴을 들고 다니며 예견되는 정년까지의 험난한 생활을 또 어떻게 감당한단 말인가?

위원장에게 내 입장을 설명했지만 성이 차지 않았다. 또 인사협의(안)에 동의하지 않으려면 충분한 논리와 이유가 있어야 할 것으로 판단되어 설명 자료를 만들어서 위원장 댁에 전달하고 집으로 돌아왔다.

2월 23일 위원장이 행자부 차관과 전화로 장시간 나의 신상 문제를 협의했으니 차관과 차관보를 만나보라고 했다고 비서가 나에게 전해주었다.

"그 사람들 만나봐야 똑같은 이야기만 할 것인데"라는 생각 때문에 내키지 않았지만 대안이 없는 나로서는 위원장의 말마저 거역할 용기가 나지 않았다. 나는 차관을 만나보기로 했다.

다음은 차관과 만나서 이야기한 내용과 그에 대한 나의 견해를 담아 팩스로 보낸 서한이다. 여기에 그대로 적는다.

행정자치부 차관 귀하

어제 저녁에 차관님과 저의 신상문제 해결을 위한 대화를 가졌습니다만 결국 양측 주장만 되풀이하다가 헤어지게 되었습니다. 차관님의 말씀은, "당초에 위원장님이 저의 보직해임 문제에 적극적인 반대의 입장을 보이지 아니하였기 때문에 지금 반대하는 것은 버스가 지나간 후에 손드는 격으로 이미 늦었다"는 것과 "정년 가까이 되어서 보직해임을 받아들이는 것은 법적인 문제가 아니라 관행이고 후배들에게 길을 터주는 도덕적 차원의 문제"라고 주장하신 것으로 요약됩니다.

이에 대하여 저의 견해를 피력하고자 합니다. 위원장이 저의 보직해임에 찬성하였다는 사실이 없다고 말씀하셨습니다. 또한 위원장의 부하 직원이기 때문에 인사협의(안)를 통하여 동의를 요청하기 전에 실질적인 협의를 거쳐야 하고 서면요청은 그 뒤에 이루어져야 할 사항이라고 생각됩니다.

관행이 법에 앞설 때도 있고 도덕적인 문제라는 말씀에 대하여는 저는 전적으로 다른 견해를 갖고 있습니다.

행자부는 잘 아시다시피 총무처와 내무부가 합쳐진 부서입니다. 총무처는 공무원법을 관장하는 기구로서 직원들의 의사에 반하여 명예퇴직을 시킨 사례는 들어본 적이 없습니다.

내무부는 시도간의 교류를 통하여 거의 정년 가까이 있었던 직원이 없었던 것으로 알고 있습니다.

새 정부 들어서 두 부처가 행자부로 통합되면서 명예퇴직을 실시한 것은 구조조정을 통한 초과 인원을 정리하여야 한다는 것이 시대의 흐름이었으므로 누구도 이에 거역할 수 없었으며 일부 법적인 장치도 있었던 것으로 알고 있습니다. 그러나 이제는 달라지고 있으며 달라져야 합니다.

ㅇ권리 구제기관의 직원의 권리는 누가 구제하겠는가?

더군다나 우리 기관이 어떤 기관입니까? 국민의 최후의 권리 구제기관 아닌가요? 그런데 국민의 권리구제를 담당하는 직원의 권리구제도 못한다면 말이 되겠습니까?

○ 많은 직원들이 저의 입장을 지지하고 있으며 지원을 약속하고 있습니다.

도덕적 차원의 문제라고 하나 승진에 해당되는 극히 일부 직원들 외에 많은 직원들은 오히려 정년까지 하는 것이 합법적일 뿐만 아니라 도덕적인 문제라고 판단하고 있기 때문입니다.

결론적으로 말씀드립니다.

이제 더 이상 저의 신분상의 불이익을 강요하지 마십시오. 그래도 끝까지 밀어붙인다면 지체없이 행정소송을 제기하여 원상 회복과 그간에 입은 정신적·물질적 피해까지 보상받도록 할 것입니다.

4. 정녕 해결책은 없는가

2월 24일 이른 새벽 시간대인 2시 30분에 일어나 단전호흡 수련을 하던 중에 내 신상 문제를 장관에게 직접 호소해야겠다는 생각이 떠올랐다. 나는 4시부터 8시까지 문안을 작성하여 정리한 후, 행자부 홈페이지를 찾아 '장관과의 대화방'에 등록했다.

청계산 등산을 힘겹게 마치고 집에 돌아와 보니 총무과장으로부터 전화가 왔었다고 했다. 연락해 보니 우리 위원장과 행자부 차관 간에 나를 국민고충처리위원회 대기에서 행자부 대기로 변경하는 것에 동의가 이루어졌으며 2월 25일 아침 9시에 사령장 교부가 있다는 것이었다. 피 말리는 노력에도 불구하고 나는 결국 고립무원의 상태로 굴러 떨어지고 만 것이다.

깊은 절망감 속에 짐을 싸러 집을 나서려는 때였다. 시험 동기인 정 아무개 민방위본부장과 김 아무개 지방재정세제국장이 나를 찾아왔다. 분노를 삭이지 못하고 있던 나는 그들에게 화풀이를 하면서 돌아가라고 했지만,

무슨 임무를 부여받은 듯 그들은 사무실까지 나를 동행
했다. 조용히 만나자는 그들의 제의를 끝내 거부하자 장
관이 다음과 같이 말하더라고 전했다.

"정 국장의 사정은 고려할 만하다. 진작 나를 만났더라
면 좋았을 것인데 그랬다. 지금이라도 만나서 이야기하
자."

나는 이 지경이 된 마당에 장관을 만나 뭐하겠느냐 싶
어 만날 생각이 전혀 없다고 단호히 거절하고 그들과 헤
어졌다.

그들이 전하는 장관의 말을 고려해 볼 때 내 사정이 제
대로 전달되었더라면 내가 이렇게 어려운 처지에 놓이지
않을 수도 있었을 것이라는 생각이 들었다. 또한 중간에
누군가가 자기 출세를 위해 기관장의 뜻을 왜곡해서 전
달함으로써 내가 불이익을 받고 있구나 하는 생각도 동
시에 떠올랐다.

나는 도저히 분노를 삭일 수 없었다. 그런 지위에 있었
고 엊그제 만났을 때도 훈장과 명예퇴직 문제는 별개고
훈장을 받게 된 것도 특별한 공적이 있었기 때문이 아니
라고 애써 나를 깎아 내리는 언행을 한 행자부 간부를 전
화로 불러서 격렬하게 따지고 항의했다.

그 일이 있자 마자 행자부 차관이 전화를 걸어왔다.

"정 국장의 명예 회복을 위한 방안을 마련하겠으니 오
늘 오후 3시에 만나자. 더 이상 불평불만을 외부에 말하
지 말아달라."

하지만 나는 더 이상 만나고 싶지 않아서 시골에 쉬러
간다는 핑계를 대고 통화를 끝냈다.

참고 있자니 분통이 터지고 너무도 억울해서 2월 28일 나는 장관의 대화방에 다시 들어갔다. 그간에 내가 차관과 나눈 대화 내용과 그에 대한 내 소견을 올리고, "차관을 만나지 않겠으니 장관이 직접 나서서 해결책을 제시하라"는 요구의 글을 등록했다.

3월 4일 장관이 전화를 걸었다.

"정 국장에 대해서는 이제야 알았다. 2~3주전에만 알았더라면 좋았을 터인데 아쉽다. 정 국장의 명예를 회복할 수 있는 방안을 차관보에게 전권 위임했으니 만나서 상의하라. 바로 차관보가 연락할 것이다. 많은 사람들이 정 국장 이야기를 한다."

장관의 얘기대로 잠시 후 차관보의 전화가 걸려왔다. 광화문에 있는 모 호텔 커피숍에서 오후 4시경에 만나기로 약속했다. 시간이 되자 차관과 차관보가 나타났다.

차관보는, "일을 매끄럽게 처리하지 못해서 장관께는 누가 되고 정 국장에게는 미안하게 되었다"고 말했다. 차관은, "정 국장의 명예 회복을 위하여 '정책연구관' 등도 고려해 보았으나 적절치 않다. 한국행정연구원 파견으로 복직함이 좋을 듯하다"고 제안했다.

나는 두말 없이 받아들인다고 답했다. 다만 현행 명예퇴직 제도를 개선하기 위해서라도 행정소송은 계속 추진하겠다고 말했다. 그러나 생각해 보니 보직을 부여받게 되면 행정소송의 대상은 이미 존재하지 않는다. 따라서 행정소송은 불가능하게 된다. 이것으로 그간의 살 내리고 피 말리는 싸움은 피차에 많은 후유증만 남기고 사실상 끝나가는 것 아닌가 싶었다.

5. 세 번째의 감격적인 사건

2월 25일자로 대기되었고 3월 4일 차관은 명예회복을 약속했으나 3월 18일까지 2주일이 넘도록 아무런 소식이 없었다. 나는 정 민방위본부장에게 전화해서 늦어지고 있는 경위를 알아봐달라고 부탁했다.

그런데 시내에 볼일이 있어 나와 있는데 연락이 왔다. 차관보가 전화로, "지난번에 이야기된 자리로 확정되어 3월 19일 오후에 임명장 교부가 있다"고 알려온 것이었다.

나는 두 군데 친구들에게 소식을 전하고 집으로 돌아왔다. 그간의 분노와 적개심은 봄볕에 눈 녹듯 사라지고 세상만사가 다 아름답게 보였다. 벅찬 감격을 좀처럼 가눌 수가 없었다.

2001년 11월 2일부터 시작된 명예퇴직 관련 싸움은 5개월 가까이 정말 피를 말리고 살이 내리는 싸움이었다. 그런데도 쓰러지지 않고 복직되었음은 중학교 입학, 행정고시 합격에 이어 내 일생 세 번째로 감격적인 사건이었다.

3월 19일 오후 4시 30분, 행자부 장관으로부터 다른 사람들과 같이 임명장을 받았다.

그러나 특별한 느낌이나 감회는 없었다. 그야말로 담담한 심정으로 되돌아와 있었다. 더 이상 기대할 것도 실망할 것도 없기 때문일까? 아니면 벌써 모든 감정이 승화되어 버려서일까? 다만, 앞으로는 나 자신에 더욱 충실하고 하루하루를 공직의 마지막 날로 생각하며 열심히 살아가야겠다는 각오는 새로웠다.

6. 아직 끝나지 않았다

　3월 22일 한국행정연구원에 파견 근무한 지 4일째 되는 날이었다. 장관 비서관한테서 전화가 걸려왔다. 나는 장관이 격려 전화를 하는 것 아니면, 미안하게 됐다는 말을 하기 위한 것으로 지레짐작하였다.

　그러나 장관 비서관은 아주 짜증스런 말투였다.

　"함평군에서 건의서가 장관께 올라왔는데 내용으로 볼 때 정국장님이 주장한 것과 일치한다. 군의회 의장과 군의원 외에도 부군수와 전 과장이 서명했는데, 이럴 수가 있느냐?"

　명예회복을 위한 복직이 이루어진 뒤에도 이에 만족하지 않고 사람을 동원하고 자료를 내려보내서 더 좋은 자리를 노리거나 나를 과시하려는 것으로 받아들이는 것 같았다.

　몹시 불쾌해진 나는, "나는 그런 비열한 짓을 하는 사람이 아니다"고 쏘아붙이고 전화를 끊었다. 그리고는, 그 건의서에 어떤 내용이 담겨 있는지 어떻게 작성되었는지 몹시 궁금하여 함평군의회 의장실로 전화를 걸었다.

마침 의장실에 근무하는 비서가 내가 함평군수로 있을 때 내 비서로도 근무한 인연이 있어 작성자가 의회 사무과 주 아무개 계장임을 알려주었다. 나는 그에게서 팩스 내용을 전달받고 작성 경위도 알아냈다.

그는 내가 함평군수로 재직할 때 내무과 행정계에 근무한 적이 있어 나의 기본적인 인적 사항을 소상히 파악하고 있었다. 또 중앙에서의 행적은 국민고충처리위원회의 인사담당자에게 상세하게 문의하고 자료를 받았다고 했다. 그런 까닭에 훈장 수훈 상신 내용까지 파악하여 제대로 작성할 수 있었던 것이다. 이로서 나와는 전혀 무관한 사항임이 밝혀진 셈이다.

22일간 대기하고 있던 어느 날 함평군 새마을지회장이 나에게 전화를 건 적이 있다. 이때 내 사정을 알게 된 그는 건의서를 작성하겠으니 군의회 의장에게 전화해 달라고 나에게 요청했다. 하지만 나는 이를 거절했다. 그런 방식은 옳지 않았기 때문이다.

그런 나에게 이런 식으로 몰아붙이다니, 이 사람들 아직도 정신을 못 차렸구나 하는 생각이 들었다.

함평군에서 행자부 장관에게 제출하였다는 건의문 내용은 다음과 같다.

건 의 서

평소 존경하는 이 아무개 행정자치부 장관님!

우리나라의 중추적인 기관의 중책을 맡으시며 국가 발전의 새로운 도약과 세계 인류 국가를 향한 초석을 다지고 계시는 장관님께 진심으로 존경과 감사의 말씀을 올립니다.

다름이 아니오라 장관님께 직접 찾아뵙고 건의드리는 것이 도리이오나 그렇지 못하고 글월로써 "정진오 이사관님의 무 보직 대기"에 대해 건의를 드리오니 넓으신 마음으로 헤아려 주시고 저희 전남 함평군민의 바람을 충분히 반영하여 주시길 간절히 바랍니다.

정진오 이사관님은 지난 2월 25일 정부 인사발령에 의하여 국민고충처리위원회 조사1국장으로 재직하다 귀 소속의 행정자치부로 전입되어 국가 발전과 지방자치 발전을 위해 보다 더 일할 수 있는 기회라 함평군민들은 믿어 왔으나 무 보직 대기라는 소식을 접하고서 충격과 함께 실망에 접어들고 말았습니다.

존경하는 장관님!

정진오 이사관님은 전남 함평에서 태어나 1974년 행정고시 14회에 합격하여 행정사무관으로 공직에 입문한 이래 전남도청 기획관, 함평군수, 지방행정연수원 기획과장, 내무부 법무담당관, 공기업과장, 국민고충처리위원회 조사1국장 등을 역임한 가운데 지방 일선 행정을 비롯한 중앙행정을 두루 거치며 아픔도 보람도 함께 하는 봉사행정을 몸소 실천한 목민관입니다.

·특히 정진오 이사관님은 지난 '90년 8월부터 1년 8개월 동안 함평군수로 재직하는 동안 여비 한 푼이라도 헛되이 쓰지 않는 청렴성을 비롯한 재직 당시 산불 초동 진화에 있어 나무 한 그루도 국가 재산이란 명제 아래 직접 산에 올라 불길 속에서도 진두지휘하여 진화 작업하는 모습, 추곡 수매가 결정에 따른 농민들의 시위 촉발로 전국 사회 불안정이 초래된 가운데도 직접 농민들을 만나 대화하고 설득함으

로써 사회 안정화를 이룩하여 대통령 및 중앙관련 부처로부터 격려 전화가 쇄도하는 등 몸바쳐 일해온 지난날의 흔적이 지금도 공직자는 물론 군민 모두의 뇌리에 살아 남아 있습니다.

한편, 정진오 이사관님은 헌신적인 국민 본위의 행정 추진을 인정받아 '92년 4월 중앙으로 발탁되어 지방자치단체의 공기업 운영 체제 일신과 지방재정 확충, 조세와 세무행정의 제도 개선, 21세기 환경변화에 대응한 민원 처리의 질적 수준 향상과 국민의 권익 보호 증진 등을 추진한 가운데 그 무엇보다 끊임없이 자기 스스로의 담금질하는 성실성과 대민 봉사행정 구현에 앞장서 온 공로로 '88년 근정포장을 비롯, 2001년 12월 22일에는 홍조근정훈장을 수여 받았습니다.

존경하는 장관님!

정진오 이사관님은 이와 같이 고위 공직자임에도 불구하고 지금까지 집도 없이 남의 집 전세로 살고 있으면서도 불의와는 절대로 타협하지 않는 우직함과 아울러 우리가 바라는 청렴하고 근면한 공직자상을 지닌 자랑스러운 목민관으로서 어느 누구보다도 자질과 역량을 충분히 갖추었다고 봅니다. 오로지 국민을 위해 헌신 봉사할 수 있도록 직책을 맡겨주실 것을 간절히 바라오며 또 바라오니 우리의 바람을 져버리지 마시고 꼭 받아주시길 부탁드립니다.

장관님의 건강과 행운이 함께 하시길 빕니다.

2002년 3월

위 건의서의 연대 서명자는 군의회 의장, 의원 전원과
부군수 이하 함평군청 실·과장 전원, 군 교육장 그리고
농협 군 지부장, 축협 군 지부장, 산림조합장, 문화원장,
새마을지회장, 미망인회, 상이군경회, 6·25 참전용사
회, 함평군지회장 등이었다.

맺음말을 대신하여

　돌이켜보면 대학의 입학과 졸업도 내 뜻대로 되지 않았고 공직생활도 출발부터 순탄치 않았다. 이 모든 것이 다 내 성격 탓이었으며 내 운명이라고 받아들이고 싶다.

　그러나 이후 나는 초반의 부진을 말끔히 씻고 전남도청의 도시과장, 지방과장, 기획담당관 등 중요 직책과 고향의 임명직 군수를 거쳐 중앙부처 이사관까지 승진할 수 있었다. 주위의 많은 도움 덕분이었다고 나는 생각한다.

　아내가 병으로 입원하고 생명이 위독했을 때는 서울에 온 것을 크게 후회하는 마음이었다. 하지만 아내가 지금과 같이 완전히 회복할 수 있었음은 오히려 서울의 앞선 의료 기술진 때문이 아닌가 싶다. 또한 두 아들들이 부모와 같이 살면서 학업을 계속할 수 있었던 것도 돈으로 환산할 수 없는 의외의 큰 소득이었다고 하겠다.

　처음 서울에 이사와서 전세 생활을 할 때는 참으로 막

막하였다. 그러나 IMF 경제위기가 오기 직전에 아파트 분양을 받아 오랜만에 내 집도 갖게 되었다. 아파트 가격도 상당히 올라 그만큼 지방에서 살았을 때보다 재산이 늘어나게 되었다. 또한 금년 초에는 병역특례 전문연구 요원으로 대기업에 입사한 큰아들이 승용차를 마련함으로써 차 없이 살아온 우리 집 식구들도 발품을 덜 팔게 되었다.

다만 오늘의 내가 있기까지 헌신적으로 이바지해주신 어머니께서 병원 신세를 면하지 못하시는 게 참으로 안타깝다. 또 경제적으로 어렵게 지내는 동생들을 생각하면 너무 마음 아프다. 때로는 이런 염려가 지나쳐 심신의 건강을 위협받기도 한다.

그러나 동생들 모두 유능하고 부지런하므로 반드시 재기할 것이라 믿는다. 그리고 6년 이상 수련해 온 국선도 단전호흡에 더욱 정진해서 몸과 마음을 추스르면 내 건강도 훨씬 좋아지리라 자신한다. 매일 아침 달리기와 주말 등산을 계속하여 100퍼센트 건강을 회복하고 말겠다. 휴가든 뭐든 틈날 때마다 지리산, 설악산, 덕유산 등 명산을 자주 찾아다니면서 심신을 연마할 계획이다.

다행히 지난해 10월 14일 고려대학교 의료원 구로병원 신경과에서 MRI 촬영을 하고 진단 받은 결과, 뇌경색 증상은 정상으로 결론이 났다. 1996년 4월 14일 아침기상시에 무리한 산행후유증이 나타난 이후 계속된 중병 공포증에서 완전히 해방된 셈이다.

이제 공직생활을 마칠 때까지 우리나라를 깨끗하고 부강한 나라로 만드는데 미력하나마 보탬으로써 유종의 미

를 거두고 싶다. 아울러 사는 날까지 좋은 가족이 되도록
노력하겠다는 다짐도 덧붙이면서 이 글을 마친다.

저자 정진오(鄭鎭午) 약력

○ 1943년 일본에서 출생
　　함평 나산초등학교 졸업
　　광주서중・광주고등학교 졸업
　　경희대학교 법과대학 졸업
○ 1973년 행정고등고시 합격
　　전남 비상대책과장・상정과장・영림과장
　　전남 도시과장・지방과장
　　전남 기획담당관
　　전남 함평군수
　　내무부 지방행정연수원 기획과장
　　내무부 법무담당관
　　내무부 공기업과장
　　국방대학원 안보과정 1년 수료
　　거창사건 등 처리지원단장
　　국민고충처리위원회 조사1국장
　　현 행정자치부 이사관(한국행정연구원 파견)

정직하게 사는 즐거움

지은이/정진오

펴낸이/양계봉

만든이/김진홍

펴낸곳/도서출판 전예원

주소/서울 서초구 우면동 476-2 · 우편번호137-140

대표전화/571-1929 · 팩스/571-1929

등록/1977.5.7 제16-37호

2003년 5월 9일 제1판 1쇄 인쇄

2003년 5월 15일 제1판 1쇄 발행

ISBN 89-7924-105-4 03810   값 9000원